Unexpected Heat

Sarah J. Brooks

ISBN-13: 9798655085268

Für meine Leser

INHALT

Kapitel 1

Brooke

Wer auch immer den Smoking entworfen hat, hatte dabei wohl Jason Cooper im Kopf. Ich kann meine Augen nicht von seinem heißen Körper abwenden, während er mit einer unglaublich dürren blonden Sexbombe tanzt. Jeder in LA ist superdünn. Essen die alle nur Luft zum Frühstück und Abendbrot? Liam bewegt sich in meinen Armen und ich drücke ihn fester an mich.

Er war eingeschlafen, sobald seine Eltern für den ersten Tanz aufs Parkett gegangen sind. Er verschwindet wieder in seinem Traumland und meine Augen wandern erneut zu Jason hin, wie von einer unsichtbaren Kraft geleitet. Groß und breitschultrig. Muskulöse Bizepse. Das tollste Exemplar von Mann, das mir je untergekommen ist.

Und ein Typ, den ich nicht ausstehen kann.

Was Jason Cooper betrifft, gehen mein Verstand und mein Körper getrennte Wege. Während ich ihn betrachte, steigt aus den Tiefen meines Körpers Wärme in mir hoch. Ich presse die Beine zusammen, um den Druck etwas zu mindern.

Ich habe schon öfter über ihn fantasiert, als ich zählen kann. Meine Finger durch die blonden Locken in seinem Nacken gleiten lassen. An seinen vollen Lippen gesaugt, die wie zum Küssen gemacht sind. Ein leises Stöhnen entweicht meinen Lippen und ich räuspere mich laut, falls es jemand gehört haben sollte.

Plötzlich wendet er sich mir zu und die Welt steht still. Mein Atem geht schneller. Ein Lächeln kräuselt sich in seinen Mundwinkeln, als wisse er genau, wie sehr ich ihn begehre.

„Schade, dass dein Bruder jetzt nicht mehr zu haben ist", sagt Madison und ich wende meinen Blick ab. Ich habe nicht gehört, dass sie zu ihrem Stuhl zurückgekehrt ist.

„Das wusstest du doch", erwidere ich und sehe sie voller Zuneigung an. Madison ist in Marvin verschossen, seit ich denken kann. In meinen Bruder und in tausend andere Männer. Sie verknallt sich jede Woche in einen anderen. Er muss nur gut aussehen und sexy sein und Maddie ist hin und weg. „Marvin ist schon seit der Uni nicht mehr zu haben."

Ich werfe einen Blick auf die Braut und den Bräutigam. Sie sind in ihrer eigenen Welt und wiegen sich zu der langsamen Musik hin und her. Marvin und Ellie. Sie haben sich auf der Universität kennengelernt und sind seitdem zusammen. Vor sieben Monaten haben sie ein Baby bekommen und beschlossen, dass es an der Zeit war, ihre Verbindung offiziell zu machen.

„Sie sehen so glücklich aus“, sprudelt es aus Maddie. „Meinst du, das wird uns auch mal so gehen, Brooke?“

Erinnerungen überfallen mich. Wie ich in dem kleinen Altarraum darauf gewartet habe, dass Eric endlich erscheint. Wie wütend ich war, weil er es wagte, zu spät zu unserer Hochzeit zu erscheinen. Die aufsteigende Panik, als mir dämmerte, dass es sich diesmal nicht um eine Verspätung handelte. Und dann die Erkenntnis, dass ich an meinem Hochzeitstag sitzengelassen worden war.

Ich wende mich Maddie zu und schüttle den Kopf. „Mir nicht. Ich bin schon mal an diesem Punkt gewesen und das hat mir überhaupt nicht gefallen.“

„Eric war ein Arschloch“, sagt sie.

Ihre Worte treffen mich wie ein Schlag. Bei meiner abrupten Bewegung rührt Liam sich erneut. Ich schaukele ihn. Wenn er jetzt aufwacht, würde er furchtbar unleidlich sein und es bräuchte ein kleines Wunder, um ihn wieder zum Einschlafen zu bewegen.

„Das hast du mir damals nicht gesagt“, zische ich. „Wenn ich mich richtig erinnere, hast du sogar gesagt, dass du ihn magst.“

Madison grinst verlegen und zuckt dann die Achseln, als wäre das jetzt auch schon egal. Sie ist meine beste Freundin und hat so getan, als möge sie den Mann, den ich im Begriff war zu heiraten.

„Ich weiß, aber ich habe auch hinzugefügt, dass er ein egoistisches Arschloch ist.“

Ich verdrehe die Augen und atme tief durch. Kein Grund, wütend zu werden. Doch sicher wäre es besser gewesen, wenn sie damals ehrlich gewesen wäre.

„Ich hoffe, ich treffe bald mal jemanden. Langsam verliere ich die Geduld“, meint sie dann.

„Es würde vielleicht helfen, wenn du nicht immer gleich sofort mit einem Typen ins Bett steigst", weise ich sie hin. Es ist nicht das erste Mal, dass wir diese Diskussion haben. Maddie glaubt nicht daran, sich irgendwas zu versagen.

„Das tue ich doch gar nicht. Okay, vielleicht ja doch, aber es ist auf jeden Fall besser, als so zu leben wie du", meint Madison. Ihre Stimme wird leiser. „Ich weiß, dass das, was Eric getan hat, ganz schrecklich war. Aber Brooke, das darf dich nicht davon abhalten, dein Leben zu leben. Trau dich und hab eine wilde Affäre mit jemandem. Vielleicht triffst du dabei ja sogar die Liebe deines Lebens. Dann heiratest du, hast eine Familie, das volle Programm. Geh doch mal ein Risiko ein."

In meinen Augen brennen Tränen. Sie hat gut reden. Sie ist ja nicht diejenige, die Hunderten von Leuten mitteilen musste, dass ihr Verlobter kalte Füße bekommen hat. Ich hatte es nie jemandem erzählt, aber ein Jahr nach meiner geplatzten Hochzeit sah ich ein Bild von Eric, seiner neuen Frau und einem Baby. Der Schmerz war unerträglich gewesen. Ich konnte nicht anders, als mir vorzustellen, dass ich das hätte sein sollen, die unser Baby hielt.

Die alte Wunde war wieder geöffnet worden und es hatte Monate gedauert, bis ich einen Tag überstehen konnte, ohne in Tränen auszubrechen. Nein, danke. Ich würde mich auf so etwas nicht mehr einlassen. Nie wieder. Obwohl mir der Gedanke gefiel, eine heiße Affäre zu haben. Meine Augen suchen nach Jason.

„Lass uns nicht über Eric sprechen, das sind doch alte Kamellen", sage ich und versuche, unbeteiligt zu klingen. Die Erniedrigung, an meinem Hochzeitstag verlassen worden zu sein, wird mich wohl ewig verfolgen.

Das Ganze macht mich total paranoid, auch weil ich glaube, dass die Leute immer noch darüber reden. Madison versichert mir zwar, dass sie es nicht tun. Ich wünschte, ich könnte ihr glauben. Deshalb liebe ich die Anonymität von LA. In der Stadt kennt mich keiner. Zu Hause in Minnesota kennt jeder meine Geschichte. Sie war sogar in den lokalen Tageszeitungen erschienen. Ich war eine kleine Berühmtheit. Von der Art, wie sie niemand sein wollte.

„Ich mag Marvins Freund", sagt Maddie.

Ich folge ihrem Blick. Jason. Wer sonst? „Nein, tust du nicht. Er ist ein Arschloch."

„Ein sexy Arschloch", witzelt Maddie.

Das Lied endet und Jason beugt sich herunter, um seine Tanzpartnerin auf die Wange zu küssen. Dann flüstert er ihr etwas ins Ohr und sie kichert. „Er taucht in jedes Loch ein, dass er finden kann, wenn du verstehst, was ich meine."

„Hm, in diesem Fall halte ich mich von ihm fern", sagt Maddie. „Ich mag sexy Männer, die treu sind."

„Das ist Jason auf keinen Fall", erwidere ich und werde sofort von Schuldgefühlen übermannt. Es ist schon eine Weile her, seit ich ihn zuletzt gesehen habe. Vielleicht hat er sich geändert. Nein. Unmöglich. Männer wie Jason ändern sich nicht. Er liebt Frauen einfach zu sehr und sie lieben ihn ebenfalls.

Als Marvin und Ellie mich mit nach LA geschleppt und ins Nachtleben der Stadt eingeführt hatten, war Jason meistens mit uns ausgegangen. Jedoch verschwand er in dem Moment, in dem wir einen Club betreten hatten. Jede Nacht war er mit einer anderen nach Hause gegangen.

Marvin und Ellie hatten mir das Leben gerettet, indem sie mich mit nach LA genommen hatten. Ihnen anzubieten, drei Tage auf Liam aufzupassen, während sie auf Hochzeitsreise gingen, war mir ein Bedürfnis gewesen. Ich war froh, etwas für sie tun zu können, nach allem, was sie für mich getan hatten.

Aus dem Augenwinkel sehe ich, wie Jasons großer Körper näherkommt, und versuche, mich auf meinem Stuhl klein zu machen. Zu spät.

„Warum habe ich bloß das Gefühl, dass du dich vor mir versteckst?", fragt er, während er über unserem Tisch thront. „Mir gefällt dein Kleid." Flirten fällt Jason so leicht wie das Atmen.

„Danke", erwidere ich und hoffe, dass er wieder abhaut. Er lässt mich unbehaglich fühlen. Lüstern. Verhurt.

Er lehnt sich zu mir herüber und sein männlicher Geruch steigt mir in die Nase. Ich atme tief ein und wünsche mir, etwas davon aufbewahren zu können.

„Kann deine Freundin vielleicht mal Liam halten? Ich würde gern mit dir tanzen."

„Nein, danke", erwidere ich schnell. „Ich bin mir sicher, dass du hier mehr als genug Partnerinnen findest."

Er grinst. „Da hast du recht, aber ich habe Marvin und Ellie versprochen, dafür zu sorgen, dass du ein bisschen Spaß hast. Sieh es als einen Gefallen für meine Freunde an."

Mein wütender Blick hin zu Marvin und Ellie ist vergeblich. Sie haben nur Augen füreinander. Ich überlege, einfach abzulehnen, will aber nicht kindisch erscheinen. Stattdessen zucke ich nur mit den Achseln, als wäre es mir egal. Als wolle ich nicht diese starken Arme um meine Taille und diesen festen Körper an meinem spüren. Ich zittere. Ich kann nicht mit ihm tanzen. Ich mache mich ja hier vor allen zum Gespött.

„Ich nehme ihn", sagt Maddie und versucht, Liam von meinem Schoß zu heben.

Ich weigere mich, ihn loszulassen.

„Erinnerst du dich, was ich über das Eingehen von Risiken gesagt habe?", zischt Maddie.

Ich lockere meinen Griff und sehe Jason an. „Aber nur ein Tanz, okay?"

Er grinst. „Natürlich, oder was dachtest du? Ich stehe dir gern zur Verfügung."

Kapitel 2

Jason

Ich atme tief durch, während ich mit der heißen kleinen Schwester meines besten Freundes tanze. Ihre Nippel drücken sich gegen meinen Brustkorb und ich kann mich gerade noch davon abhalten, meine Hände nach oben gleiten zu lassen und mit ihnen zu spielen. Sie fühlt sich so weich an in meinen Armen und ich muss mich anstrengen, meine Hände auf ihrer Taille liegen zu lassen.

Mein Schwanz wird mit jeder Sekunde härter. Das überrascht mich nicht. Ich wollte sie schon von dem Moment an, wo ich sie das erste Mal sah. Ihr Hochzeitskleid umschmeichelte ihre Kurven und mir wurde ganz heiß bei der Vorstellung, ihr diese Stoffschichten vom Körper zu schälen. Ihr Gesicht war kalt und undurchdringlich gewesen, als sie sich in der Kirche vor die versammelte Menge gestellt und diese informiert hatte, dass der Bräutigam nicht auftauchen würde. *Er hätte seine Meinung geändert.*

Mir klappte die Kinnlade runter. Nicht weil ihr Verlobter so ein Feigling war, sondern wegen ihres Mutes. Sie hatte eine kurze Rede darüber gehalten, dass es besser war, wenn er jetzt seine Meinung änderte, bevor sie diese Verbindung eingingen. Ihre Brautjungfern waren um sie herumgeflattert, aber Brooke war beinahe gleichmütig erschienen. Das war der Moment, wo ich mir meinen eigenen geheimen Spitznamen für sie ausdachte: Eiskönigin.

Danach brachten Marvin und Ellie sie mit nach LA und ich sah sie jede Nacht für zwei Wochen. Und jede Nacht träumte ich davon, die Schwester meines besten Freundes zu vögeln. Ich erging mich in Fantasien, wie ich ihre kühle Fassade mit einem leidenschaftlichen Kuss zum Einsturz bringen würde. Mein Körper hatte sich verzweifelt nach ihr gesehnt und ich hatte versucht, mich mit so vielen Frauen wie möglich abzulenken.

Jetzt beuge ich mich vor und atme den süßlichen Zitronenduft ihrer Haare ein. Er ist berauschend und mein Schwanz wird steif und drückt gegen ihr Kleid. Brooke ist groß und unsere Körper passen perfekt zusammen. Mein Atem beschleunigt sich. Ob sie meinen Schwanz fühlen kann? Das ist schon irgendwie peinlich, aber vielleicht auch wiederum nicht.

Es ist ja auch egal, ob sie mitbekommt, wie sehr sie mein Blut in Wallung bringt. Letztendlich wird es mit uns beiden nichts werden. Zumindest nicht, wenn mir meine Freundschaft mit Marvin etwas bedeutet. Und das tut es. Mehr als alles andere. Marvin ist mehr als nur ein Freund. Er ist wie ein Bruder und ich würde alles für ihn tun. Und er würde alles für mich tun und hat es bereits getan.

Wir hatten uns im ersten Studienjahr an der Uni kennengelernt und waren schnell Freunde geworden. Was unsere Freundschaft aber gefestigt hatte, war das, was nach dem Anruf geschehen war. Dem Anruf, der mein Leben verändert und mich gebrochen hatte.

Meine ganze Familie war bei einem Autounfall ums Leben gekommen. Einfach so ausradiert worden. Meine Eltern und meine jüngeren Brüder Carl und Edward, die gerade mal dreizehn und elf waren. Einen Tag hatte ich noch eine Familie und am nächsten plötzlich nicht mehr. Dunkelheit hatte sich über mich gesenkt und es hatte die Liebe und die Unterstützung eines Freundes gebraucht, um mich daraus zu befreien.

Marvin war dieser Freund gewesen. Er hatte alles stehen- und liegengelassen und war mit mir nach Hause gefahren, um meine Familie zu begraben. Danach befand sich unsere Freundschaft auf einer ganz anderen Ebene. Egal, wie sehr ich Brooke auch begehrte, ich konnte sie nicht haben. Marvin liebte seine kleine Schwester wie verrückt und wenn ich unsere Freundschaft bewahren wollte, musste ich mich von ihr fernhalten.

Einmal hatte ich einen Scherz darüber gemacht, wie sexy sie war. Er hatte mich ganz ernst angeblickt und mir gesagt, dass ich sie nur haben könne, wenn ich auch bereit sei, sie zu heiraten. Ja, ich begehrte sie sehr, aber heiraten? Nein.

Trotzdem macht es mir Spaß, mit ihr zu spielen, weil ich weiß, dass sie mich nicht leiden kann. Obwohl ich nie ganz verstanden habe, warum. Sie ist die einzige Frau, die ich kenne, die nichts für mich übrighat. Ich flüstere ihr ins Ohr: „Wir gehen übrigens zusammen nach Hause."

Sie versteift sich und ich muss lachen. „Nicht zu mir nach Hause, obwohl ich zugeben muss, dass mir das gefallen würde. Ich bringe Liam und dich heim. Anordnung von Marvin."

Sie entspannt sich, jetzt, wo keine Gefahr mehr besteht, dass ich sie mit zu mir nach Hause nehme. Mein Herz zieht sich zusammen. Sie hat

Angst vor Männern. Ich wünschte, ich könnte ihr zeigen, dass die meisten von uns harmlos sind.

Dieser Scheißkerl Eric! Marvin hatte sich schon mehrfach darüber beschwert, wie sehr seine Schwester sich verändert habe, seit sie am Altar sitzengelassen wurde. Ich wünschte, ich könnte Brooke zeigen, wie sexy sie ist. Ihren Körper anbeten. Ihre cremige, weiche Haut küssen, bis sie nach mehr verlangt.

„Ich bin auch angewiesen worden, euch jeden Morgen, Mittag und Abend zu kontrollieren. Und jederzeit dazwischen."

Das bringt sie zum Lachen. Marvin meinte, dass sie kaum noch lächle. Ihr Lachen ist entzückend und süß. Ich möchte es wieder und wieder hören.

„Das musst du nicht. Wir kommen schon klar", meint sie und wendet sich zu Liam um, der noch immer auf dem Schoß ihrer Freundin liegt.

Sie ist vor einer Woche in LA angekommen und ich habe es vermieden, nach nebenan zu Marvins und Ellies Haus zu gehen, weil ich befürchtete, dass mir bei ihrem Anblick der Sabber aus dem Mund laufen würde. Aber in den nächsten drei Tagen habe ich keine andere Wahl. Ich muss sie sehen. Denn ich habe meinen Freunden versprochen, dafür zu sorgen, dass es Brooke und Liam gut geht.

Außerdem ist Liam mein Patenkind. Brooke wird mich oft zu Gesicht bekommen in der nächsten Zeit.

Brooke zappelt in meinen Armen und bringt mich damit in die Wirklichkeit zurück. „Das Lied ist vorbei", sagt sie.

„Wen kümmert das schon?" Ich könnte stundenlang ohne Musik mit ihr tanzen.

„Mich", erwidert sie und drückt ihre Handflächen auf meine Brust.

Unsere Blicke treffen sich und ich erstarre. Ihre Augen glühen vor Leidenschaft. Vor Lust. Sie will mich! Das Ganze ist nicht nur einseitig. Riesiges Begehren steigt in mir auf und ich muss meine ganze Willenskraft aufbringen, um zurückzutreten.

„Danke für den Tanz", sagt sie höflich. Ihre Augen haben sich wieder verschleiert.

Habe ich mir das alles nur eingebildet? Nein. Ich bin gut darin, Frauen zu lesen. Die Art der Verführung habe ich perfektioniert. Das Wissen, dass Brooke mich will, sollte mich erfreuen. Aber das tut es nicht. Es wäre einfacher, sie zu vergessen, wenn ich noch glaubte, dass sie mich hasst.

Kein Wunder also, dass ich mich frage, ob sich in ihrer Fantasie meine Hände auf ihre Arschbacken pressen, während sie ihre langen Beine um mich schlingt und ich sie um den Verstand vögele. Die nächsten drei Tage werden lang werden.

Kapitel 3

Brooke

Ich muss mir das Lachen verbeißen, als ich sehe, wie schwer es Ellie fällt, ihre Sorge zu verbergen. Den ganzen Morgen schon ist sie ruhelos und wiederholt Instruktionen, die sie mir nur ein paar Minuten vorher bereits gegeben hat. Ich kann es ihr nicht verübeln. Sie ist nicht berufstätig und es ist das erste Mal, dass sie Liam alleine lässt, seit er geboren wurde.

„Es ist genug markiertes Essen im Gefrierschrank“, sagt Ellie und lacht nervös. „Genug für zwei Wochen, um ehrlich zu sein.“

Mit Liam auf meiner Hüfte gehe ich zu Ellie hin und berühre ihre Hand, um sie zu beruhigen. „Wir kommen schon klar, ich verspreche es.“

Ellie stößt den Atem aus. „Ich weiß, aber ich lasse ihn zum ersten Mal allein und fühle mich so schuldig. Meine Emotionen sind ein einziges Auf und Ab. Eine Minute bin ich wie verrückt vor Freude über unseren Trip und in der nächsten frage ich mich, ob ich bescheuert bin, weil ich es überhaupt in Erwägung ziehe.“

„Es ist doch nur für drei Nächte“, beruhige ich sie.

„Ich weiß“, erwidert Ellie und beugt sich vor, um Liam einen Kuss auf die Wange zu geben. Prompt reckt er seine Ärmchen hoch, um von seiner Mutter gehalten zu werden. „Noch einmal knuddeln, bevor dein Vater wieder da ist.“ Sie atmet Liams Duft ein und wendet sich dann mir zu. „Vergiss nicht, dass meine Mutter ganz in der Nähe ist, falls du Hilfe brauchst.“

„Okay. Versuch es zu genießen“, sage ich zu ihr. „Du bekommst keine weitere Chance mehr, bis Liam etwas älter ist. Außerdem ist mein Service nur jetzt erhältlich.“

Ellie verdreht die Augen. „Ich weiß … Ich weiß. Du gehst nach Minnesota zurück und wirst sobald nicht wieder in das große und schlimme LA kommen.“

Ich strahle. „Ja! Vor allem, wenn ich diesen Job bekomme.“ Ich hatte mich für eine Stelle als leitende Tierärztin in einem Zoo daheim beworben und war mir ziemlich sicher, dass ich sie bekommen würde.

Wir hören tiefe Stimmen, bevor die Tür aufgeht. Marvin kommt herein mit Jason im Schlepptau. Mein Herz macht einen Satz und ich hasse mich für meine Reaktion. Irgendwas stimmt nicht mit mir. Wie konnte man einen Mann nur so sehr begehren? Schnell lasse ich meinen Blick über das weiße T-Shirt schweifen, das seine breiten Schultern umspannt und seine starken Beine, die in ein Paar Jeans gesteckt sind. Mein Herzschlag kommt unregelmäßig. Warum muss er auch so verdammt anziehend sein?

Ich muss mich ablenken. Schnell. Also nehme ich Liam aus den Armen seiner Mutter. „Lass mich mal." Es ist beinahe an der Zeit für sein Vormittagsnickerchen und er wird langsam schläfrig. Er legt seinen Kopf an meine Brust.

„Seid ihr bereit?", fragt Jason und kommt in die Küche.

In meinem Nacken stellen sich die Haare auf. Obwohl ich meine Augen von ihm abwende, ist mir doch jeder Schritt bewusst, den er macht. Er ist mir so nahe, dass ich seinen männlichen Duft riechen kann.

„Oh ja, das sind wir", sagt Ellie und berührt noch einmal Liams kahlen Kopf.

„Ihm geht es gut, Schatz", sagt Marvin. „Und wir sollten uns besser auf den Weg machen. Mit jeder Sekunde, die vergeht, steigen die Chancen, dass du deine Meinung noch änderst."

Wir lachen und es folgt ein Wirbel von Umarmungen und Küssen.

„Ruf mich an, wenn du mich brauchst", flüstert Marvin mir ins Ohr. Ich lächle. Egal, wie alt ich bin, er wird mich immer wie seine kleine Schwester behandeln. Aber das stört mich nicht. Es war schon immer so und ich fühle mich beschützt von meinem großen Bruder.

Nach ein paar Minuten schlägt die Küchentür zu und jetzt sind nur noch wir drei hier. Die Stille ist ohrenbetäubend. „Entschuldige mich einen Moment. Ich muss Liam ins Bett bringen für sein Nickerchen." Ich warte seine Antwort nicht ab und eile aus der Küche den Flur hinab.

Die Spannung in meinen Schultern verflüchtigt sich, als ich Jason nicht mehr vor Augen habe.

Im Kinderzimmer lasse ich mir lange Zeit in der Hoffnung, dass er weg ist, wenn ich zurückkomme. Aber ich habe kein Glück. Ich finde Jason auf dem Sofa, wo er gerade ein Magazin durchblättert. Er schaut hoch und lächelt. Mir werden die Knie weich und ich muss mich setzen.

„Hast du irgendwelche Pläne für heute?", fragt er auf seine charmante Weise und seine Stimme ist wie ein Streicheln auf nackter Haut.

Ich schüttele den Kopf. „Keine Pläne. Wir folgen einfach Liams Routine. Was ist mit dir? Musst du nicht zur Arbeit heute?"

„Auf keinen Fall werde ich Liam und dich am ersten Tag allein lassen", verkündet er.

„Kein heißes Date?", frage ich und bereue es im selben Moment. Es geht mich ja nichts an, was Jason mit seiner Zeit macht.

„Nein", sagt er fröhlich. „Du hast Glück."

Ich erinnere mich an den Stapel schmutzigen Geschirrs vom Frühstück, der noch in der Küche steht, und springe auf. Durch den offenen Wohnbereich gehe ich zur Spüle. Ich bin froh, dass ich ihm den Rücken zugedreht habe und er nicht sehen kann, wie sich meine Brust hebt und senkt.

„Lass mich dir helfen", sagt er plötzlich direkt hinter mir. Erschrocken zucke ich zusammen. Ich habe ihn nicht kommen gehört. Bevor ich noch protestieren kann, ist er schon an meiner Seite und spült den Teller ab, den ich gerade saubergeschrubbt habe.

„Und, wie geht es dir seit …?", fragt er.

Hitze steigt meinen Hals hinauf. Warum muss er das jetzt erwähnen? „Hat man dir eigentlich keine Manieren beigebracht?"

„Ich verstehe nicht", sagt Jason.

„Es ist nicht gerade höflich, jemanden daran zu erinnern, dass er am Altar sitzengelassen wurde", schnauze ich.

Für einen kurzen Moment schweigt er. Als er endlich den Mund aufmacht, klingt seine Stimme gepresst. „Es gibt Schlimmeres."

Meint er das ernst? Was könnte schlimmer sein als eine derart öffentliche Demütigung? „Ja? Was denn zum Beispiel?"

Er dreht sich zu mir um und legt mir seinen feuchten Finger unters Kinn. Ich habe keine andere Wahl, als ihn anzuschauen. Seine Augen sind so kalt, dass ich erschauere.

„Zum Beispiel, seine ganze Familie auf einen Schlag zu verlieren“, sagt er und lässt seine Hand wieder fallen. Was ist bloß los mit mir? Ich könnte mir selber eine reinhauen. Ich hatte den Unfall total vergessen, der seine gesamte Familie ausgelöscht hat. Mitleid erfüllt mich zusammen mit dem Zwang, es wiedergutmachen zu wollen.

„Es tut mir leid und du hast recht; es gibt Schlimmeres.“ Das klingt ziemlich gefühllos, aber ich weiß nicht, was ich sonst sagen soll. Ich blinzele und fühle mich wie eine Idiotin.

„Was ich zu sagen versuche, Brooke, ist, dass dein Verlobter ein Idiot war“, meint er mit sanfter Stimme.

Die Veränderung kommt ganz plötzlich und mir fehlen die Worte. In einem Augenblick ist er todernst, im nächsten sagt er etwas Nettes. „Danke.“

„Irgendwelche Pläne fürs Wochenende? Ich bin mehr als bereit, meine Dienste zur Verfügung zu stellen, um dich zu unterhalten.“

Ich bin dankbar für den Themenwechsel und greife erleichtert die Möglichkeit einer weniger ernsthaften Konversation auf. „Hast du Liam schon vergessen? Und außerdem, wo ist denn Jessica? Oder ist es Maggie?“

Er lächelt und meine Augen werden von seinem Mund wie magisch angezogen. Wie würde es sich wohl anfühlen, meine Lippen auf diesen vollen und oh so einladenden Mund zu drücken? Ich senke den Blick. Ich würde alles geben, um die Härte seines Körpers an meinem zu spüren.

„Ich fühle mich geschmeichelt, dass du den Überblick über meine Frauen hast. Aber nein, da gibt es niemanden an diesem Wochenende. Ich gehöre ganz dir.“

Ich lasse den letzten Teller mit unnötiger Kraft in das Spülwasser fallen und sein Gesicht wird nass gespritzt.

„Hey, was sollte das denn?“, protestiert er und wischt sich das Wasser ab.

„Oh, es tut mir leid, habe ich dich nass gemacht?“ Ich spiele die Unschuldige und trete vom Spülbecken zurück.

Dann greife ich nach einem Geschirrtuch, um meine Hände abzutrocknen. Plötzlich legen sich starke Arme von hinten um meine Taille. Mein Herz beginnt heftig zu klopfen. Eine Hand hält mich gefangen, während die andere unter meine Achsel wandert. In diese Zone, wo sich sämtliche meiner Nervenstränge befinden. Er kitzelt mich und ich schreie.

„Bitte nicht“, bettele ich und beuge mich nach vorn, um ihn abzuschütteln, aber ohne Erfolg. Verzweifelt drehe ich mich um, so dass wir wieder voreinander stehen. Als ich mich bewege, spüre ich etwas Hartes, das sich an mein Kleid presst. Ich sehe hoch und unsere Blicke treffen sich. Seine Augen wandern zu meinem Mund und es ist ganz offensichtlich, was er will. Ich will es auch. Ich will, dass er mich küsst. Es gibt keinen Platz mehr für andere Gedanken in meinem Kopf außer diesem, dass ich seinen Mund auf meinem spüren möchte. Meine Lippen teilen sich wie von selbst und mit einer schnellen Bewegung presst Jason seinen Mund auf meinen.

Dieser Kuss ist genauso, wie ich ihn mir vorgestellt habe, und noch viel mehr. Lustvolle Blitze knistern durch mein Innerstes und ich drücke meinen Körper fest an ihn. Sein steifer Schwanz liegt zwischen meinen Beinen und ich stöhne leise an seinem Mund. Dann schlinge ich meine Arme um seine unglaublich breiten Schultern und lasse meine Finger über seinen Rücken gleiten.

Große Hände greifen nach meinen Pobacken und ziehen mich noch näher heran, sodass ich glaube, die Umrisse seines Schwanzes fühlen zu können. Ich lasse meine Hüften kreisen und Jason stöhnt auf. In meinem Kopf schrillen plötzlich die Alarmglocken. Was mache ich denn hier? Aber die Lust lässt mich alle Warnungen in den Wind schlagen. Ich bin so hin und weg von dem Kuss und seinen Händen, dass ich nicht mehr klar denken kann.

Meine Nippel sehnen sich nach seiner Berührung. Und als könne er meine Gedanken lesen, hebt er mein Top hoch und streift leicht über meine Brustwarzen. Ich sterbe. Ich will mehr. Er zieht die Körbchen meines BHs herunter, nimmt beide Brustwarzen zwischen Daumen und Zeigefinger und spielt mit ihnen. Ich winde mich vor Verlangen. Mein Körper ist wie ein schlafender Riese, der plötzlich aufgewacht ist. Ich will alles, was er zu bieten hat. Ich wölbe meinen Rücken und reibe meine Möse an seinem knochenharten Schwanz. Er fühlt sich riesig an in seiner Jeans.

„Bitte …“ Ich weiß nicht genau, worum ich bettele, aber ich brauche mehr.

„Oh Brooke, du bist so wunderschön“, murmelt er, küsst meinen Hals und spielt mit meinen Nippeln.

Meinen Namen laut aus seinem Mund zu hören, zerstört den Augenblick. Ich erstarre. Was mache ich denn bloß? Ein spitzer Schrei entfährt mir. „*Oh Gott …*“ Ich stemme meine Handflächen gegen seine Brust und stoße ihn von mir. Meine unerwartete Kraft lässt ihn stolpern. Jason bedeckt das Gesicht mit beiden Händen und stöhnt.

Mein Herz schlägt wie verrückt und ich habe das Gefühl, vor Scham gleich tot umzufallen. Jetzt kennt er mein Geheimnis. Jetzt weiß er, wie sehr ich ihn will. Glühend heißer Zorn durchfährt mich und ich will ihn an jemandem auslassen.

„Wie kannst du es wagen?“, zische ich.

Er lässt seine Hände fallen und schaut mich mit zusammengekniffenen Augen an. „Ich? Du willst mir für alles die Schuld geben, so als hättest du nicht freiwillig mitgemacht?“ Sein Blick fällt auf meine Brüste. Meine Nippel sind noch immer aufgerichtet und drücken sich gegen den Stoff meines Tops. Er sieht mich an. „Du wolltest es auch, Brooke. Gib es ruhig zu. Du willst noch immer, dass ich an deinen Brustwarzen sauge, und dein Höschen ist klatschnass vor Verlangen nach meinem Schwanz.“

Seine Worte schüren erneut ein Feuer in mir. Ich will ihn so sehr in mir spüren. Aber ich werde keine Schwäche zeigen. Ich kann ihn nicht sehen lassen, wie sehr ich ihn will. Einmal habe ich einen Fehler gemacht, aber das wird nicht wieder passieren.

„Raus hier!“, schreie ich.

„Ich gehe, aber tu bloß nicht so, als hätte es dir nicht gefallen. Es tut mir leid, dass ich dich geküsst habe, das war nicht meine Absicht. Allerdings hast du dich auch nicht besonders gewehrt.“

Das hätte er nicht sagen sollen. Mein Herzschlag dröhnt in meinen Ohren. Ich trete an ihn heran, schließe meine Hand zu einer Faust und boxe ihm in den Magen.

Die Überraschung ist auf meiner Seite. Er krümmt sich vor Schmerzen. Marvin hatte mir gezeigt, wie man einen guten Schlag anbringt.

„Brooke, bist du verrückt geworden?", fragt er, als er sich wiederaufrichtet.

„Ich bin nicht wie eine deiner Frauen, Jason. Bleib mir vom Leib." Ich wirbele auf dem Absatz herum und stampfe aus dem Wohnzimmer.

Kapitel 4

Jason

„Glaubt ihr, dass wir es nächstes Jahr zum Super Bowl schaffen?“, fragt unser Kommandant, als wir alle um den Tisch sitzen und Kaffee trinken.

Ich liebe unsere Feuerwache und meinen Beruf als Feuerwehrmann. Ich bin dafür geboren. Hier scheinen all meine Probleme in den Hintergrund zu treten, während ich mit den Leuten schwatze, die wie eine Familie für mich sind.

Jetzt wandert mein Kopf allerdings von den Gesprächen weg und hin zu Brooke. Das passiert im Moment öfter, als mir lieb ist. Frauen machen mir sonst nicht derart zu schaffen. Ich bin froh, dass ich meinem Vorsatz treugeblieben und nicht wieder zu Marvins und Ellies Haus zurückgegangen bin. Jetzt, wo ich weiß, wie köstlich Brooke ist, traue ich mir einfach nicht, in ihrer Nähe zu sein.

Schuldgefühle plagen mich. Ich hatte versprochen, nach ihr zu sehen. Aber dann sage ich mir, dass sie es mich wissen lassen wird, wenn sie ein Problem hat. Ich ertrage es einfach nicht, mit ihr im gleichen Raum zu sein. Selbst jetzt, wo ich nur über sie nachdenke, zuckt es in meinem Schwanz. Sie ist ein wandelnder feuchter Traum mit einem perfekten Körper und einer Leidenschaft wie ein Feuerwerkskörper, der nur darauf wartet, entzündet zu werden.

Ich bin froh, dass Marvin und Ellie heute zurückkommen. Brooke kann wieder heim nach Minnesota gehen und ich kann sie vergessen. Es ist alles noch schlimmer geworden, jetzt, wo ich von ihr gekostet habe. Ich bin wie besessen von meinem Verlangen nach ihr. Sie ist wie eine Droge und ich sehne mich nach dem Gefühl, ihren weichen Körper an meinem zu spüren. Ihre leisen Seufzer zu hören, während sie nach mehr bettelt. Wer hätte gedacht, dass die Eiskönigin in meinen Armen zum Leben erwachen würde? Sie zu küssen hat etwas Heißes und Intensives in mir geweckt. Ich würde alles geben, um sie erneut küssen zu können. Bei der Erinnerung daran, wie sehr wir einander wollten, muss ich ein Stöhnen unterdrücken.

Marvin darf auf keinen Fall erfahren, wie sehr ich seine kleine Schwester begehre. Seit unserem Kuss laufe ich ständig mit einem halbsteifen Schwanz durch die Gegend wie ein verdammter Teenager. Ich sollte mich wirklich schämen, tue es aber nicht. Für eine Weile habe ich geglaubt, niemals diese wahnsinnige Lust für eine Frau spüren zu können. Irgendwie begannen sie alle gleich auszusehen und sich gleich anzufühlen. Aber nicht Brooke. Ich kann ihren kurvenreichen Körper nicht aus meinen Gedanken verbannen.

Ich fühle mich unwohl dabei. Ich bin ein Schwein. Was für ein Mann bin ich eigentlich, dass ich die kleine Schwester meines besten Freundes vögeln will? Marvin würde sofort wissen, dass ich Brooke nur benutze. Er kennt mich zu gut. Mein Interesse an Frauen geht nicht über das Schlafzimmer hinaus. Ich liebe die Jagd und die Eroberung. Ich kann nicht mehr zählen, mit wie vielen Frauen ich in den letzten paar Jahren zusammen war. Und keine einzige davon hat sich länger als einen Monat gehalten. Allerdings ist mein Gewissen rein, denn ich mache niemals Versprechen, die ich nicht halten kann. Von Anfang an stelle ich klar, dass wir unsere Körperlichkeit genießen, aber sonst nichts. Das ist meine Regel Nummer eins. Keine emotionale Bindung. Ich bin nicht wie andere Männer. Ich bin nicht für Beziehungen gemacht und so sehr ich auch Marvins und Ellies Verbindung bewundere, ist sie doch nichts, was ich auch für mich will. Es ist zu riskant. Liebe tut weh. Mein Herz kann es nicht ertragen, noch einmal verletzt zu werden. Außerdem liebe ich mein Leben. Es macht Spaß und ist frei von all diesen emotionalen Verwirrungen.

Die Feuerglocke reißt mich aus meinen Überlegungen und ich springe auf die Füße wie alle anderen auch. Adrenalin schießt durch meine Adern, als ich meine Ausrüstung anlege. Einzelheiten dröhnen aus der Sprechanlage. Es handelt sich um einen Verkehrsunfall auf der Bundesstraße 12. Ein Fahrzeug hat ein Stoppschild an einer Kreuzung übersehen, ist frontal in ein anderes Fahrzeug geprallt und hat es von der Straße gedrängt.

Ich verdränge die Gedanken an Brooke und springe in das Feuerwehrauto. Weitere Details kommen durch das Radio des Trucks. Das Auto, das gerammt wurde, steht in Flammen. Ich verspanne mich und hoffe inständig, dass sich keine Passagiere mehr darin befinden.

Orange und gelbe Flammen beleuchten schon aus der Ferne den Horizont. Polizisten versuchen, den Flammen mit Feuerlöschern beizukommen, aber das Feuer ist zu stark. Als wir näherkommen sehe ich, dass es sich bei dem Auto um einen weinroten SUV handelt. Mein Herz beginnt wie wild zu schlagen und Kälte breitet sich in mir aus.

Was ich mir nur wieder einbilde. Es gibt viele Honda SUVs. Marvin und Ellie sind in diesem Moment sicher schon daheim. Trotzdem zittern meine Hände. Ich kralle mich in das Armaturenbrett, bis mir die Finger wehtun. Dann kneife ich die Augen zusammen und versuche, da vorn etwas zu erkennen. Was hatte Marvin gesagt, um welche Zeit sie zu Hause seien?

Aber mein Gehirn ist wie leergefegt und ich kann keinen klaren Gedanken fassen.

„Oh Gott, bitte nicht", stammele ich, als der Truck auf dem Seitenstreifen der Straße anhält. „Bitte lass nicht zu, dass sie es sind." Ich springe raus, bevor der Truck noch vollkommen zum Stehen gekommen ist und renne auf das brennende Auto zu. Ich gehe so nahe ran wie möglich, bevor die Flammen mich zum Rückzug zwingen. Mein Blick fällt auf die Felgen des Wagens. Mir zittern die Beine und ich kann mich kaum noch aufrecht halten. Die Felgen sind teuer und mattschwarz. Alle Kraft verlässt mich und ich sinke auf die Knie.

Ein Schrei erfüllt die Luft und mir wird erst nach einem kurzen Moment klar, dass er von mir kommt. Starke Hände ziehen mich an beiden Seiten hoch und zerren mich weg.

„Wir haben dich."

„Es ist in Ordnung, Kumpel."

Ich höre zwar die Worte, aber sie ergeben keinen Sinn. Alles was ich sehe, sind Marvin und Ellie. Sie können nicht in diesem Auto sein. Vielleicht habe ich mich geirrt. Felgen können doch gleich aussehen. Meine Erfahrung sagt mir, dass sämtliche Insassen dieses Fahrzeuges ausgelöscht wurden. Niemand hätte dieses Flammenmeer überleben können.

„Wir müssen sie retten. Liam braucht sie doch. Sie dürfen mich nicht verlassen. Nein, bitte, wir müssen was tun."

Die Worte kommen unkontrolliert aus meinem Mund. Als sie mich wegziehen wollen, kämpfe ich dagegen an. „Bitte, wir müssen da rein." Ich stemme meine Füße in die Erde, aber sie sind zu stark für mich. Tränen strömen über mein Gesicht.

Ich werde in ein Auto geschubst und zwischen zwei Feuerwehrleuten eingeklemmt. Der SUV brennt noch immer, aber nicht mehr ganz so schlimm. Ich muss wieder da raus. Ich muss ganz sicher gehen.

„Mir geht es wieder gut", sage ich.

„Jason?"

Ich wende mich unserem Kommandanten zu, der sich ins Fenster lehnt. Seine Augen sind rotgerändert. Ein Hauch von Verzweiflung umgibt ihn. Ihn so zu sehen, bricht mir das Herz.

„Es ist Marvin, oder?", bringe ich heraus.

Der Kommandant nickt und senkt den Kopf. Diese Bestätigung ist ein neuer Schlag. Ich kann nichts mehr sehen, weil Tränenströme über mein Gesicht rinnen. Meine Gedanken wandern zurück in eine andere Zeit, zu einem anderen Unfall, und mein Schmerz verdoppelt sich noch. Ich schaffe das nicht nochmal. Es ist zu viel. Nicht Marvin. Nicht Ellie. Sie sind die einzige Familie, die ich noch habe,

Meine Gedanken beginnen, sich zu verheddern. Was ist, wenn … Der Kommandant hat nicht gesagt, dass sie tot sind. Hoffnung wallt in meinem Herzen auf. Das hat es doch schon gegeben. Ein Auto geht in Flammen auf und jeder denkt, dass der Fahrer tot ist, obwohl er entkommen konnte. Ich wende mich dem Kommandanten zu. „Bist du sicher …?"

„Sie sind von uns gegangen", sagt er. „Wir sind uns sicher."

In meinem Kopf explodiert etwas und ich habe das Gefühl, außer Kontrolle zu geraten. Ich lasse meinen Kopf gegen die Rückseite des Beifahrersitzes knallen. Trauer überkommt mich und droht, mich zu übermannen. Ich verliere jedes Selbstgefühl. Alles, was ich noch spüre, ist der Schmerz, der mich in riesigen Wellen überflutet und vollkommen zerschlagen zurücklässt.

Erinnerungsfetzen laufen in meinem Kopf ab wie ein Film. Wie wir drei auf lange Spaziergänge gingen, während Ellie schwanger war, damit das Baby sanft auf seinen Weg aus ihrem Bauch geschubst wurde. Marvin und Ellie, die auf ihrer Hochzeit zusammen tanzten und die Welt um sie herum dabei vergaßen. Der Tanz mit Brooke …

Brooke. Sie muss es erfahren. Ich werde aus meiner Trauer gerissen. Meine Vernunft setzt wieder ein. Jemand muss es Brooke sagen und dieser jemand kann nur ich sein. Ich könnte es nicht ertragen, wenn sie es aus den Medien erfährt. Das würde ich mir nie verzeihen.

„Ich muss gehen. Marvins Schwester muss es erfahren." Meine Stimme bricht und ich möchte mich am liebsten in die Dunkelheit fallenlassen, die mich umgibt. „Sie ist mit dem Baby allein."

Meine Worte kommen drängend und überzeugen die Männer, die an meiner Seite sitzen.

„Wir bringen dich hin."

Mein Herz hämmert wie wild bei der Vorstellung, Brooke sagen zu müssen, dass ihr Bruder und ihre Schwägerin nicht mehr unter uns sind. Wie soll ich es nur anfangen? Ich bin selbst schon in dieser Situation gewesen. Ich weiß, wie es ist, seine ganze Familie auf einen Schlag zu verlieren. Es ist, als würde einem das Herz aus der Brust gerissen.

Baby Liams Bild kommt mir vor Augen. Wenn ich an ihn denke, muss ich immer lächeln. Aber nicht jetzt. Ich unterdrücke einen Schluchzer. Ich darf jetzt nicht an meinen Patensohn denken. Vielleicht später.

Eins nach dem anderen.

Zuerst Brooke.

Kapitel 5

Brooke

Ich stelle sicher, dass seine Windel richtig befestigt ist, und als ich hochsehe, muss ich kichern, denn Liam kann kaum noch seine Augen offenhalten. Gerade hat er eine Flasche getrunken und jetzt, wo sein Magen voll ist, will er sein Nachmittagsnickerchen halten.

Ich ziehe ihm seine Hosen wieder an und küsse seinen Bauch dabei. Er lässt ein schläfriges Glucksen hören. Freude erfüllt mich bei diesem wunderbaren Geräusch. „Rate mal, wer wieder hier sein wird, wenn du aufwachst. Genau! Deine Mama und dein Papa."

So sehr ich mich auch auf zu Hause freue, der Gedanke, Liam verlassen zu müssen, macht mich traurig. In den Tagen, die wir miteinander verbracht haben, haben wir eine enge Verbindung aufgebaut und seine Augen leuchten, wenn er mich sieht. Am Morgen hebt er mir seine Ärmchen entgegen, damit ich ihn aus seinem Bettchen heben kann.

Er wird mich vergessen, wenn ich zurück nach Minnesota gehe, aber ich werde versuchen, oft zu Besuch herzukommen. Ich möchte, dass er mit dem Wissen aufwächst, dass seine Tante Brooke ihn liebt. Ich hebe ihn hoch und trage ihn zu seinem Bettchen für sein Schläfchen. Prompt schließt er die Augen und sein kleiner Mund öffnet sich ein winziges Bisschen.

Ich habe mich nie für besonders mütterlich gehalten oder mir ein Baby gewünscht. Meine Arbeit als Tierärztin ist sehr anspruchsvoll. Nachdem Eric mir das Herz gebrochen hatte, habe ich meine Pläne, eine eigene Familie zu haben, auf Eis gelegt. Doch jetzt, wo ich Liam anschaue, scheint der Wunsch nach einem Baby plötzlich lebendig zu werden. Es ist dumm und gefährlich, sich in derartigen Wunschvorstellungen zu ergehen. Ich habe ja noch nicht mal einen Freund. Die Chancen, eine Familie zu gründen, sind also relativ klein für mich. Ein Seufzer entfährt mir. Es ist egal. Ich habe ja Liam. Ich küsse seine Stirn und wickle eine Decke um ihn.

Als ich das Kinderzimmer verlasse, kommt mir Jason in den Kopf. Mein Gesicht wird heiß. Er muss mich für eine komplette Idiotin halten, so wie ich mich verhalten habe. Was noch schlimmer ist, er kennt mein beschämendes Geheimnis. Meine Schwäche. Ein Kuss von ihm und ich verwandle mich in ein winselndes weibliches Wesen, das sofort bereit ist, seine Höschen fallenzulassen. Ich erinnere mich an das Gefühl seiner harten Muskeln und Hitze macht sich zwischen meinen Schenkeln breit. Ich presse sie zusammen, um den Druck zu mindern.

Ich wünschte, ich wäre mehr wie Madison, die mit jedem Kerl ins Bett springt, der ihr gefällt, ohne sich dabei um andere zu scheren. Viele Leute glauben, dass ich erfahrener bin, als ich zugebe. Ich habe es Madison einmal gestanden, aber sie lachte nur, als ich ihr sagte, dass ich noch Jungfrau sei.

Natürlich befriedige ich mich selbst, wenn ich es gar nicht mehr aushalte. Eric und ich haben auch ziemlich viel miteinander rumgemacht und waren manchmal kurz davor, Verkehr zu haben. Er hat mich oft darum angebettelt, aber ich habe immer nein gesagt. Ich wollte warten.

Aber wir heiraten doch, worauf sollen wir also warten?

Aus irgendeinem Grund wollte ich meine Jungfräulichkeit jedoch nie aufgeben. Jetzt wünsche ich mir, ich hätte es getan. Ich hätte mich von Eric lieben lassen sollen, denn jetzt empfinde ich sie als Last. Meine Gedanken kehren zu Jason zurück und beinahe muss ich aufstöhnen. Ich war so nah dran gewesen. Wenn er meinen Namen nicht laut ausgesprochen hätte, hätte ich mich ihm hingegeben.

Es schüttelt mich bei dem Gedanken, wie schrecklich die Momente danach gewesen wären. Er wäre vollkommen schockiert gewesen, dass jemand in diesem Jahrhundert noch so unerfahren sein kann. Ich habe seine Frauen mit eigenen Augen gesehen. Er liebt es, wenn sie weltgewandt sind, und in diese Kategorie falle ich bestimmt nicht.

Seit diesem Tag ist er nicht mehr hier gewesen und dafür bin ich sehr dankbar. Einmal sah ich ihn auf der Veranda seines Hauses stehen. Schnell war ich aus seinem Blickfeld getreten, aus Angst, dass er mich sehen und herüberkommen würde. Ihm gegenübertreten zu müssen, hätte mich unglaublich beschämt.

Ein Klopfen an der Eingangstür schreckt mich aus meinen Gedanken auf. Marvin und Ellie können es nicht sein. Die haben ihren eigenen Schlüssel und außerdem hätte ich ihr Auto in der Einfahrt gehört. Vielleicht ist es Ellies Mutter.

Ich schleiche mich aus dem Kinderzimmer, wo ich einen kurzen Blick auf Liam geworfen hatte. Eigentlich mache ich mir keine Sorgen darüber, ihn aufzuwecken. Am Nachmittag schläft er meist um die drei Stunden, und das ziemlich fest.

Ich sehe durch den Türspion und sauge scharf den Atem ein, als ich Jason in der Uniform eines Feuerwehrmannes vor mir sehe. Seine Hände stecken tief in den Taschen und er stapft mit den Füßen auf. Mein Gott, was ist er sexy. Mir zittern die Schenkel. Ich kann jetzt nicht mit Jason umgehen. Ich habe nicht die Kraft, ihm zu widerstehen. Wenn er mich jetzt auch nur ansatzweise berührt, weiß ich, dass ich ihn anbetteln werde, mich zu nehmen. Ich erwäge, so zu tun, als sei niemand zu Hause.

Er hebt die Hand zu einem erneuten Klopfen und meine Finger fliegen zum Türknopf, um ihm aufzumachen. Ich lächle, aber mein Lächeln erstirbt, als ich sein Gesicht sehe. Seine Augen sind nass, rot und geschwollen. Die Trostlosigkeit, die darin zu erkennen ist, erschreckt mich. Irgendetwas stimmt nicht.

„Jason?"

Er sagt nichts, sondern schaut mich nur mit diesen verzweifelten Augen an. Mein Verstand rast durch die verschiedenen Möglichkeiten. Er ist nicht verletzt, also muss es sich um jemand anderen handeln. Andere Menschen. Marvin und Ellie.

„Oh Gott", schreie ich auf und trete einen Schritt zurück. „Sind es Marvin und Ellie?" Meine Augen betteln um Bestätigung, dass ich falsch liege. „Jason!", brülle ich. „Sag was!"

„Lass uns reingehen", meint er schließlich und macht die Tür hinter sich zu. Mit zitternden Beinen folge ich ihm ins Wohnzimmer. Plötzlich kann ich nicht mehr gehen. Ich muss es wissen und klammere mich am Türrahmen fest, um mich zu stützen. Vor Angst bin ich wie erstarrt. Millionen von Gedanken schießen mir durch den Kopf. Bevor der eine zu Ende gedacht ist, kommt auch schon der nächste angeschossen.

Atme! Marvin und Ellie geht es gut. Wenn das nicht der Fall wäre, wüsste ich es. Ich könnte es in meinen Knochen spüren. Immerhin sind wir eine Familie. Vielleicht sind sie verletzt. Es muss schlimm sein, wenn Jason so aussieht.

Wir verschwenden unsere Zeit. Ich sollte schon auf dem Weg ins Krankenhaus sein. Schnell mache ich Pläne. Ich werde Liam bei seiner Großmutter absetzen. Bei Ellies Mutter. Ja, das wird das Beste sein.

„In welchem Krankenhaus sind sie?“

Jasons Augen werden groß. „Was?“

Ich zwinge mich, meine Ungeduld zu unterdrücken. Wahrscheinlich steht er unter Schock. „Ich weiß, dass es um Marvin und Ellie geht. In welchem Krankenhaus sind sie? Ich muss zu ihnen.“

„Hast du die Nachrichten gesehen?“

„Nein.“

Jason macht etwas äußerst Seltsames. Er bedeckt das Gesicht mit seinen Händen und bricht in Tränen aus. Laute, schrille, furchteinflößende Schluchzer ertönen. Ich taumele zurück. Nein, nein, nein! Bitte nicht!

Kapitel 6

Jason

Gerade habe ich meinen besten Freund und seine Frau beerdigt.

Egal, wie oft ich mir das sage, ich kann es noch immer nicht glauben. Ich sitze zusammengesunken auf einem Stuhl im Empfangszimmer und höre den tippenden Geräuschen der Rezeptionistin zu, die auf ihrem Computer arbeitet. Ich bewege mich wie ein Automat; kann nur das Nötigste tun.

Filmabschnitte von allen möglichen Dingen, die in den letzten zwei Wochen passiert sind, laufen mir immer wieder durch den Kopf. Brookes Schreie verfolgen mich, als ich ihr sagte, dass Marvin und Ellie von uns gegangen sind. Ich hielt sie gewaltsam fest, während sie um sich schlug und trat, bis sie müde geworden war. Ich war nicht in der Lage gewesen, meinen eigenen Schmerz zu unterdrücken, und wir hatten uns aneinandergeklammert und stundenlang geweint.

Danach war ich zu Ellies Mutter gegangen und hatte ihr gesagt, dass ihr einziges Kind nicht mehr lebte. Diese Erfahrung war sogar noch schlimmer gewesen als bei Brooke, denn Mrs. Stewart war nicht zusammengebrochen und das war nur schwer mit anzuschauen. Ich konnte sehen, dass sie nur darauf wartete, dass ich ging, damit sie in Ruhe trauern konnte. Ich hasste es, sie alleinzulassen. Als ich zum Haus zurückkehrte, war ich froh, dass Brooke bereits mit ihren Eltern gesprochen hatte.

Was folgte, war eine Achterbahnfahrt der Gefühle – von der Identifikation der Leichen bis hin zur Organisation der Beerdigung. Aber jetzt war alles vorbei. Jetzt begann der wirkliche Schmerz und an manchen Morgen wollte ich nicht mal aufstehen. Doch dann dachte ich an Brooke und Liam und zwang mich dazu, mein Bett zu verlassen.

Mir bleibt keine andere Wahl. Brooke ist allein in LA. Direkt nach der Beerdigung hat ihr Vater ihre Mutter zurück nach Minnesota gebracht, nachdem diese einen Zusammenbruch erlitten hat. Ich muss stark sein für Brooke. Marvin würde das von mir erwarten.

Marvin ist überall. Auf der Arbeit, zu Hause. Ich kann meiner Trauer nicht entfliehen. Mit ihrem Tod haben mich Marvin und Ellie meinem

Selbstgefühl und meinem Lebenszweck beraubt. Ich fühle mich verloren. Das Einzige, was mich nicht den Verstand verlieren lässt, ist das Wissen, dass Brooke und Liam mich brauchen. Wenn ich mit ihnen zusammen bin, verlässt mich die Leere und ich fühle mich beinahe wieder wie ein Mensch.

Brooke, Liam und ich sind zu einer dreiköpfigen Einheit geworden. Wir frühstücken jeden Tag zusammen, außer wenn ich meinen vierundzwanzigstündigen Dienst auf der Feuerwache habe. Manchmal reden Brooke und ich noch nicht mal dabei. Wir sitzen schweigend und wie betäubt da, aber irgendwie ist es auch tröstlich.

Das Geräusch einer sich öffnenden Tür bringt mich wieder in die Gegenwart zurück. Der Anwalt – ein glatzköpfiger Mann mit Brille – schaut heraus.

„Ist sie noch nicht da?“, fragt er die Rezeptionistin und in seiner Stimme klingt ein Hauch Ungeduld mit.

Mein Körper verspannt sich und Wut überkommt mich. Brooke verdient jede Pause, die sie kriegen kann. Es macht doch nichts, wenn sie sich ein wenig zu diesem Meeting verspätet. Immerhin muss sie auf Liam aufpassen, während sie um ihren Bruder und ihre Schwägerin trauert.

„Haben Sie doch ein bisschen Nachsicht“, knurre ich.

Die Augen des Anwalts werden groß. Für einen Moment sieht es aus, als wolle er etwas erwidern, aber dann nickt er nur und geht zurück in sein Büro. Ein paar Minuten später hört man Schritte im Flur und Brooke kommt herein. Sie sieht abgehetzt aus.

Mir zerdrückt es das Herz, als ich sie ansehe. Sie trägt einen Rock und eine Bluse und mir ist bis jetzt noch gar nicht aufgefallen, wieviel Gewicht sie verloren hat. In ihren Augen liegt unsägliche Traurigkeit. Ich gehe zu ihr und nehme sie in die Arme. Das ist alles, was ich dieser Tage tun möchte. Sie vor noch mehr Schmerz beschützen. Sie legt ihren Kopf auf meine Brust und ich halte sie fest, wobei ich ihren süßen Duft einatme.

Ich kann sehen, dass die Rezeptionistin – eine Frau mittleren Alters – uns einen mitleidigen Blick zuwirft und sich dann wieder ihrer Arbeit zuwendet. Nach einem Moment richtet Brooke sich auf.

„Tut mir leid, dass ich zu spät bin“, sagt sie. „Liam war sehr anhänglich heute … oder vielleicht war ich es auch. Ich habe ihn bei seiner

Oma gelassen." Ellies Mutter ist seit dem Unfall von unschätzbarem Wert. Trotz ihrer eigenen Trauer passt sie auf Liam auf, wann immer es notwendig ist, und ist eine Stütze für uns alle.

Hand in Hand betreten wir das Büro. Das einzige Gute an dieser Situation ist, dass Brooke und ich Freunde geworden sind. Diese unterschwellige Anspannung, die zwischen uns herrschte, ist komplett verschwunden. Die Trauer hat uns verbunden. Ihre Abneigung mir gegenüber ist verschwunden. Nach meinem Empfinden ist auch die Eiskönigin verschwunden, aber manchmal fehlt sie mir.

Diese gebrochene Brooke, die mit flacher und monotoner Stimme spricht und mich mit leeren Augen ansieht, bricht mir das Herz. Wie kann ich sie heilen, wenn ich es nicht mal selbst schaffe? Mir ist klar, dass ich Marvin enttäusche, aber ich weiß einfach nicht, wie ich die Freude zurück in ihre Augen zaubern kann. Marvin würde wollen, dass ich mich um seine kleine Schwester kümmere. Sie tröste. Das Problem ist nur, dass ich an manchen Tagen selber kaum funktioniere. Der Schmerz ist so stark, dass ich noch nicht mal die kleinsten Aufgaben erledigen kann. Ich konzentriere mich immer nur auf einen Tag. Wenn ich zu weit in die Zukunft blicke, überfällt mich Panik bei dem Gedanken an die trostlosen Tage, die noch vor mir liegen. Deshalb habe ich gelernt, immer nur von einem zum nächsten Tag zu leben.

Ich habe mich auf dieses Treffen gefreut. Danach muss ich nicht mehr stark sein. Brooke wird zurück nach Minnesota gehen. Ich bin mir ziemlich sicher, dass Marvin und Ellie Liam ihr überlassen haben. Doch wie leer wird mein Leben sein, wenn sie mich verlassen? Dann gibt es nichts mehr, nur noch mich und meinen Kummer. Daran darf ich jetzt nicht denken.

„Jason?", fragt Brooke und reißt mich damit aus meinen Gedanken.

Worüber haben wir gesprochen? Ich kann mich nicht mehr erinnern.

Der Anwalt erhebt sich, als wir in sein Büro treten. Seine Miene drückt Mitleid aus und ich bin mir sicher, dass er dieses aufsetzen kann, wie es die Situation verlangt. „Mein tiefempfundenes Beileid, Miss Foster und Mr. Cooper", sagt er mit tiefer, affektierter Stimme. Man kann sich nur schwer vorstellen, dass es sich bei ihm um den gleichen Mann handelt, der noch vor einigen Augenblicken so ungeduldig war.

Doch dann schiebe ich meine Antipathie für diesen Mann, der Marvins und Ellies Anwalt ist, beiseite. Die Umstände sind nicht seine Schuld. Er macht nur seine Arbeit.

„Danke“, erwidert Brooke mit zitternder Stimme.

Wir haben darüber spekuliert, welche Pläne Marvin und Ellie wohl gemacht haben für den Fall, dass sie nicht mehr sind. Brooke glaubte, dass Ellies Mutter Liam bekommen würde. Immerhin lebte sie in LA, was bedeutete, dass Liams Leben hier nahtlos weitergehen würde. Außerdem war sie relativ jung und seit Liams Geburt in seine Pflege einbezogen.

Obwohl Ellies Mutter die wahrscheinlichste Kandidatin zu sein schien, war ich gedanklich anderer Meinung. Ich wusste, dass Marvins erste Wahl Brooke sein würde. Ellies auch. Nun würde es nicht mehr lange dauern, bis wir es wussten.

Ich rücke einen Stuhl für Brooke zurecht und setze mich dann neben sie.

„Sollen wir anfangen?“, fragt der Anwalt und schiebt ein paar Papiere, die vor ihm liegen, zur Seite. Dann fährt er fort. „Nach dem Testament von Marvin und Ellie Foster wird das gemeinsame Sorgerecht Ihnen beiden, Jason Cooper, Liams Patenonkel, und Brooke Foster, seiner Tante, übertragen.“

Ich sitze ganz still und versuche zu verstehen, was der Anwalt gerade gesagt hat. Gefühle schnüren mir den Hals zu und mein Herz wird überflutet mit etwas, das ich nicht beschreiben kann. Marvin und Ellie haben mir Liam anvertraut. Wenn ich allein wäre, würde ich jetzt heulen. Sie waren meine einzige Familie und ich kann die bittersüße Freude kaum beschreiben, als ich fühle, dass auch sie mich als Familienmitglied ansahen.

„Das Haus kommt in einen Treuhandfond, bis Liam alt genug ist, um es zu erben. Sie, Miss Foster, können mit dem Kind darin wohnen und Entscheidungen treffen, die Ihrer Meinung nach im besten Interesse des Kindes sind. Nur das Haus verkaufen dürfen Sie nicht.“

„Gemeinsames Sorgerecht? Da muss ein Irrtum vorliegen“, sagt Brooke mit lauter und ungläubiger Stimme. Ihr Gesicht war schon vorher blass, jetzt sieht sie krank aus. „Ich lebe in Minnesota und Jason in LA. Wo sollen wir denn bitte wohnen?“

„In LA natürlich" sage ich.

Sie sieht mich mit blitzenden Augen an und die Wut darin verblüfft mich. „Bist du wahnsinnig? Ich kann doch nicht einfach mein Leben in Minnesota aufgeben und hierherziehen."

Wir starren einander an wie zwei Kampfhähne. „Liams Zuhause ist in LA. Das ist seine Heimat. Marvin und Ellie würden wollen, dass er hier aufwächst."

„Sie würden wollen, dass er bei seiner Familie ist", sagt Brooke mit angespannter Stimme. „Seine Großeltern und seine Tante leben in Minnesota."

Das tut weh, aber ich schiebe den Schmerz zur Seite. Denn im Moment kämpfe ich um mein Leben. Wenn Liam weg ist, habe ich nichts mehr, wofür es sich zu kämpfen lohnt. „Seine andere Großmutter, Ellies Mutter – die, die immer für uns da ist – lebt in LA." Es ist ein Schlag unter die Gürtellinie und wenn ich mir Brookes Gesicht anschaue, weiß ich, dass er ins Ziel getroffen hat.

„Du kannst sagen, was du willst, aber ich gehe in ein paar Tagen nach Minnesota zurück. Das Gericht wird auf meiner Seite stehen."

Das Blut in meinen Adern gefriert zu Eis. Ich starre Brooke schockiert an. Innerhalb weniger Minuten hat sie sich in eine Fremde verwandelt. „Du willst vor Gericht gehen? Entgegen Marvins und Ellies Wunsch? Sie wollten, dass Ellies Mutter und ich in Liams Leben eine Rolle spielen. Deine Eltern können uns jederzeit besuchen oder wir können mit Liam zu ihnen fahren."

Sie verzieht verächtlich das Gesicht. „Du hast dir das alles schon zurechtgelegt, was? Eins sage ich dir. Ich gebe meinen Neffen nicht auf."

„Und ich nicht meinen Patensohn", schreie ich.

„Bitte", sagt der Anwalt schließlich, während wir uns anstarren. „Niemand denkt wirklich, dass er sterben wird, und ich bin mir sicher, dass auch Mr. und Mrs. Foster das nicht geglaubt haben."

Diese Mahnung lässt meinen Zorn verebben und ich senke voller Scham über meinen Ausbruch den Kopf.

„Ich würde vorschlagen, dass Sie beide sich die Zeit nehmen, diese Sache gründlich zu durchdenken", fährt der Anwalt fort. „In der

Zwischenzeit müssen wir darüber diskutieren, eine Klage auf Schadensersatz wegen widerrechtlicher Tötung einzureichen. Ich habe Ihren Fall an einen unserer besten Anwälte weitergeleitet und wenn Sie einverstanden sind, können wir die Klageschrift einreichen."

„Tut mir leid, aber ich verstehe nicht", sagt Brooke.

Ich wende mich zu ihr um. „Er war betrunken, Brooke. Der Fahrer, der Marvins und Ellies Auto gerammt hat, war betrunken. Wir haben das Recht, Schadensersatz zu fordern."

Ein verletzlicher Ausdruck tritt auf ihr Gesicht und mein Herz zieht sich vor Mitleid zusammen. Natürlich kommt das alles viel zu früh, aber Entscheidungen müssen eben getroffen werden.

So wütend ich vor ein paar Minuten noch auf sie war, jetzt wünschte ich, ich könnte sie vor allem beschützen.

„Ich weiß nicht, Jason."

Ich greife nach ihrer Hand und drücke sie. „Ich weiß, dass kein Geld der Welt sie wiederbringen kann, aber wir müssen an Liam denken. Es wird ihm ein Fundament für die Zukunft geben. Mit diesem Geld kann er auf jede Universität gehen, die er will." Ich habe darüber nachgedacht und wenn wir jetzt nicht klagen, werden wir es in der Zukunft bereuen. Liam sollte für den Verlust seiner Eltern kompensiert werden. Wenigsten soll er finanziell abgesichert sein.

Brooke schenkt mir ein dankbares Lächeln und wendet sich dem Anwalt zu. „Okay, dann lassen Sie es uns tun."

Der Anwalt erklärt uns den Prozess und wir diskutieren das Ganze noch eine Weile.

„Das ist alles", sagt er schließlich und wir stehen alle auf. Sorge ergreift mich, als ich Brooke aus dem Raum führe.

Sie kann mir Liam nicht wegnehmen. Ich brauche ihn. Ohne ihn verliere ich den Verstand.

Kapitel 7

Brooke

Jedes Mal, wenn Liam seinen kleinen Mund aufmacht, um erneut loszuheulen, lasse ich ihn noch stärker auf meiner Hüfte auf und ab hüpfen. Bisher hat das funktioniert. Aber wie lange halte ich das noch aus? Meine Beine tun mir weh vom Stehen und Herumlaufen. Jedes Mal, wenn ich mich hinsetze, heult und schreit er derart, als würde ich ihm etwas antun.

Meine Augen fühlen sich geschwollen an und sind erschöpft vom Schlafmangel und vom Weinen. Ich habe beinahe die ganze Nacht kein Auge zugetan und jetzt ist es neun Uhr. Eigentlich hatte ich gehofft, dass Liam inzwischen schlafen würde, aber jedes Mal, wenn ich ihn in sein Bettchen legen will, brüllt er los. Auch scheint er keinen Hunger zu haben und ich habe schon ein paar Mal überlegt, mit ihm ins Krankenhaus zu fahren.

Aber was soll ich denen sagen? Dass das Baby schreit und nicht mehr aufhört? Er hat kein Fieber und auch sonst scheint alles in Ordnung zu sein, aber ich bin kurz vorm Durchdrehen. Ein lautes Klopfen ertönt an der Eingangstür und Erleichterung durchflutet mich. Jede Art von Ablenkung ist willkommen.

Ich reiße die Tür auf und erstarrte, als ich Jason sehe. Er sieht schrecklich aus. Seine Augen sind blutunterlaufen und haben dunkle Ränder. Liam schreit und Jason kommt herein und nimmt ihn in die Arme. Ich schäme mich beinahe, weil ich mich derart erleichtert fühle, dass ihn mir jemand abnimmt.

„Hey, was ist denn los, mein Kleiner?", fragt Jason summend.

Seine Stimme, tief und beruhigend, bringt das Baby zur Ruhe. Jason trägt ihn ins Wohnzimmer, während er weiter leise auf ihn einspricht. Er setzt sich aufs Sofa und lässt Liam auf seinen Knien hüpfen. Liam ist verwirrt und weiß nicht, ob er heulen oder kichern soll. Er entscheidet sich für Letzteres.

„Er hört einfach nicht auf zu weinen", sprudelt es aus mir heraus.

Jason wirft mir einen kurzen Blick zu. „Sieht so aus, als sei er nicht der Einzige."

Ich lasse den Kopf hängen und schäme mich ob meiner Hilflosigkeit.

„Wacht er nachts oft auf?", fragt Jason.

„Normalerweise zwei Mal für seine Flasche, aber letzte Nacht war er fast die ganze Zeit wach. Ich dachte, er sei krank, aber er hat kein Fieber."

Ein Gedanke kommt mir in den Kopf und ich kann ihn einfach nicht abschütteln. Er macht mich so unglaublich traurig. „Ich glaube, er weiß, dass seine Eltern nicht mehr da sind", sage ich leise.

Jason schüttelt den Kopf. „Dafür ist er zu klein." Er wirft einen Blick in Liams Mund. „Sein Zahnfleisch ist ganz rot und er bewegt seinen Mund, als habe er einen Fremdkörper darin. Ich glaube, dass er ein Zähnchen bekommt."

Ich kann kaum glauben, dass Jason – ein Feuerwehrmann – es vor mir herausbekommen hat. „Daran hätte ich denken sollen. Immerhin bin ich Tierärztin, verdammt!"

Ich erwarte, dass Jason mich aufzieht, aber er tut es nicht. Seine Worte treiben mir die Tränen in die Augen. „Du bist im Moment nicht du selbst, Brooke. Du hast eine Menge durchgemacht und es wird eine Weile dauern, bis die Wunden geheilt sind."

Sein Blick fällt auf Liam, der nun in seinen Armen liegt, und auf seinem Gesicht macht sich Verzweiflung breit. Mein Herz zieht sich zusammen. Ich weiß, woran er denkt. Wenn ich vorhin noch Zweifel hatte, dann sind diese jetzt wie weggeblasen. Die Entscheidung, die ich getroffen habe, ist die richtige.

„Wann willst du weg?", fragt Jason mit flacher Stimme. Bevor ich noch antworten kann, spricht er erneut. „Bitte bring ihn nicht von hier fort, Brooke. Liam ist die einzige Familie, die ich noch habe." Seine Stimme ist abgehackt und ich kann erkennen, wie verzweifelt er möchte, dass wir bleiben.

Ich stelle mir vor, wie Marvin mir böse Blicke zuwirft. Ich war unausstehlich und habe nur an mich gedacht. Liams Zuhause ist in LA. Im Moment muss ich das tun, was in seinem besten Interesse ist. In der Nähe seines Patenonkels zu sein, war etwas, das seine Eltern wollten.

Ich lächle Jason an. „Wir bleiben."

Er wird ganz still und kneift die Augen zusammen. „Sag das nochmal und ganz langsam bitte."

Ich nicke und der Ausdruck ungetrübter Freude auf seinem Gesicht sagt mir, dass ich die richtige Entscheidung getroffen habe.

„Hast du das gehört, Kumpel?", fragt Jason und Freudentränen treten in seine Augen. „Du kannst bleiben. Dein Onkel Jason wird dir allerhand männliche Sachen beibringen, genauso, wie dein Vater das gewollt hätte. Ich werde dir alles über ihn erzählen, damit du das Gefühl bekommst, ihn gekannt zu haben."

Ich wünschte mir, er könne auch mein Herz heilen. In meiner Brust klafft ein riesiges Loch und ich glaube nicht, dass es jemals wieder verschwinden wird. Ich vermisse Marvin und Ellie so sehr, dass es mich beinahe lähmt, wenn ich daran denke, dass diese Situation permanent ist. Ich werde sie nie wiedersehen oder mit ihnen reden.

Ein Gähnen entfährt mir. „Entschuldige. Mein Verstand ist hellwach, aber mein Körper streikt."

„Ich kann dir gar nicht sagen, wie dankbar ich dir bin, Brooke", sagt er und seine Stimme ist voller Gefühl.

Ich winke ab. „Ich muss mich bei dir entschuldigen. Es war falsch von mir, Liam von dir fernzuhalten. Offensichtlich liebst du ihn genauso sehr wie wir."

„Ich habe eine Idee", sagt Jason. „Wie wäre es, wenn ich in das andere Gästezimmer ziehe und dir mit diesem jungen Mann hier zur Hand gehe? Wir können uns bei seiner nächtlichen Betreuung abwechseln und du würdest wieder etwas mehr Schlaf bekommen."

Mir rutscht das Herz in die Hose. Jason will hier einziehen! Ich sehe mich um und plötzlich erscheint mir das Haus wesentlich kleiner. Wie soll ich mich beherrschen, wenn er ständig in meiner Nähe ist? Mein Blick wandert zu ihm. Der Gedanke, ihn die ganze Zeit hierzuhaben, ist schon verlockend – und nicht nur wegen Liam.

Aber es ist sehr egoistisch von mir zu wollen, dass Jason hier bei uns wohnt. „Was ist denn mit deinem Leben? Das kannst du doch nicht auf Eis legen nur wegen uns."

„Du meinst Dating? Ja, das kann ich und das werde ich auch", sagt er mit fester Stimme. „Ist das ein Ja? Du brauchst Hilfe, Brooke, und wenn ich auf der anderen Straßenseite wohne, kann ich sie dir nicht gewähren."

Ich fühle mich hin- und hergerissen, möchte aber unglaublich gern ja sagen. Es ist so ermüdend, alles alleine machen zu müssen.

„Worüber machst du dir denn Gedanken?", fragt er.

Ich schüttele den Kopf. „Ich mache mir über gar nichts Gedanken. Meine Antwort lautet ja." Ich lasse meinen Kopf auf die Rückenlehne fallen. „Mir fehlt mein Schlaf."

Jason lacht. „Du kannst dich jetzt ein bisschen hinlegen. Wir kommen klar."

Ich setze mich auf. „Du kennst doch seinen Zeitplan gar nicht."

Jason zeigt auf den Kühlschrank am anderen Ende des Raumes. „Der Plan ist doch bestimmt noch dort angeheftet, oder?"

Zum ersten Mal seit Wochen muss ich herzhaft lachen. „Ellie war schon sehr organisiert, oder?"

„Ja, das war sie", sagt Jason. „Und nun los, wir wollen ja nicht, dass du auf dem Sofa einschläfst, oder Liam?"

Wir sprechen über Ellie in der Vergangenheitsform. Es zieht mir das Herz zusammen. Wenn ich noch einen Moment länger hierbleibe, werde ich in Tränen ausbrechen.

In meinem Zimmer schließe ich die Vorhänge und sinke ins Bett. Ich habe das Gefühl, eine Rettungsleine zugeworfen bekommen zu haben. Dann mache ich die Augen zu und kurz darauf übermannt mich der Schlaf.

***

Als ich aufwache, ist das Haus still und ich habe keine Ahnung, wie spät es ist. Die Vorhänge lassen keinen Schluss auf die Tageszeit zu. Ich setze mich auf und lausche nach Geräuschen von Liam. Ich kann mich nicht erinnern, ihn zu Bett gebracht zu haben. Als ich mir die Augen reibe, fällt es mir wieder ein. Ich habe Liam bei Jason gelassen. Ich springe auf und stürze mit klopfendem Herzen aus meinem Zimmer.

Jason steht am Herd und wirbelt herum, als er meine Schritte hört.

„Liam!"

„Er ist zur gleichen Zeit eingeschlafen wie du. Ich habe ihn in sein Bettchen im Kinderzimmer gelegt“, meint Jason.

Mein Herzschlag beruhigt sich langsam wieder und ich werde mir eines köstlichen Aromas bewusst. Dann spüre ich Jasons Blicke auf meinen Beinen und als ich an mir heruntersehe, überkommt mich der blanke Horror. Ich trage noch immer mein dünnes Nachthemdchen, dass kaum meinen Schoß bedeckt. Und es ist auch nicht gerade hilfreich, dass ich kein Höschen anhabe.

„Ich muss mich umziehen.“ Mit diesen Worten entfliehe ich.

In der Zurückgezogenheit meines Zimmers ziehe ich eine Jogginghose und ein T-Shirt an. Dann gehe ich auf Zehenspitzen in das Zimmer nebenan, um nach Liam zu sehen. Er sieht so anbetungswürdig aus, wie er da leise und mit geöffnetem Mündchen schnarcht. Ich unterdrücke ein Kichern und gehe leise wieder hinaus.

Jason erhebt sich, als ich ins Wohnzimmer komme. „Ich habe Kartoffelbrei und Steaks gemacht“, sagt er.

Mein Magen beginnt zu knurren. „Ein Mann mit vielen Talenten.“ Ich könnte mir in den Hintern treten. Warum sage ich denn solchen Blödsinn? Ich bin eine erwachsene Frau und sollte in der Lage sein, meine sexuelle Begierde für einen Mann im Zaum halten zu können, oder? „Es riecht ganz köstlich“, füge ich rasch hinzu.

„Ich muss dir doch beweisen, dass du die richtige Entscheidung getroffen hast, und außerdem meine Anwesenheit hier rechtfertigen.“

Ich empfinde ungetrübten Frieden und weiß jetzt, dass es die richtige Entscheidung war, in LA zu bleiben. Meine Augen wandern zu seiner unglaublich breiten Brust. Mir juckt es in den Fingern, seine Bauchmuskeln zu berühren. Ich muss schlucken. Er ist einfach zu sexy. Es ist wirklich nicht meine Schuld, dass ich mich derart von ihm angezogen fühle. Ich möchte wetten, dass viele Frauen bei derart viel Sex-Appeal schwach werden würden. Nun muss ich nur noch lernen, damit zu leben. Im Laufe der Zeit wird es sicher einfacher werden. Außerdem müssen wir an Liam denken. Er steht an erster Stelle.

„Ich habe darauf gewartet, dass du mir das Zimmer zeigst“, meint er und deutet in Richtung Wohnzimmertür.

Meine Augen folgen seinem Finger und fallen auf eine Reisetasche. Ich erinnere mich wieder, worauf ich mich eingelassen habe, und muss die Augen schließen. Ein Schrei will sich mir entringen und schnell beiße ich mir auf die Unterlippe. Bin ich denn vollkommen verrückt geworden? Auf gar keinen Fall werde ich es schaffen, meine Gefühle für Jason unter Kontrolle zu halten, während wir in einem Haus wohnen. Da habe ich mir echt zu viel zugetraut. Mein Schoß ist ja jetzt schon feucht. Für einen Moment erwäge ich, ihm zu sagen, dass ich meine Meinung geändert habe, aber ich ertrage es einfach nicht, die Freude auf seinem Gesicht auszulöschen. Es wäre nicht fair. Er geht in die Küche und deckt schnell den Tisch für uns beide. Ich kann mich nicht erinnern, wann ich das letzte Mal am Tisch gegessen habe.

Es ist schön, Jason im Haus zu haben und zu wissen, dass er jeden Tag hier sein wird, außer wenn er arbeiten muss. Manchmal ist es schon verdammt einsam hier. Ich sollte einfach ein paar Tage abwarten und sehen, wie sich die Dinge entwickeln.

„Ich hoffe, du bist hungrig“, sagt er und rückt mir einen Stuhl hin.

„Ich habe einen Bärenhunger“, murmele ich, beeindruckt von dem Essen, das da vor mir auf dem Tisch steht. Ich setze mich und warte darauf, dass Jason das Gleiche tut, bevor ich nach einem Löffel greife.

Ich schaufele mir Kartoffelbrei und Soße in den Mund und muss die Augen schließen, als meine Geschmacksnerven gestreichelt werden. Ein unfreiwilliges Stöhnen entfährt mir und Jason grinst.

„Darf ich annehmen, dass das Essen deine Zustimmung findet?“

„Wo hast du gelernt, so zu kochen?“, frage ich. „Du beschämst mich ja. Ich kann fast gar nicht kochen. Wenn ich das gewusst hätte, wären Liam und ich schon lange bei dir eingezogen.“

„Ich habe schon immer gern gekocht. Das war eines der Dinge, die meine Mutter und ich immer zusammen gemacht haben“, sagt er mit nachdenklicher Stimme.

Ich esse eilig und in Nullkommanichts ist mein Teller komplett leer. Ich seufze voller Zufriedenheit auf. „Danke sehr, das war fantastisch.“

„Es macht Spaß, für jemanden zu kochen, der mein Essen auch zu schätzen weiß“, sagt Jason.

„Ich mache den Abwasch“, kündige ich an und sammle die Teller ein.

„Ich helfe dir“, meint Jason.

Eine Erinnerung drängt sich mir auf. Das letzte Mal, als wir zusammen den Abwasch machten, landeten wir in den Armen des anderen und standen kurz davor, Sex miteinander zu haben. Auf gar keinen Fall werde ich mich wieder in eine derartige Position begeben. „Nein, du entspannst dich. Ich mache dir einen Kaffee. Du hast schon mehr als genug getan.“

„Wie du meinst“, sagte er und streckt seine langen Beine aus. „Mir hat das Dinner auch gefallen, und zwar nicht nur wegen des Essens. Es ist schön, dabei mal in Gesellschaft zu sein.“

Ging er denn nicht jeden Abend mit einer anderen Frau aus? Ich kann seine Augen spüren, die sich in meinen Rücken bohren, als ich das Geschirr zur Spüle trage. Mein Inneres erbebt, als ich mich an unsere leidenschaftlichen Küsse erinnere. Er ist schon ein toller Küsser. Ob er sich auch daran entsinnt?

Kapitel 8

Jason

Irgendwas stört meinen Schlaf und ich schrecke hoch. Es dauert einen Moment, bis ich weiß, wo ich mich befinde. Ich bin in Marvins und Ellies Gästezimmer. Das Geräusch setzt wieder ein. Das Schreien eines Babys. Liam. Ich krabbele aus dem Bett. Ich will zu ihm, bevor Brooke aufwacht, damit sie mal eine ganze Nacht durchschlafen kann.

Ich trage nur meine Boxershorts, aber es würde zu lange dauern, mir Hosen anzuziehen. Ich stürze aus meinem Raum und laufe ins Kinderzimmer. Das Schreien hört plötzlich auf und als ich eintrete, sehe ich auch, warum. Brooke hält Liam in ihren Armen und gibt ihm die Flasche. Mein Blick fällt auf ihre bloßen Schenkel und ich muss schlucken.

Sie macht beruhigende Geräusche und hört mich nicht, bis ich direkt vor ihr stehe. „Er schreit ziemlich laut, was?“, fragt Brooke mit sanfter Stimme.

Ich trete noch näher und schaue in Liams Gesicht. „Ja, für einen Moment wusste ich gar nicht, wo zur Hölle ich eigentlich bin.“

Brooke lacht leise. Liams Augen sind fest geschlossen, während er gierig seine Milch trinkt.

„Trinkt er seine Flasche immer mit geschlossenen Augen?“

Wieder lacht Brooke auf. Mir gefällt der Klang ihres Lachens. Es ist weich und echt.

„Immer. Unser Liam mag es nicht, auch nur einen Moment seines kostbaren Schlafes zu verschenken.“

In meiner Brust steigt Freude auf. Das gefällt mir. Unser Liam. Hier mitten in der Nacht mit Brooke und Liam im Kinderzimmer zu stehen, gibt mir das Gefühl, Teil einer Familie zu sein. Ich weiß, dass es albern ist, aber es fühlt sich gut an.

„Fertig!“, ruft Brooke aus, zieht die Flasche aus Liams Mund und stellt sie auf den Tisch. „Und jetzt ein Bäuerchen.“

„Das übernehme ich“, sage ich und nehme ihr Liam ab. Ich lege ihn an meine Brust und er seufzt zufrieden auf. Sein kleiner Körper liegt warm auf mir und wird ganz schlaff, als er wieder einschläft. Ich reibe über seinen Rücken, um sein Bäuerchen zu beschleunigen.

„Ich glaube, das gefällt ihm“, sagt Brooke.

Wie zum Beweis lässt Liam einen gewaltigen Rülpser hören und wir lachen beide. Ich bringe ihn zu seinem Bettchen und lege ihn hin, während Brooke Decken um ihn wickelt. Ein süßer Duft umfängt mich und ich will mehr davon. Als wir das Kinderzimmer verlassen, fällt mein Blick auf Brookes Nachthemd.

Ich kann ihre Pobacken sehen, als sie vor mir herläuft, und mein Schwanz beginnt anzuschwellen. Auch ihre Beine sind wunderschön, aber im Moment schwebt mir nur vor, ihren Hintern zu packen und fest an meinen Schwanz zu pressen.

Sie bleibt stehen und hält den Türknopf fest und als ich an ihr vorbeigegangen bin, zieht sie die Tür zu. Ich versuche zu ignorieren, wie sehr ich sie will. Sie dreht sich um und senkt den Blick. Mein harter Schwanz verwandelt meine Boxershorts in eine Art Zelt. Aber es ist mir nicht peinlich. Eine riesige Welle des Begehrens überschwemmt mich. Ich muss sie küssen. Also trete ich an sie heran und lasse meine Hand auf ihre Taille gleiten.

Sie stöhnt leise auf. Mehr brauche ich nicht. Ich presse meinen Mund auf ihren und küsse sie tief. Meine Hände gleiten nach unten und ergreifen ihre Pobacken, um sie noch näher an mich zu ziehen. Beinahe verliere ich den Verstand, als ich nackte Haut berühre. Sie hat kein Höschen an. Ihre Haut ist weich und ich kann es kaum erwarten, sie zu kosten und zu lecken.

Sensationelle Empfindungen überfallen mich aus allen Richtungen. Ihre vollen Brüste pressen sich gegen meinen Oberkörper; ihre Nippel sind hart. Brooke windet und reibt sich an meinem Schwanz.

Ich will mehr. Ich lasse meine Hand unter ihr Nachthemd zu ihren Brüsten gleiten. Meine Handflächen legen sich auf ihre Brustwarzen und sie stöhnt und drückt den Rücken durch. Ich spiele mit ihren Nippeln, denn ich liebe den Klang ihres Stöhnens. Dann senke ich den Kopf, um Küsse auf ihren Hals regnen zu lassen, und hebe ihr Nachthemd hoch. Ich muss sie schmecken.

Ihre Brustwarzen betteln geradezu darum, geleckt zu werden. Ich gehorche und nehme die erste in den Mund, während ich weiter mit der anderen spiele. Dann drücke ich ihre Brüste zusammen und lecke erst die eine und dann die andere. Ihr Stöhnen verrät mir, dass sie es genießt.

„Oh, Jason“, stößt sie hervor.

Ich grinse, denn ich bin froh, dass sie sich erinnert, wer ihr dieses Vergnügen bereitet. „Ich will dich zum Schreien bringen, Brooke“, sage ich zu ihr.

Ich sauge weiter an ihren Nippeln und spiele mit ihnen. Seufzer des Begehrens belohnen mich und sie sind das süßeste Geräusch, das ich seit langem gehört habe. Ich will, dass sie danach schreit. Um meinen Schwanz bettelt. Ich lasse ihre Nippel los und sie murmelt protestierend.

Ich falle auf die Knie und hebe ihr Nachthemd hoch. Dann lege ich meine Hände auf ihre Innenschenkel und biege sie sanft auseinander. Jetzt drücke ich sanfte Küsse auf ihre Haut und atme ihren süßen Zitronenduft tief ein. Himmlisch. Der Duft ihrer Erregung umhüllt mich.

Ihre rosa Hautfalten glänzen voller Feuchtigkeit und ich lasse meine Zunge darüber gleiten, um sie zu kosten. Ich lecke über ihre Lustperle und sie krallt ihre Finger in mein Haar. Ich tauche noch tiefer ein, um ihre ganze Süße zu schmecken. Mit langen Schlägen meiner Zunge necke ich ihre Mitte und sie wimmert leise.

Mein Schwanz pocht voller Lust, aber ich genieße ihre verlangenden kleinen Schreie mehr, als dass ich sie vögeln will. Ich möchte sie an den Rand eines Abgrunds treiben, bis sie mich anbettelt, sie zu ficken. Sie muss es aussprechen. Ich werde es nicht tun, bis sie es sagt.

„Jason, bitte“, stößt sie hervor.

Mein Schwanz drückt gegen meine Boxershorts und bettelt um Freilassung. Aber ich konzentriere mich auf Brooke, wie sie sich windet und stöhnt. Ich packe ihre wundervollen Arschbacken, um sie festzuhalten. Keine Ahnung, wann ich die Reaktion einer Frau jemals so sehr genossen habe, wie ihre im Moment. Meine eigenen Bedürfnisse sind in den Hintergrund getreten. Ich lecke und sauge, übe mal mehr und mal weniger Druck aus, bis Brookes Schenkel zu zittern beginnen. Sie kneift ihre Pobacken zusammen und ich knete sie durch. Dann drücken ihre Hände meinen Kopf noch tiefer in sie hinein. Sie ist kurz davor zu kommen.

Ich erhöhe mein Tempo und schiebe einen Finger in ihre heiße Pussy. Plötzlich treffe ich auf Widerstand und erstarre. Ich versuche es erneut, aber mit dem gleichen Ergebnis. Mein Körper fühlt sich auf einmal kalt an. Ich lasse meinen Finger herausgleiten, ziehe ihr das Nachthemd zurecht und stehe auf. Mein Atem kommt in schnellen Stößen. Ich kann nicht glauben, was ich da beinahe angerichtet hätte. Wie nah ich schon dran war.

Das hätte ich mir nie verziehen. Scham und Selbsthass überkommen mich. Brooke ist noch Jungfrau! Sie bewahrt sich für jemand Besonderen auf und ich wollte aus ihrer Unschuld einen Vorteil ziehen. Sie hätte mich für immer gehasst. In meinem Magen steigt Übelkeit auf und ich möchte am liebsten auf etwas einschlagen. Ich wende mich Brooke zu.

„Es tut mir leid.“ Ich kann ihr nicht in die Augen sehen. „Bitte verzeih mir. Ich habe mich hinreißen lassen.“

Kapitel 9

Brooke

Mit beschämtem Gesicht eile ich in mein Zimmer und verkrieche mich unter der Decke. Meine Möse steht in Flammen. Ich war so kurz vor dem Höhepunkt gewesen. Ein verzweifeltes Verlangen überkommt mich und ich berühre mich selbst. Ich reibe über meine Perle, aber alles, woran ich denken kann, ist Jasons Zunge. Mich selbst zu befriedigen, bringt nichts. Ich kneife meine Beine zusammen, als eine weitere Welle der Lust mich überrollt. Dann denke ich an das riesige Zelt, das sein Schwanz in seinen Boxershorts errichtet hat. Wenn ich diesen doch nur berührt und geschmeckt hätte, als ich die Chance dazu hatte. Ich bekomme ihn nicht mehr aus dem Kopf und würde alles geben, um die Zeit zurückdrehen zu können.

Dann erinnere ich mich an Jasons Reaktion, als er merkte, dass ich noch Jungfrau bin. Es war, als hätte man ihm einen Eimer kaltes Wasser über den Kopf gegossen. Sein Gesicht hatte Abscheu ausgedrückt.

Irgendwann muss ich eingeschlafen sein, denn das Nächste, was ich spüre, sind warme Sonnenstrahlen auf meinem Gesicht. Als mir die Ereignisse der letzten Nacht wieder einfallen, stöhne ich auf und verstecke mein Gesicht unter der Bettdecke. Wie kann ich Jason ins Gesicht sehen, nachdem ich ihm erlaubt habe, meine Möse zu lecken?

Außerdem kennt er jetzt mein beschämendes Geheimnis. Ich bin noch Jungfrau. Und was noch schlimmer ist, ich wollte, dass er mich vögelt, obwohl ich seinen Ruf kenne, was Frauen betrifft. Noch nie habe ich es so sehr gehasst, Jungfrau zu sein, wie jetzt. Ich hasse dieses Etikett! Ich würde es verschenken, einfach nur, um es los zu sein.

Für immer kann ich mich nicht in meinem Zimmer verstecken. Ich strampele die Decke weg und ziehe mich ohne große Begeisterung an. Ich schlüpfe in einen knielangen Rock und eine ärmellose, cremefarbene Bluse. Jetzt wünschte ich, ich hätte nicht zugestimmt, dass Jason hier im Haus wohnt.

Ich schlendere ins Wohnzimmer und mein Blick fällt auf ihn. Sofort zieht sich alles in mir zusammen. Doch ich spiele die Nonchalante. Bevor ich noch mit Jason sprechen muss, meldet sich glücklicherweise Liam aus seinem Kindersitz und ich gehe zu ihm und küsse ihn über das ganze Gesicht.

„Guten Morgen“, meldet sich Jason, der vor dem Herd steht.

Wieder zieht es in meinem Bauch. „Morgen“, erwidere ich, ohne ihn anzusehen.

„Du kommst gerade rechtzeitig zum Frühstück“, fährt er fort. „Liam hatte seins schon.“ Seine Stimme ist kalt und unfreundlich. Ich begegne seinem harten Blick und wir starren uns an, bis er die Augen senkt. Ich habe keinen Zweifel, was er für mich empfindet. Abscheu.

Beschämt ziehe ich mir einen Stuhl heran und setze mich. Jason bringt mir einen Teller, der gefüllt ist mit Pfannkuchen und Speck. Mir läuft das Wasser im Munde zusammen und ich beginne, reinzuhauen. Nachdem er uns einen Kaffee gebracht hat, setzt er sich ebenfalls hin. Wir essen, ohne zu reden, und das ist mir nur recht. Ich bin erleichtert, dass er nicht von letzter Nacht spricht. Aber meine Erleichterung ist nur von kurzer Dauer.

Er schneidet das Thema an, während wir beide an unseren Kaffeetassen nippen. „Wann hattest du geplant, es mir zu sagen?“, fragt er mit harter Stimme.

Auf meiner Stirn bildet sich Schweiß. Ich habe das Gefühl, mich in einem Gerichtssaal zu befinden und wegen eines schwerwiegenden Verbrechens auf der Anklagebank zu sitzen. Ich erwidere seinen Blick. Mein Mund spielt jedoch nicht mit. Mir hat es anscheinend die Sprache verschlagen.

„Hast du deine Zunge verschluckt?“, fragt er und erlöst mich damit aus meiner Starre.

Ich stoße den Atem aus. „Dir was zu sagen?“

„Brooke, spiel keine Spielchen mit mir! Du weißt genau, was ich meine, aber ich sage es noch einmal, damit es keine Missverständnisse gibt. Warum hast du mir nicht gesagt, dass du noch Jungfrau bist?“

Ich senke den Blick. „Ich weiß es nicht.“

„Ich hätte beinahe etwas getan, das wir beide bereut hätten“, sagt er und seine Stimme wird etwas weicher.

„Ich hätte es nicht bereut“, murmele ich.

Ein scharfes Einatmen lässt mich den Kopf heben. Er sieht gequält aus. „Ich bin ein Mann, Brooke, und habe nur ein gewisses Maß an Selbstkontrolle. Sage so etwas nicht."

Meine Brust wird weit und die Welle der Emotionen, die von seinen Worten hervorgerufen wird, verschlägt mir beinahe den Atem. Ich bin mir nicht sicher, ob ich ihn richtig verstanden habe. „Du bist nicht enttäuscht, weil ich noch so unerfahren bin?"

Er sieht mich an, als hätte ich den Verstand verloren. „Brooke, deine Jungfräulichkeit ist etwas Besonderes und du solltest sie für jemand Besonderen aufbewahren."

Genau das möchte ich nicht mehr tun. Ursprünglich hatte ich mich für jemand ganz besonderen aufbewahrt. Für jemanden wie Eric. Und was hatte er mir angetan? „Nein! Ich bin es leid, mich für jemand Besonderen aufzusparen. Ich will es einfach nur hinter mich bringen."

Auf Jasons Stirn tritt eine Ader. „Großer Gott, Brooke! Weißt du eigentlich, was du mir da antust?" Er blickt mich intensiv an. „Denk zuerst darüber nach. Das erste Mal ist etwas Besonderes. Du kannst es nicht zurückholen, wenn es erst einmal verschwunden ist."

Ich widerstehe der Versuchung, meine Augen zu verdrehen. „Wenn du es nicht machen willst, sag es einfach. Dann finde ich jemand anderen." Kaum zu glauben, dass wir hier am Esstisch meine Jungfräulichkeit diskutieren.

Er blickt mich finster an. „Wage es ja nicht!"

Glücksgefühle durchströmen mich, jetzt wo ich weiß, dass er es auch will. Jason steht auf, um den Tisch abzuräumen. Ich werfe Liam ein paar übertriebene Küsse zu und er kichert. Jason kommt mit Liams Fläschchen zurück. Unsere Finger berühren sich, als ich es ihm abnehme, und seine Wärme dringt unter die Haut meiner Hand und hüllt meinen gesamten Körper ein.

„Ich muss heute Abend zur Schicht. Das gibt dir genügend Zeit, darüber nachzudenken, was du willst."

Ich brauche keine Zeit mehr zum Nachdenken. Ich wollte Jason Cooper schon in dem Moment, wo ich ihn zum ersten Mal sah. Wer würde das nicht? Er ist unglaublich sexy; sein Gesicht, sein Körper. Aber ich diskutiere nicht mit ihm. „An einem Sonntag?“ Die Frage entschlüpft mir, bevor ich mich zurückhalten kann. Ich möchte nicht, dass er denkt, ich entwickele Gefühle für ihn oder irgendwas in der Art. Wenn zwischen Jason und mir etwas passiert, dann gelten meine Regeln. Außerdem bin ich zu echten Gefühlen sowieso nicht mehr fähig. Nicht nach dem, was Eric mir angetan hat. Da muss Jason sich keine Sorgen machen.

Er grinst und mir werden die Knie weich. „Ich befürchte, einem Feuer ist es egal, ob Wochenende ist oder nicht.“

Ich nehme Liam aus seinem Hochstuhl und trage ihn zum Sofa. Er kuschelt sich in meinen Schoß, als ich ihm seine Flasche gebe. Schlürfend trinkt er und als er genug hat, schubst er sie weg. Ich bringe ihn ins Kinderzimmer, um seine Windel zu wechseln, ein bisschen mit ihm zu spielen und ihn dann für ein Nickerchen hinzulegen.

Eine Stunde später betrete ich wieder das Wohnzimmer. „Er schläft jetzt. Ich springe nur mal schnell unter die Dusche.“ Mir klopft das Herz, als ich diese Worte sage. Ich warte darauf, dass er vorschlägt, mich zu begleiten.

Aber nichts passiert. Jason scheint in ein Buch vertieft zu sein und schaut kaum hoch. „Okay“, sagt er nur.

Ich schlucke meine Enttäuschung herunter. Langsam bin ich nicht mehr zu kontrollieren. Mein Körper steht in Flammen, als ich in mein Zimmer gehe. Ich ziehe meine Sachen aus und sehne mich nach etwas … irgendwas.

Die Tür des Badezimmers lasse ich offen, damit ich Liam höre, falls er wach wird. Dann stelle ich die Dusche an und schließe die Augen, als Kaskaden warmen Wassers über mein Haar und meinen Körper rinnen. Dann greife ich nach dem Duschbad, das auf dem Badezimmerschrank steht, doch plötzlich stoppt mich Jasons Stimme mitten in der Bewegung.

„Brauchst du Hilfe?“

Ich mache die Augen auf. Er lehnt im Türrahmen und hat die Hände tief in den Taschen seiner Shorts vergraben. Diese kann seinen geschwollenen Schwanz nicht verbergen. Mir stockt der Atem.

„Du wirst dich nassmachen“, bringe ich hervor.

Anstatt mir zu antworten, zieht er sein T-Shirt über den Kopf. Gierig starre ich auf die harten Flächen seiner Brust, die von ein paar vereinzelten blonden Locken verziert wird, und spüre, wie sich meine Möse zusammenzieht. Als er seine Shorts herunterzieht, schnappe ich nach Luft. Sein Schwanz ist riesig! Stolz aufgerichtet steht er da und macht mir den Mund wässrig. Ich frage mich, ob er in mich hineinpassen würde. Wie gern würde ich es versuchen.

Er kommt zu mir und greift nach der Flasche mit dem Duschgel. Dann drückt er eine reichliche Menge davon in seine Hand und reibt es über meine Brust, wobei er meine Nippel streift. Sofort werden diese hart und ich will mehr. Es dauert nicht lange und ich beginne zu stöhnen. Meine Augen können sich nicht von seinem Schwanz losreißen und schließlich strecke ich zögernd die Hand aus, um ihn zu berühren. Sobald ich das tue, zuckt er und ich reiße meine Hand zurück. Wir lachen beide.

Jason wäscht mich weiter und achtet nicht weiter darauf, was ich mache. Ich lege beide Hände um seinen Schaft und beginne ihn mit unsicheren Bewegungen zu massieren. Er schwillt unter meiner Berührung an und wird knochenhart. Ich kann spüren, wie dick und lang er ist.

„Ich befürchte, dass ich mich nicht mehr kontrollieren kann, wenn du so weitermachst. Dreh dich um!“, befiehlt Jason.

Gehorsam wende ich mich um und schließe die Augen, als er Shampoo in meine Haare reibt und meine Kopfhaut massiert. Dann wäscht er es aus und streichelt dabei über meinen Rücken und meine Pobacken. Als seine Finger beginnen, um meine Möse herumzuwandern, bleibt mir die Luft weg. Ich beuge mich vor, um ihm mehr Einlass zu gewähren, denn mein Verlangen überwältigt mich schier. Wasser strömt über meinen Rücken und wäscht die Seife weg. Dann biegen seine starken Hände meine Schenkel auseinander und seine Zunge berührt meine Pussy. Ich bin im Himmel. Voller Wonne. Ich beuge mich noch weiter vor und lege meine Hände stützend auf meine Schenkel, während seine Zunge mich bearbeitet. Seine Hände wandern zu meinen Pobacken, um sie zu massieren.

„Bitte, Jason“, bettele ich, während ich mich in den Strudeln der Lust verliere. Mein Verlangen verwandelt mich in eine wilde Bestie, die sich windet und bettelt. Er ist wie eine Droge, von der ich nicht genug bekomme. Ich will alles von ihm. Als ich spüre, wie sich mein Orgasmus nähert, beginne ich zu winseln. Noch nie habe ich etwas Derartiges erlebt.

„Oh Gott, Jason!“ Wellen der Lust erschüttern mich und ich muss mich an den Wänden der Dusche abstützen.

Jason dreht mich um und nimmt mich in die Arme. Sein Schwanz bohrt sich in meinen Bauch.

„Jetzt bin ich an der Reihe“, sage ich zu ihm und lege meine Hände um seinen Schwanz.

Er stöhnt und bedeckt meine Hände mit seinen. „Nicht heute, mein Schatz.“ Es ist nur ein harmloser Kosename, aber er scheint mir den Hals abzuschnüren. „Ich meinte, was ich vorhin gesagt habe. Denke zuerst darüber nach. Wenn ich zurückkomme, kannst du mich deine Entscheidung wissen lassen.“

Kapitel 10

Jason

Brookes süße Seufzer verfolgen mich noch immer. Ich kann kaum glauben, dass ich in der Lage war, mich zu kontrollieren, obwohl ich nichts lieber wollte, als meinen Schwanz in ihren jungfräulichen Falten zu versenken. Noch nie habe ich für eine Frau so sehr gebrannt wie für Brooke. Auch ist es zum ersten Mal vorgekommen, dass es mir nicht egal war, ob eine Frau es später bereuen könnte.

Bei Brooke bedeutet es mir etwas. Sie ist anders. Sie ist Marvins kleine Schwester. Ich will, dass sie sich mit offenen Augen in diese Sache begibt. Ich will ihr jede Chance geben, ihre Meinung zu ändern. Mein Versprechen, mich von ihr fernzuhalten, habe ich gebrochen, aber sie hat mich ja praktisch darum angebettelt, ihr die Jungfräulichkeit zu nehmen. Ein stärkerer Mann hätte ihr vielleicht widerstanden, aber dieser Mann bin ich nicht. Ich liebe Frauen und ihre Körper. Nichts gefällt mir mehr, als wenn eine Frau mich anfleht, sie zu lieben. Ich kann es kaum erwarten, Brooke all die Dinge beizubringen, die ich weiß. Wir werden viel Spaß miteinander haben. Vielleicht wird sie ihre Meinung ändern. Allerdings war der Hunger in ihren Augen echt. Auch die Leidenschaft, die meine Berührung in ihr hervorgerufen hat, war echt.

Schuldgefühle überkommen mich, aber ich rede mir ein, dass, wenn ich es nicht mache, es ein anderer tun wird. Und der würde auf Brookes Gefühle wahrscheinlich keine Rücksicht nehmen. Oder er wäre ein schlechter Liebhaber und sie würde ihre erste Erfahrung bereuen. Nein, das werde ich nicht zulassen.

Ich kann noch immer nicht ganz begreifen, dass Brooke mich begehrt. Das ist einfach verrückt und, um ehrlich zu sein, macht es mir Sorgen. Alles ging so schnell. Ich hatte geglaubt, dass sie mich hasst! Aber wir haben viel zusammen durchgemacht und sind uns in den letzten Wochen nähergekommen. Vielleicht hat sie ja eine Seite an mir entdeckt, die ihr gefällt.

Etwas Hartes trifft mich an der Stirn.

„Konzentrier dich, verdammt noch mal!“, ruft Jonah.

„Tut mir leid", murmele ich meinen Mannschaftskameraden zu. Es ist keine so gute Idee, mitten in einem Basketballspiel über Brooke zu fantasieren. Also schiebe ich den Gedanken an sie beiseite und konzentriere mich auf das Spiel. Als wir nach einer weiteren halben Stunde fertig sind, bin ich vollkommen durchgeschwitzt. Nach einer Dusche fühle ich mich besser. Während ich in der Umkleidekabine bin, schwatze ich mit Collins, einem meiner Kumpel.

„Wie geht es denn Liam und Marvins Schwester? Wie hieß sie doch gleich? Brooke?"

Nur ihren Namen zu hören, lässt mein Herz schon höherschlagen. Mein Schwanz schwillt an und ich drehe mich schnell weg, um meinen Steifen zu verstecken. Ich bin eine wandelnde Katastrophe.

„Es geht ihr gut und kommt ganz gut zurecht."

Marvin hatte in verschiedenen Feuerwehrwachen im Bezirk von LA gedient, aber wir kannten uns trotzdem alle von gemeinsamen Einsätzen bei Großbränden oder anderen Katastrophen. Wir reden noch eine Weile und als ich den Umkleideraum verlasse, schaltet sich die Sprechanlange ein.

Im Stadtzentrum ist ein Feuer ausgebrochen. Während wir auf dem Weg dorthin sind, erfahren wir weitere Einzelheiten. Der Brand ist in einer Autowerkstatt ausgebrochen. Mehrere Häuser befinden sich in der Nähe und eines davon hat bereits Feuer gefangen. Als wir an der Brandstelle ankommen und uns auf unseren Einsatz vorbereiten, schießt Adrenalin durch meine Adern. Wir sind ein Team und weil wir schon so lange zusammenarbeiten, sind unsere Bemühungen koordiniert und fehlerfrei. Unsere Priorität ist es, sicherzustellen, dass sich niemand mehr in dem brennenden Haus befindet.

Minuten später bin ich selbst in dem Haus und richte den Wasserschlauch auf die Flammen. Aus allen Richtungen ertönt seltsames Knallen. Dicker Rauch umgibt mich und durch die Atemschutzmaske kann ich kaum etwas sehen. Die Flammen verwandeln sich in graue Ströme, nachdem ich sie mit Wasser besprüht habe. Das Feuer ist heiß und Schweiß rinnt unter der Maske über mein Gesicht. Auch mein Körper fühlt sich heiß an. Ich bin so in meine Arbeit vertieft, dass ich nicht mitbekomme, was passiert, und als ich es endlich merke, bin ich schon verbrannt. Ich gebe Gary zu meiner Rechten ein Signal und gehe langsam zurück.

Die Sanitäter, die schon zur Stelle sind, eilen herbei und helfen mir, meine Schutzkleidung auszuziehen. Dann untersuchen sie mein Gesicht und meinen Körper.

„Du musst dich verbrannt haben, weil du so geschwitzt hast“, sagt einer von ihnen. „Wir müssen dich abkühlen.“ Mit diesen Worten sprühen sie mich mit einem Wasserschlauch ab.

Ich habe Verbrennungen ersten Grades auf meiner Brust und meinem Hals. Es ist nicht sonderlich ernst, aber mein Kommandant besteht darauf, dass ich mich im Krankenhaus untersuchen lasse und außerdem eine Woche freinehme.

Später bringt mich ein Kollege mit dem Feuerwehrauto nach Hause und sobald er weg ist, gehe ich hinüber zu Brooke und Liam.

Sie reißt die Tür auf, bevor ich noch klopfen kann, und bemerkt, wie ich mir mit schmerzverzerrtem Gesicht eine Hand auf den Bauch presse.

„Was ist passiert?“

Ich versuche zu grinsen, um sie zu beruhigen. „Hallo erstmal.“ Liam streckt seine rundlichen Händchen nach mir aus und ich nehme ihn sofort in die Arme. Doch als sein Körper meine Brust berührt, ziehe ich scharf den Atem ein. Dann übersäe ich sein Gesicht mit Küssen, bis er kichert. Oh Gott, ich habe ihn vermisst. Sie beide.

„Ich habe ein Feuerwehrauto an deinem Haus gesehen“, meint Brooke.

„Ja, jemand hat mich daheim abgesetzt. Ich wollte nicht, dass sie es vor deinem Haus tun, denn wir möchten ja nicht, dass sie sich die Mäuler zerreißen.“

„Das ist lieb von dir, aber eigentlich ist mir das egal. Außerdem haben wir nichts Falsches gemacht.“

Noch nicht. Ich grinse und schüttle den Kopf. Ich bin Single und Brooke ist es ebenfalls. Was auch immer wir für uns beide entscheiden, geht niemanden etwas an.

Liam tritt um sich und trifft meinen Bauch. Ich versuche, unbeteiligt auszusehen, aber Brooke blickt mich besorgt an.

„Es ist nicht so schlimm, wie es aussieht. Ich habe mich nur ein wenig auf der Brust und am Hals verbrannt.“

Sie kneift die Augen zusammen. „Nicht so schlimm, ja? Hast du dir deswegen vorhin den Bauch gehalten? Du musst dich ausruhen. Geh am besten gleich ins Bett. Anordnung deiner Tierärztin.“

„Ja, meine Dame“, antworte ich gehorsam und bedeute ihr, mir das Baby wieder abzunehmen.

Sie nimmt Liam auf den Arm und geht mir voran ins Haus.

***

Als ich von meinem Nickerchen aufwache, fühle ich mich erfrischt. Die vollkommene Erschöpfung, die ich vorhin verspürt habe, ist verschwunden und ich schwinge meine Beine über den Bettrand. Der Schweiß auf meiner Stirn fühlt sich an wie eine zweite Haut. Ich brauche eine Dusche. Doch als ich mich zu schnell erhebe, zieht ein Schmerz über meinen Bauch und führt mir deutlich meine Verbrennungen vor Augen.

Etwas vorsichtiger humpele ich in mein Badezimmer und stehe ein paar Minuten später unter der Dusche. Warmes Wasser strömt über meinen Körper und spült den ganzen Schmutz weg. Meine Haut fühlt sich an, als könne sie wieder atmen.

Nach meiner Dusche nehme ich mir frische Anziehsachen aus meiner Tasche, verlasse mein Zimmer und gehe den Korridor hinab in den offenen Wohnbereich, der Wohnzimmer, Esszimmer und Küche in einem ist. Der Geruch verbrannten Fleisches steigt mir in die Nase und ich gehe schneller.

Brooke lehnt sich über den Herd. Ihre wohlgeformten Beine stecken in einem kurzen roten Rock, dazu trägt sie eine schwarze Bluse ohne Ärmel. Meine Augen wandern wieder zu ihren Beinen und ihrem Hintern. Mein Schwanz gerät in Bewegung und wird sofort hart. Nicht mal eine Verbrennung kann die Lust eindämmen, die mich überkommt, wenn ich Brooke sehe oder an sie denke.

Wenn ich sie beobachte, fühle ich mich wieder lebendig. Wie würde es sich wohl anfühlen, meine Erektion an ihren Hintern zu pressen?

Liam sieht mich und beginnt, auf den Tisch zu hauen und glückliche Gluckser auszustoßen. Sein Gesicht ist vollkommen mit Essen verschmiert.

Ich gehe zu ihm und küsse seine Stirn, denn dies ist der einzige Fleck, an dem noch nichts klebt.

„Hallo Schlafmütze“, sagt Brooke. „Liam und ich haben uns schon überlegt, ob wir dich wachmachen sollen. Wie fühlst du dich?“

„Nicht schlecht“, erwidere ich. „Ich werde dann mal ein paar Schmerztabletten nehmen.“

Sie runzelt die Stirn. „Hat man dir im Krankenhaus noch etwas mitgegeben?“

„Ja, eine Salbe für die Wunden.“

„Ich helfe dir dabei“, sagt sie und jetzt kann ich an nichts anderes mehr denken als an Brooke, die gleich Salbe auf meinem ganzen Körper verteilt. „Ich hoffe mal, die erwarten nicht, dass du zu deiner regulären Schicht antrittst.“

„Nein, ich habe eine Woche frei“, erwidere ich und wende mich zu Liam um. „Ich hoffe, du wirst meiner nicht überdrüssig.“ Meine Worte sind an Liam gerichtet, aber eigentlich meine ich Brooke. Denn es ist eine Sache, mich ab und an zu sehen, aber eine ganz andere, mich die ganze Zeit im Haus zu haben.

Aus Liams Mund tropft Sabber auf den Tisch. Ich muss grinsen. „Sehr charmant.“ Ich greife nach einer Serviette und wische Liams Mund ab. Sein Leben müsste man haben. Er muss keine Mädchen beeindrucken. „Jedenfalls noch nicht, Kumpel. Aber bald.“ Ich setze mich auf einen Stuhl neben ihn. Seine Antwort besteht darin, weiter auf den Tisch einzuhauen.

Mir knurrt der Magen. Ich habe den ganzen Tag noch nichts gegessen. Aus den Augenwinkeln beobachte ich Brooke. Mir ist aufgefallen, dass sie gern Röcke trägt. Das gefällt mir. Offenbar ist sie eine Frau, die ihre Stärken kennt und keine Angst davor hat, zu zeigen, was sie hat. Ihre Beine sind wunderschön und wohlgeformt und mir kommen alle möglichen Ideen dazu in den Kopf. Keine davon gehört an einen Esstisch. Ich zwinge mich, meine Augen abzuwenden.

Wir drei haben uns ein Leben geschaffen, in dem es sonst niemanden gibt. Es ist beinahe so, als lebten wir in einem Kokon. Mir gefällt das. Als ich bei der Arbeit war, habe ich sie vermisst. Jetzt bin ich froh, eine Woche freizuhaben. Ich habe die Absicht, die ganze Zeit mit Brooke und Liam zu verbringen.

Brooke serviert das Essen. Ich werfe einen Blick auf das gegrillte Hühnchen, die Kartoffeln und den Brokkoli. Meine nächsten Worte wähle ich sehr sorgfältig. „Sieht lecker aus." Das Problem ist nur, dass die Hühnerbrüste verkohlt sind und der Brokkoli so weichgekocht ist, dass er schon hellgrün aussieht.

„Ich habe das Rezept aus Ellies Kochbuch", meint Brooke, als sie sich dazusetzt. Sie starrt auf ihren Teller. „Irgendwie sieht es komisch aus."

„Es ist okay", erwidere ich und mache mich über meinen Teller her. Ich bin am Verhungern und einfach nur froh, etwas zwischen die Zähne zu bekommen, um meinen grummelnden Magen zu beruhigen.

Erst nachdem ich fertig bin, fällt mir auf, dass Brooke ihren Teller kaum angerührt hat. „Willst du denn nichts essen?"

„Ich habe so viel gegessen, wie ich konnte", sagt sie mit einem Kopfschütteln. „Es schmeckt ganz furchtbar. Ich habe keine Ahnung warum, denn ich habe haargenau nach Rezept gekocht."

„So schlecht war es doch gar nicht", beruhige ich sie.

Sie legt den Kopf auf die Seite und betrachtet mich. „Du kommst immer so hart und gefühllos rüber, aber eigentlich bist du ganz süß." Sie steht auf und bringt unsere Teller zur Spüle.

Es ist sonst nicht meine Art, die Dinge schönzureden, aber seit wir Marvin und Ellie verloren haben, bin ich bei Brooke sehr vorsichtig. Sie hat so viel durchgemacht und sie braucht jemanden, der ihre Stimmung hebt und sie nicht herunterzieht. Meine zärtlichen Gefühle für sie erfüllen mich mit Unbehagen. Ich weiß, dass ich sie habe, weil sie Marvins Schwester ist und ich für sie verantwortlich bin.

Brooke kommt mit einem Feuchttuch zurück und wischt Liams Gesicht ab. „Ich räume nur schnell auf und gebe dir dann dein Fläschchen", meint sie und küsst ihn auf die Wange.

„Sprichst du immer mit ihm?"

Brooke wendet sich überrascht um. „Ich denke schon, ja. Darüber habe ich noch gar nicht nachgedacht, aber ich glaube, dass ich das tue. Es ist ziemlich still im Haus, wenn nur wir beide hier sind."

Noch nie habe ich mir überlegt, wie Brooke und Liam ihre Tage verbringen, wenn ich nicht zu Hause bin. „Was habt ihr denn gestern gemacht?"

Sie erzählt es mir, während sie den Abwasch macht. „Wir sind nach dem Frühstück spazieren gegangen, aber nicht zu weit. Tante Brooke hatte Angst, sich zu verlaufen und nicht mehr heim zu finden."

Der Gedanke, dass Brooke und Liam Angst davor haben, sich bei einem Spaziergang zu verirren, lässt mich grinsen. „Wie wäre es denn, wenn ich morgen mit euch spazieren gehe?"

„Hast du schon vergessen, dass du verletzt bist?", fragt Brooke.

„Das ist doch nicht so schlimm. Mir geht es gut", erwidere ich und ihre Fürsorge rührt mich. „Außerdem wird mir etwas frische Luft guttun."

Brooke wendet sich zu Liam um und schneidet Grimassen. „Hast du das gehört, mein Schatz? Morgen haben wir Gesellschaft!"

Als würde er ihre Worte verstehen, schlägt Liam auf den Tisch ein und gibt laute, unverständliche Töne von sich. Wir reden über dies und das, während sie aufräumt. Anschließend gehen wir mit Liams Fläschchen in den Wohnbereich.

„Lass mich ihm seine Milch geben", schlage ich vor. „Ich fühle mich schlecht, weil ich gar nichts mache."

„Du musst dich ausruhen", sagt Brooke und legt sich Liam bequem auf ihrem Schoß zurecht für sein Fläschchen. „Streck dich doch auf dem Sofa aus", meint sie.

Ich tue wie mir geheißen und es ist wundervoll, einfach so dazuliegen. Einfach alles in meiner Welt fühlt sich richtig an im Moment. Der Abend war wundervoll und das nur wegen Brookes Gesellschaft. Sie ist locker und stellt keine Ansprüche. Die angenehme Stille wird nur von Liams Schlürfen unterbrochen, während er seine Milch trinkt. Mein Herz füllt sich mit Traurigkeit. Liam wird nie erfahren, was für wundervolle Menschen seine Eltern waren. Aber er hat Brooke und mich und ich bin entschlossen, der bestmögliche Vormund zu sein. Ihm wird es an nichts fehlen.

Meine Blicke schweifen über die Wände und ich erinnere mich, wie nahe Marvin und Ellie dran waren, dieses Haus zu verlieren. Es schüttelt mich bei dem Gedanken, wie schlimm es für Brooke und das Baby gewesen wäre, nicht in der Sicherheit dieses Hauses leben zu können.

Ich bin froh, dass ich getan habe, was ich tun musste, und es kümmert mich nicht, wieviel Stress mir das Ganze jetzt verursacht. Ich hasse es, Schulden zu haben, aber weil ich einem Freund geholfen habe, ist das jetzt der Fall. Mein Blick fällt auf Brooke und ich ziehe in Erwägung, mich ihr anzuvertrauen. *Nein*!, schreit mir mein Gehirn zu. Warum sollte sie noch eine weitere Last aufgebürdet bekommen, wo sie doch nichts damit zu tun hat? Ich habe Marvin wie einen Bruder geliebt und hätte alles für ihn getan, aber das hat mich trotzdem nicht blind für seine Fehler gemacht. Marvin war sehr impulsiv, besonders wenn es um finanzielle Angelegenheiten ging. Ich bin mir sicher, dass Brooke das nicht über ihren Bruder weiß, und ich werde es ihr bestimmt auch nicht sagen. Es ist besser, sie behält das perfekte Image im Kopf, das sie von Marvin hat. Ich werde nicht derjenige sein, der es kaputtmacht.

„Liam schläft. Ich werde ihn ins Bett bringen und dann diese Salbe für dich auftragen“, flüstert Brooke.

Ich nicke und werfe Liam ein Küsschen zu, obwohl er es nicht sehen kann. Dann lege ich mich wieder auf den Rücken und warte atemlos auf Brookes Rückkehr. Voller Erwartung zappele ich mit den Beinen. Ein paar Minuten später kommt sie mit der Salbe zurück, die man mir im Krankenhaus gegeben hat.

„Du hast sie gefunden.“

„Ja. Tut mir leid, dass ich in dein Zimmer gegangen bin, ohne dich zu fragen, aber ich dachte, es würde dich nicht stören, da es ja zu deinem Vorteil geschieht.“

Ich lache leise. „Das klingt nicht nach einer Entschuldigung, sondern eher, als würdest du meinen Widerspruch geradezu herausfordern wollen.“

Sie lacht ebenfalls und kniet sich neben das Sofa. Ihr dickes, welliges Haar umrahmt ihr Gesicht und sie streicht es hinters Ohr. Sie ist mir so nahe, dass ich ihren Atem hören kann. Ihr Zitronenduft steigt mir in die Nase und ich stoße einen zufriedenen Seufzer aus.

„Kannst du vielleicht dein T-Shirt hochziehen?“, fragt sie mich mit ernster Stimme.

„Ich kann noch etwas viel Besseres", erwidere ich und ziehe es ganz aus. Dann lege ich mich wieder hin und schließe die Augen. Jeder Nerv in meinem Körper prickelt. Warum bin ich so nervös? Sie will doch nur etwas Salbe auf meine Haut auftragen, weiter nichts. Ich mache die Augen einen Spalt auf und schaue sie an. Ihre Augen sind auf meinen blutunterlaufenen Bauch gerichtet. Meine Haut ist von leuchtendem Pink, verziert mit dunklen Striemen. Wirklich kein schöner Anblick, aber nicht allzu schmerzhaft.

„Was ist denn passiert?", fragt sie, als ihre Finger sanft die Umrisse der Verbrennungen berühren.

„Wir sind zu einer brennenden Werkstatt gerufen worden und das Feuer war bereits auf das angrenzende Haus übergesprungen. Mir war nicht klar, wie heiß das Feuer brannte. Und weil ich wie verrückt geschwitzt habe, hat mich mein eigener Schweiß verbrannt", erkläre ich.

Mir stockt der Atem, als ich das Mitgefühl in ihren Augen sehe. Sie wendet sich ab und öffnet den Deckel. Dann drückt sie eine kleine Menge der Salbe auf ihre linke Hand.

„Das wird sich kalt anfühlen", warnt sie.

„Das stört mich nicht", erwidere ich mit rauer Stimme. Meine Gedanken kreisen nicht um meine Verbrennungen. Ich kann es kaum erwarten, dass Brookes Hände mich endlich berühren. Süße Foltern kommen auf mich zu.

Brooke befeuchtet mit einem schnellen Zungenschlag ihre Unterlippe. Ist sie ebenso nervös, wie ich es bin? Das einzige Mal, dass wir uns derartig nahe waren, war in den Fängen der Leidenschaft. Irgendwie ist es seltsam intim, so passiv dazuliegen, während sie mich verarztet. Die kalte Salbe trifft auf meine Haut und ich zucke zusammen.

„Entschuldige", sagt sie und verteilt die Salbe auf den Brandwunden. Ihre Bewegungen sind leicht und ich spüre keinen Schmerz mehr.

Die Erleichterung tritt unmittelbar ein und unter Brookes sanften, reibenden Bewegungen entspanne ich mich. Wärme breitet sich in mir aus und ich schließe die Augen, um mich auf das Gefühl ihrer Hände auf meiner Haut zu konzentrieren. Ihre Finger wandern hoch zu meiner Brust und beginnen, mit meinem lockigen Brusthaar zu spielen.

Ihre Hände verlassen kurzzeitig meinen Körper, um noch mehr Salbe zu holen. Als sie erneut über meine Brust reibt, gleiten ihre Finger über meine Brustwarzen. Wundervolle Empfindungen durchströmen mich. Wer hätte gedacht, dass männliche Brustwarzen so empfindlich sind? Ihre Hände erwecken einen derartigen Hunger in mir, dass ich mich anstrengen muss, still zu liegen. Mein Schwanz wird hart und sosehr ich mich auch bemühe, nicht an Sex zu denken – mein Körper verweigert seine Mitarbeit. Ich kneife meine Augen fest zusammen. Es ist schon peinlich, einen steifen Schwanz zur Schau stellen zu müssen. Wahrscheinlich denkt sie, dass ich pervers bin, weil ich an Sex denke, obwohl ich doch angeblich unter Schmerzen leide.

Und ich leide auch unter Schmerzen, nur sind diese nicht medizinischer Natur. Mein Schwanz ist steinhart und ich kann mir nur vorstellen, was für einen Anblick er gerade bietet, wie er da aus meiner Boxershorts ragt. Fleischliche Begierde überkommt mich, aber ich werde ihr nicht nachgeben, sosehr ich es auch will. Sie ist noch Jungfrau und ich darf nichts überstürzen.

Es ist besser abzuwarten, bis meine Wunden komplett verheilt sind. Dann kann ich ihr zeigen, was sie verpasst hat. Mein Schwanz steht kurz vor der Explosion.

Kapitel 11

Brooke

Jason hält die Augen fest geschlossen, aber er kann unmöglich schlafen. Nicht mit der riesigen Beule, die in seinen Boxershorts zu sehen ist. Sein Schwanz ist dick und riesig und bei dem Gedanken, meine Hände um ihn zu legen, erzittert meine Möse. Ich reibe weiter Salbe auf seine Brust und lasse meine Handflächen über seine Brustwarzen gleiten.

Die Salbe ist schon gut verrieben, aber ich muss einfach weitermachen. Der Gedanke, jetzt aufzuhören, ist unerträglich. Säfte sprudeln aus meiner Möse und durchweichen mein Höschen und mein ganzer Körper sehnt sich danach, berührt zu werden.

Mein Blick fällt auf sein Gesicht. Oh Gott, er sieht so gut aus. Sein Mund ist wie zum Küssen gemacht. Seine Brust hebt und senkt sich schnell, doch er hält die Augen weiterhin geschlossen. Was immer auch geschieht oder auch nicht – es ist meine Entscheidung. So ein Mensch ist Jason. Süß und liebevoll. Ich habe mich total in ihm getäuscht. Allerdings muss ich jetzt aufpassen, dass ich meine Gefühle aus dem Spiel lasse. Man könnte sich leicht in ihn verlieben, aber ich weiß auch, dass er kein Mann ist, der sich an nur eine Frau bindet. Ich darf nicht zulassen, dass man mich wieder verletzt.

Tief atme ich ein und betrachte seinen Schwanz. Jetzt oder nie. Ich nehme all meinen Mut zusammen, lasse einen Finger unter den Bund seiner Boxershorts gleiten und stecke schließlich meine ganze Hand hinein. Dann greife ich nach seinem steifen Schwanz und entlasse ihn aus dem Gefängnis seiner Unterhose. Als ich ihn draußen habe, schnappe ich nach Luft. Er ist groß und dick und ich kann ihn nur anstarren. Nach einer Weile lege ich meine Hand um den Schaft und Jason zieht scharf die Luft ein.

„Es tut mir leid, ich wollte dir nicht wehtun."

„Das hast du auch nicht", knurrt er und macht die Augen auf. Diese scheinen noch eine Spur blauer geworden zu sein und brennen mit Emotionen, die ich nicht beschreiben kann.

„Mach einfach so weiter. Es fühlt sich gut an." Wieder schließt er die Augen.

Seine Worte machen mir Mut. Ich lasse meine Zunge über die Spitze seines Schwanzes gleiten und lecke die Liebeströpfchen auf, die sich bereits dort angesammelt haben. Soweit bin ich noch nie mit einem Mann gegangen, aber jetzt kann mich nichts mehr aufhalten. Außer einem Erdbeben vielleicht. Und selbst das müsste schon unmittelbar lebensbedrohlich sein.

„Oh verdammt", stöhnt Jason auf.

Ich erstarre. Das alles ist neu für mich und ich habe keine Ahnung, ob ich es gut mache oder nicht. „Hat das wehgetan?"

„Nein … nein", erwidert er. „Weißt du eigentlich, was du mir da antust?"

Erleichterung durchflutet mich. Seine Augen sind fest auf mich gerichtet, als ich meinen Mund erneut nach unten gleiten lasse und versuche, ihn ganz in mir aufzunehmen. Unmöglich. Jason streckt die Hand aus, um meine aufgerichteten Brustwarzen zu berühren, und ich stöhne auf.

„Ich will dich nackt sehen", sagt er mit schroffer Stimme. „Lass uns in mein Zimmer gehen!"

Ich lecke noch einmal über die gesamte Länge seines Schwanzes und erhebe mich. Dann gehe ich voraus, wobei ich mich sanft in den Hüften wiege. Zu wissen, dass Jasons Augen auf mir ruhen, lässt mich so sexy fühlen wie nie zuvor. Im Schlafzimmer sinkt mein Selbstvertrauen jedoch etwas und ich stehe unschlüssig neben dem Bett.

Jason kommt nahe an mich heran und presst seinen harten Körper an mich. Seine Hände umfassen meine Pobacken. „Du bist so wunderschön." Sanft berühren seine Lippen die meinen und mich durchfährt ein erregender Schauer.

Seine Zunge schlüpft in meinen Mund und ich schließe die Augen und erlaube mir, in deren Süße zu versinken. Seine Worte haben mich wieder etwas aufgerichtet und voller Inbrunst erwidere ich seinen Kuss. Einen Augenblick später zieht er sich zurück. „Ich werde mich jetzt nackt aufs Bett legen und du kannst mit mir machen, was du willst. Auf diese Weise tun wir nichts, was du nicht wirklich willst", meint Jason.

Eine riesige Welle des Verlangens durchflutet mich. Jason hebt mein Kinn hoch und wartet auf meine Antwort. Ich kann nicht sprechen und nicke nur. Er hebt mein Haar hoch, beugt sich vor und bedeckt meinen Hals mit weichen, sinnlichen Küssen. Ich lege meinen Kopf nach hinten, um ihm noch besser Zugang gewähren zu können.

Seine Hände gleiten auf meine Hüften und halten sie fest. Ich drücke sie nach vorn, um seinen Schwanz zu reizen. Sein Mund kehrt wieder zu meinem Mund zurück und er verschlingt mich mit einer Intensität, die mir den Atem verschlägt. Seine Hände scheinen überall zu sein, bis sie schließlich auf meinen Brüsten landen. Er greift nach ihnen durch das dünne Material meiner Bluse und seine Finger reizen wieder und wieder meine bereits aufgerichteten Brustwarzen.

Ungehemmt stöhne ich auf, denn ich sehne mich nach mehr. „Jason."

Er versteht, was ich ihm sagen will, und beginnt, die Knöpfe meiner Bluse zu öffnen. Ich erschauere, als sie zu Boden fällt, aber das kommt nicht von der Kälte. Er reibt meine Hände und sieht mich an. Ich weiß, dass er mir eine weitere Chance gibt, die Sache hier zu beenden. Auf gar keinen Fall.

Seine Hände wandern auf meinen Rücken und öffnen meinen BH. Jetzt bin ich obenherum vollkommen nackt. Ohne Warnung legt sich sein Mund plötzlich um meinen linken Nippel, während seine Hand an dem anderen zupft. Ich stöhne auf und lasse meine Finger durch sein Haar gleiten.

Ganz plötzlich hört er wieder auf und ich murmele einen Protest. Seine Hände wandern zu meinem Reißverschluss und schieben dann den Rock über meine Hüften. Jetzt trage ich nur noch einen roten Stringtanga. Jason fällt auf die Knie und lässt einen Finger über meine Möse gleiten.

„Verdammt, du bist so sexy", sagt er.

Ich presse mich gegen seine Hände, denn ich möchte, dass etwas passiert … irgendwas.

Er grinst. „Hab Geduld, mein Schatz."

Seine Finger streicheln über die Vorderseite meines Spitzentangas und leichte Angst überkommt mich. Doch plötzlich schiebt er ohne Warnung das dünne Material zur Seite und leckt meine Lustperle. Und nun reibt er sie abwechselnd mit seinem Daumen oder neckt sie mit seiner Zunge.

Ich bin im siebten Himmel. „Bitte…“, bettele ich, während Jason das Tempo steigert.

Seine Zunge gräbt sich tief in meine Möse und seine Finger packen meine Hinterbacken. Ich umklammere seinen Kopf. Er kann nicht mehr weg, selbst wenn er wollte. Er leckt mich, bis meine Beine zu zittern beginnen. Mein Stöhnen wird immer lauter und wilder. Ich halte Jasons Kopf noch fester, als mich ein Orgasmus schüttelt und meinen gesamten Körper erschüttert.

Als die Schauer abklingen, trägt Jason mich ins Bett und legt sich neben mich. Er nimmt mich in die Arme und ich bette meinen Kopf an seine Brust. Für eine Weile liegen wir still, während sich meine Atmung langsam wieder normalisiert.

Fünf Minuten später nehme ich Jasons Hand von meiner Taille, richte mich auf und setze mich schließlich rittlings auf ihn. Er rollt sich auf den Rücken und beobachtet mich lächelnd. Als ich mir seinen riesigen, knochenharten Schwanz anschaue, überkommen mich Zweifel.

Jason sieht es mir an. „Wir müssen nichts weiter tun, mein Schatz.“

Freude durchfährt mich bei diesem Kosenamen. Ich versuche mir einzureden, dass es nichts von Bedeutung ist. Ich benutze Jason und er benutzt mich. Zwei Erwachsene, die Spaß miteinander haben. Ohne Gefühle.

Ich hebe die Hüften an und positioniere mich über Jasons steil aufragendem Schwanz. Mit meiner rechten Hand führe ich ihn an meine Spalte. Okay, geschafft. Ich sehe Jason an. „Was soll ich jetzt machen?“

„Was immer du willst“, antwortet er und zwirbelt meine Brustwarzen.

Ich reibe meine Möse an seinem Schwanz, bewege mich auf und nieder, schmiere ihn mit meinen Säften ein. Die Flut der Sensationen, die sein Schwanz auf meiner Pussy hinterlässt, bringt mich zum Wimmern. Jason greift nach meiner Hand, die seinen Schwanz umklammert hält.

„Gib mir einen Moment“, sagt er.

Ich grinse und beuge mich vor, um ihn zu küssen. Meine Zunge dringt in seinen Mund ein und spielt mit seiner. „Besser?"

„Viel besser", erwidert er.

Wieder setze ich seinen Schwanz an meiner Spalte an und reize meine Perle mit seiner Schwanzspitze. „Ich will es tun."

„Dann los!", fordert Jason mich auf.

Ich sehe nach unten, aber sosehr ich es auch möchte, ich kann mir einfach nicht vorstellen, wie er in meine Möse passen soll. „Ich kann nicht. Kannst du bitte oben liegen?"

Jason dreht mich herum und ich finde mich auf dem Rücken wieder. Er ist über mir und sieht mir tief in die Augen. „Bist du dir wirklich sicher?" Mit seiner Frage gibt er mir noch eine letzte Chance, es mir anders zu überlegen.

Aber ich wollte noch nie etwas so sehr, wie ich jetzt seinen Schwanz in mir spüren will. Das zeige ich ihm auch, indem ich meine Beine um seine Taille schlinge und ihn an mich ziehe

„Zuerst wird es weh tun", sagt er und kleine Schweißperlen bilden sich auf seiner Stirn.

Ich muss lächeln. „Ich bin Tierärztin. Ich habe ein wenig medizinisches Wissen."

Er stößt seinen Schwanz in meine Möse und dann, ohne Warnung, schiebt er ihn mit einer einzigen Bewegung tief in mich hinein. Mir entfährt ein spitzer Schrei. Ich kann kaum atmen und habe das Gefühl, als würde man meinen Körper in zwei Teile spalten. Zum Glück bewegt sich Jason nicht und langsam lässt der Schmerz nach. Ich beginne mich zu entspannen.

Eine andere Empfindung überkommt mich. Das Verlangen nach Bewegung. Ich wackele mit den Hüften und Jason beginnt, seinen Schwanz langsam in mir hin und her zu schieben. Mit jedem Stoß dringt er tiefer in mich ein. Blitze des Verlangens zucken durch mein Innerstes. Ich winde mich und stöhne leise.

„Wie fühlt sich das an, Brooke? Liebst du meinen großen Schwanz in deiner engen Möse?", knurrt Jason.

Mein Gesicht wird heiß bei seinen Worten. Es ist eine Sache, es zu tun, aber eine ganz andere, es auch auszusprechen. „Ja“, bringe ich heraus.

„Ja, was?“

Will er tatsächlich, dass ich es sage? Ich reagiere nicht sofort und er hört auf zu stoßen. Ich bewege meine Hüften, aber das funktioniert auch nicht. Langsam bin ich am Verzweifeln. Meine Möse steht in Flammen und der einzige Weg, dieses Feuer zu löschen, besteht darin, dass Jason mich weiter fickt.

„Bitte“, bettele ich, aber er hält noch immer still. Ich atme tief ein. „Ich liebe deinen großen Schwanz in mir.“

Mit einem heftigen Stoß ist er wieder tief in meiner Pussy und ich kralle meine Nägel in seine Schultern. Seine Stöße werden schneller und mit jedem Mal härter. Ich bewege meine Hüften und dadurch versenkt sich sein Schwanz noch tiefer in meiner Möse.

„Jason …“ Ich gerate außer Kontrolle.

„Ja, mein Schatz, komme für mich“, feuert Jason mich an und dringt so tief in mich ein, wie es nur geht.

„Oh Gott, oh Gott …“, schreie ich auf und werfe den Kopf zurück, während ein Orgasmus in mir explodiert.

Jason knurrt und ich spüre, wie heiße Säfte meine Pussy überschwemmen. Er stemmt sich auf die Ellenbogen und schaut mich an. Dann streicht er mir einige Haarsträhnen aus dem Gesicht. Ich fühle mich plötzlich wieder ganz schüchtern.

„So habe ich es mir nie und nimmer vorgestellt!“, sage ich.

Sein Gesicht wird ernst. „Du bereust doch nichts?“

Ich täusche eine nachdenkliche Miene vor. „Nur eins.“

Alarmiert schaut er mich an. „Was denn?“, presst er hervor.

„Dass wir es nicht schon früher gemacht haben“, erwidere ich mit unbewegtem Gesicht.

Es dauert einen Moment, bis er den Sinn meiner Worte begreift, dann grinst Jason. „Ich habe mir schon Sorgen gemacht.“ Er rollt sich von mir herunter, legt sich auf den Rücken und zieht mich an seine Brust. Dann lässt er einen Finger zwischen meine Beine gleiten und berührt meine geschwollene Lustperle. „Tut das weh?“

„Ein bisschen“, gebe ich zu.

Er zieht seine Hand zurück und ich murmele protestierend auf.

„Du brauchst eine Pause.“

Zugegebenermaßen tue ich das vielleicht wirklich.

Jason schlingt seine Arme um mich und ich fühle mich warm und geborgen. Ich genieße einfach den Moment, denn ich weiß, dass diese Sache nicht von Dauer sein kann. Jason ist einfach nicht der Mann dafür und ich auch nicht die Frau. Eric hat etwas in mir zerbrochen und das kann nie wieder repariert werden.

Kapitel 12

Brooke

Als ich Liam sein Fläschchen gebe, kann ich ein Grinsen nicht unterdrücken. Er trinkt geräuschvoll und ist hungriger als sonst, denn er ist nur einmal während der Nacht aufgewacht. Ich war leise aus dem Bett gekrochen, ohne Jason zu wecken, und hatte Liam gefüttert. Danach hatte ich debattiert, ob ich in mein eigenes Bett oder zurück in Jasons gehen sollte. Ich hatte mich für mein eigenes Bett entschieden. Am nächsten Morgen neben Jason aufzuwachen, wäre zu intim gewesen. Das ist etwas für Pärchen, die verliebt und in einer Beziehung sind. Das sind wir auf keinen Fall.

Die Bilder von letzter Nacht laufen immer wieder wie ein Film in meinem Kopf ab. Ich kann kaum glauben, was ich da verpasst habe. Aber etwas sagt mir auch, dass es nicht für jeden Menschen so ist. Jason ist ein wunderbarer und rücksichtsvoller Liebhaber und mir ist klar, dass es ihn sehr viel Selbstbeherrschung gekostet hat, es langsam angehen zu lassen. Er hat es zu etwas ganz Besonderem für mich gemacht und dafür werde ich ewig dankbar sein. Ich schäme mich, wenn ich daran denke, wie wenig ich ihn mochte. Ich hatte mir nicht die Zeit genommen, ihn richtig kennenzulernen, und hatte ihn nur aus meiner Sichtweise beurteilt. Jetzt kann ich verstehen, dass zwei erwachsene Menschen darin einwilligen können, sich einfach nur Vergnügen zu bereiten, ganz ohne Verpflichtungen. Wenn man seine Fähigkeiten im Schlafzimmer bedenkt, ist es verständlich, dass er ständig Frauen um sich herumflattern hatte.

Liam zappelt auf meinem Schoß. Seine Flasche ist leer. Ich ziehe sie ihm aus dem Mund und setze ihn auf. „Wollen wir spielen?"

Dann küsse ich ihn auf seine weiche Wange und trage ihn zu seinem Laufställchen. Er mag es, sich an den Stangen festzuhalten und hochzuziehen. Ich stehe daneben und sehe ihm zu. Wenn er es geschafft hat, sich hinzustellen, sieht er mich, um Anerkennung heischend, an. Ich klatsche und jubele ihm zu. Nachdem er sich noch weitere fünf Mal hingestellt hat, wird er müde und beginnt zufrieden, mit dem anderen bunten Spielzeug in seinem Laufstall zu spielen.

„Ich räume ein bisschen auf, während du spielst, in Ordnung, Liam?“ Ich stecke meinen Kopf zwischen die Gitterstäbe. Liam sieht hoch und kichert. Mein Herz schmilzt dahin.

Ich hole den Staubsauger und stecke ihn ein. In diesem Moment kommt Jason hereinspaziert und mir bleibt das Herz stehen. Er sieht aus, als sei er gerade erst aufgewacht, und sein Anblick bringt mein Innerstes zum Schwingen. Ich erinnere mich daran, was seine Zunge mit meiner Möse angestellt hat, und werde feucht.

Er küsst Liam auf die Stirn, kommt dann zu mir und macht das Gleiche.

„Lass mich das machen“, sagt er und ich überlasse ihm den Staubsauger.

Dadurch habe ich Zeit, die Wäsche zu falten und die Schlafzimmer aufzuräumen. Zwanzig Minuten später ist die Hausarbeit erledigt und ich schaue mich stolz im Kinderzimmer um. So langsam bekomme ich das Mutterdasein in den Griff. Dann entsinne ich mich an Liams Essen. Ich muss einkaufen gehen. Zum Glück ist Jason diese Woche hier. Ich bin nicht die beste Köchin und kann wirklich jede Hilfe gebrauchen, damit ich für Liam gesundes Essen zubereiten kann. Die Rezepte, die ich gesehen habe, scheinen zwar alle recht einfach zu sein, aber mir gelingt es wahrscheinlich sogar, gekochte Möhren und Kartoffeln zu verbrennen.

Als ich wieder in die Küche komme, ist Jason gerade dabei, Liam zu füttern, also entschuldige ich mich und gehe unter die Dusche. Ich freue mich schon auf unseren Spaziergang. Jason lässt alles so einfach erscheinen. Liam und ich brauchen sonst immer ewig, um zur Türe herauszukommen. Hoffentlich hat er es nicht eilig, wieder in sein eigenes Haus zurückzukehren.

Nach meiner Dusche schlüpfe ich in ein paar Shorts und ein leichtes Top. „Fertig!“, rufe ich aus, als ich mit Liams Babytrage ins Wohnzimmer komme.

Jason schenkt mir einen anerkennenden Blick. „Du kannst einen Mann wirklich leicht davon überzeugen, seine Pläne zu ändern.“

„Tatsächlich?“ Ich stemme die Hände in die Hüften in einer, wie ich hoffe, verführerischen Pose.

Er springt hoch, um mir die Babytrage abzunehmen, doch sein Blick lässt mich keinen Moment los. Wenn Liam jetzt schlafen würde, wäre die Versuchung sehr groß, da weiterzumachen, wo wir gestern Nacht aufgehört haben. Er greift nach der Trage und unsere Finger berühren sich. Stromstöße schießen durch meinen Körper.

Ich helfe dabei, Liam in der Trage zu befestigen. Er lehnt an Jasons Brust, das Gesicht nach vorn gerichtet. Auf diese Weise hat er eine gute Sicht auf alles, was uns auf unserem Spaziergang begegnen wird.

Als wir draußen sind, greift Jason nach meiner Hand. Ich versuche, mir nicht allzu viel dabei zu denken. Es fühlt sich ganz natürlich an. Hilfreich ist dabei, dass wir allmählich Freunde geworden sind. Dass wir zusammen schlafen, ist ein Bonus und hat nichts mit unserer Freundschaft zu tun.

Der Himmel ist überraschend blau. Kein Wölkchen steht am Himmel. Und doch es ist nicht zu heiß. Eine leichte Brise lässt die Luft frisch wirken und die Blätter an den Bäumen tanzen. Liam macht zufriedene Geräusche, als er sich umblickt.

Viele Leute hatten die gleiche Idee wie wir und sind zu einem Spaziergang aufgebrochen. Eine grauhaarige Frau, an der wir vorübergehen, lächelt uns zu und nickt wohlwollend. Ich weiß, was ihr im Kopf herumgeht. Sie glaubt, wir seien eine Familie. Der Gedanke lässt Wärme in mir aufsteigen, aber ich schelte mich sogleich dafür. Diese Art von Gedanken führt zu Schwierigkeiten und einem gebrochenen Herzen.

Während wir so dahinspazieren, wandern meine Gedanken zu etwas, das mich schon eine ganze Weile beschäftigt. Ich beschließe, es mit Jason zu besprechen. Es ist leichter, wenn wir nebeneinander hergehen und uns nicht dabei anschauen müssen. Ich fühle mich eh schon wie eine Versagerin.

„Es gibt da etwas, das ich mit dir bereden will“, fange ich an.

„Ich höre“, meint Jason.

Übelkeit steigt in mir auf. Ich nehme all meinen Mut zusammen. „Ich weiß, dass es noch nicht lange so geht, und ich hatte auch geplant, für eine Weile daheimzubleiben, aber es macht mich wahnsinnig. Ich liebe Liam mehr als mein Leben und will alles tun, was seine Mama für ihn getan hat, aber den ganzen Tag zu Hause zu bleiben, bringt mich um.“ Ich rede zu schnell und mir bleibt die Luft weg. Hastig nehme ich einen tiefen Atemzug und rede weiter. „Keine Ahnung, wie Ellie das geschafft hat, ohne den Verstand zu verlieren. Ich bin nicht dafür geschaffen, nur Mutter und Hausfrau zu sein."

Geschafft! Ich habe es gesagt. Alles in mir ist angespannt, als ich auf seine Reaktion warte. Ich bin mir sicher, dass er von mir enttäuscht sein wird.

Jasons Schultern wackeln und er stößt gedämpfte Geräusche aus. Er lacht! Dann bleibt er stehen und wischt sich über die Augen. „Ich habe mich schon gefragt, wie lange du es noch aushältst. Mir war klar, dass es dich wahnsinnig macht." Er klopft mir auf die Schulter. „Es ist lieb von dir, dass du das tun wolltest, aber vollkommen unangebracht."

Ich grinse verlegen. Bin ich so leicht zu durchschauen? Ich hatte geglaubt, meine Langeweile ziemlich gut verbergen zu können. Aber ich vermisse die Atmosphäre bei der Arbeit und das Gefühl, etwas bewirken zu können, während ich gleichzeitig für mein Auskommen sorge. Das ist jetzt sogar noch wichtiger geworden, weil ich mehr Verantwortung trage als vorher.

„Hör zu", sagt Jason ernsthaft. „Du bist nicht Ellie und du solltest auch nicht versuchen, so wie sie zu sein. Nicht mal um Liams willen. Sie war ein anderer Mensch, Brooke. Außerdem darfst du nicht vergessen, dass dies hier ihre Nachbarschaft war. Sie hatte Freundschaften und Verbindungen mit anderen Müttern."

Ich runzele die Stirn. Mir andere Mütter zu suchen, daran hatte ich nicht gedacht. Aber das würde auch bedeuten, Erklärungen darüber abgeben zu müssen, warum ich nicht Liams Mutter war und unter welchen Umständen dieser Zustand eingetreten war. Doch ich spreche nicht gern über Marvin und Ellie. Das Ganze ist noch zu frisch.

„Ich will damit nicht sagen, dass du das auch tun sollst. Das war Ellies Weg. Du musst dein eigenes Ding machen. Dir vielleicht einen Job suchen."

Mein Herz tut einen Satz. Ich habe die ganze Zeit darauf hingearbeitet, diese Idee in unser Gespräch einzubringen. „Eine Teilzeitstelle wäre wirklich eine große Hilfe", sprudelt es aus mir heraus und ich habe das Gefühl, als hätte man mir soeben eine Rettungsleine zugeworfen. „Aber was ist mit Liam? Du kannst nicht die ganze Zeit auf ihn aufpassen wegen deiner Arbeit und für eine Tagesstätte ist er noch zu klein."

„Was ist denn mit Ellies Mutter? Ich bin mir sicher, dass sie ihn vermisst. Sicher würde es ihr gefallen, mehr Zeit mit ihm zu verbringen, gerade jetzt, wo Ellie nicht mehr bei uns ist."

Ich hatte auch an Ellies Mutter gedacht, aber geglaubt, ihr zu viel zuzumuten. Immerhin sind ihre Tage der Kindererziehung vorbei. „Ich bin mir nicht sicher."

„Es kann ja nicht schaden, sie mal zu fragen", meint Jason.

Ich habe keine andere Wahl und beschließe, sie anzurufen, sobald wir wieder zu Hause sind.

Nach fünfundvierzig Minuten treffen wir wieder daheim ein und nachdem ich Liam sein Fläschchen gegeben und ihn für sein Vormittagsnickerchen hingelegt habe, bereite ich mich innerlich auf den Anruf vor. Ellies Mutter antwortet beim ersten Klingeln. Ich kann das Lächeln in ihrer Stimme hören und bin froh, dass sie über meinen Anruf glücklich zu sein scheint.

„Ich denke darüber nach, mir hier in LA eine Teilzeitstelle zu suchen, und habe mich gefragt, ob du auf Liam aufpassen würdest", beginne ich.

Mehr muss ich gar nicht sagen. Sie scheint mehr als glücklich darüber zu sein, den Babysitter für Liam zu spielen. Ihre offensichtliche Freude und Aufregung beruhigen mich. Sofort nachdem ich den Anruf beendet habe, fahre ich den Computer hoch, der in einer kleinen Nische im Wohnzimmer steht. Als der Bildschirm zum Leben erwacht, werde ich als Erstes mit einem Bild von Marvin und Ellie konfrontiert, die gemeinsam Liam halten. Meine Unterlippe beginnt zu zittern und ich beiße die Zähne fest zusammen, um nicht in Tränen auszubrechen. Meine Finger zittern, als ich mit Hilfe der Maus ins Suchprogramm gehe und so tue, als sei nichts passiert.

Die Stunden verrinnen, während ich im Internet nach Stellen suche und mich bewerbe. Irgendwann wird Liam wach und Jason gibt ihm sein Mittagessen. Ich lege eine Pause ein und leiste Jason bei einem einfachen Sandwich mit Hühnchen Gesellschaft.

„Gut gemacht“, sagt Jason. „Ich wette, dein Posteingang wird in einigen Tagen mit Stellenangeboten überhäuft sein.“

Ich verschränke die Hände. „Oh, das hoffe ich. Mir war gar nicht klar, wie sehr ich das gebraucht habe.“

Kapitel 13

Jason

Nach dem Essen kann ich kaum noch die Augen offenhalten, aber der Arzt hatte mich gewarnt, dass die Tabletten schläfrig machen würden. Er hatte mir erklärt, dass sie eine Infektion abwenden sollten und der Hauptgrund dafür waren, dass ich von der Arbeit freigestellt war.

„Zeit fürs Bett“, sage ich und erhebe mich mühsam. „Du musst mir später unbedingt noch Gute Nacht sagen.“ Auf gar keinen Fall werde ich einschlafen, ohne noch einmal an diesen köstlichen Lippen zu knabbern, denke ich, als ich auf mein Zimmer gehe.

Nachdem ich meine Zähne geputzt habe, ziehe ich mich aus und versinke in den kühlen Laken. Der Schlaf lockt mich, aber ich bin entschlossen, auf Brooke zu warten. Meine Augenlider werden schwer. Ich werde die Augen nur ein bisschen zumachen. Mitten in der Nacht wache ich auf, komplett von Dunkelheit umhüllt. Ich greife nach dem Schalter der Nachttischlampe und schaue auf die Uhr. Zwei Uhr morgens. Brooke. Ich murmele einen Fluch. Bestimmt ist sie zum Gute-Nacht-Sagen hereingekommen und hat mich schlafend vorgefunden. Verdammt, ich hatte doch meine Pläne! Und die enthielten nicht nur einen Gute-Nacht-Kuss.

Der bloße Gedanke an Brookes Körper lässt mich ganz heiß werden. Mein eigenes Bett fühlt sich plötzlich kalt und ungemütlich an. Ich entwerfe einen neuen Plan. Ich werde in Brookes Zimmer schleichen, in ihr Bett schlüpfen und mich an sie kuscheln.

Ich stehe auf und verlasse splitterfasernackt mein Zimmer. Ihre Tür steht offen und ich kann ihre dunkle Form ausmachen, die der Wand zugedreht daliegt.

Ich hebe ihre Bettdecke hoch und schlüpfe darunter. Sofort umfängt mich Wärme. Ich rutsche noch etwas näher heran und ziehe plötzlich scharf die Luft ein. Sie ist nackt. Ich grinse in die Dunkelheit. Unanständige Brooke. Und ich habe einmal gedacht, sie sei eine Eiskönigin. Wie konnte ich mich nur so täuschen.

Ich lasse eine Hand auf ihre Hüfte gleiten und streichle sie sanft. Mein Schwanz schwillt an. Ich drücke ihn an ihren Hintern – an diese offene Stelle zwischen ihren Schenkeln – und beginne, sie leicht zu stoßen. Meine rechte Hand wandert zu ihren Brustwarzen und beginnt mit ihnen zu spielen. Es dauert nicht lange und sie verhärten sich zusehends.

Brooke stöhnt, dreht sich herum und liegt nun auf dem Rücken. Perfekt. Ich schaue nach, ob sie wach ist. Nein. Ich kann mich nicht beherrschen und lasse meine Hand zu ihrer Pussy wandern. Zu meiner Freude sind ihre Beine leicht gespreizt. Ihre Möse ist klatschnass. Anscheinend hat sie süße Träume gehabt. Hoffentlich von mir und wie ich sie um den Verstand vögele.

Ich spreize ihre Pussy mit meinen Fingern und lasse dann einen davon über ihre Perle gleiten. Brooke windet sich und stöhnt, aber soweit ich sehen kann, schläft sie noch immer. Ich stoße einen Finger in ihre schlüpfrige Möse und spüre sofort, wie ihre Wände mich umschließen. Meine Atmung beschleunigt sich. Mein Finger gleitet immer schneller in sie hinein und Brooke streckt mir ihre Hüften entgegen. Ich stecke noch einen zweiten Finger in sie und reibe mit dem Daumen kreisförmig über ihre Lustperle. Dabei frage ich mich, wie lange es wohl noch dauert, bis sie aufwacht.

Wie auf Kommando öffnen sich ihre Augen und sie starrt mich durch die Dunkelheit an. „Ich will dich, Jason. Jetzt!“, kommandiert sie mit sinnlicher Stimme.

Mein Schwanz steht bereits in Flammen. Er pulsiert und ist ganz darauf versessen, sich in ihrer Wärme zu versenken. Ich lege mich auf sie und hebe ihre Beine auf meine Schultern. Obwohl es mich verlangt, sofort in ihrer Pussy zu versinken und in sie hinein zu hämmern, halte ich meinen Schwanz fest und lasse ihn immer wieder über ihre Spalte gleiten.

„Oh Jason …“ ruft sie wieder und wieder aus.

Säfte sprudeln aus ihrer Möse und als ich es schließlich nicht mehr aushalte, dringe ich so tief in sie ein, dass sie einen überraschten und verlangenden Schrei ausstößt. Ihre Hände flattern durch die Luft, als ich meine Attacke beginne. Ich fülle sie bis zum Anschlag aus und ihre Wände pressen sich eng um meinen Schwanz. Ich bin verloren. Der Sex mit Brooke hat etwas, das ich noch nie zuvor erlebt habe. Jedes Mal ist etwas

Besonderes. Ihre Möse ist wie ein Stück vom Paradies. Wenn ich die Wahl hätte, würde ich sie jede Stunde eines jeden Tages ficken.

„Mehr!", schreit sie auf und ich erhöhe mein Tempo und ramme meinen Schwanz tief in sie hinein. Ihre Bewegungen werden dringender und sprunghafter und ich weiß, dass sie kurz davor ist, zu kommen.

Nach ein paar weiteren Stößen krampft sich ihre Möse um meinen Schwanz und sie stöhnt laut auf. Im Halbdunkel kann ich ihre Züge ausmachen. Ihr Gesicht ist vor Lust verzerrt. Sie ist so heiß. Sie macht süchtig. Und sie gehört mir. Wenigstens für den Moment.

Dieser Gedanke treibt mich zu meiner eigenen Erfüllung und ich explodiere in ihre Pussy.

Erst später mache ich mir Gedanken. Noch nie habe ich eine Frau ohne Schutz gevögelt. Ich habe vergessen, Brooke zu fragen, ob sie verhütet. Aber ich beschließe, es nicht zu tun, denn ich erinnere mich an ihre Aussage über ihr medizinisches Wissen. Sie ist Tierärztin. Sie kennt sich mit solchen Sachen aus.

Kapitel 14

Brooke

„Das ist alles!" Ich bewundere die kleinen Behälter, die auf dem Küchentresen aufgereiht stehen, um eingefroren zu werden. Dann drehe ich mich zu Jason um. „Vielen Dank. Ohne dich hätte ich das nicht geschafft."

„Gern geschehen", sagt er und geht zur Spüle, um mit dem Abwasch zu beginnen.

Ich habe Liam vor einer Stunde für ein Nickerchen hingelegt. Uns bleibt also noch ungefähr eine Stunde, um das Chaos in der Küche zu beseitigen, bevor er wieder wach wird.

„Wo hast du gelernt, so zu kochen?" Es gibt so viele Dinge, die ich nicht von Jason weiß. Ich stehe neben ihm und spüle das Geschirr ab.

„Meine Brüder waren um vieles jünger als ich und als sie geboren wurden, war ich bereits Mamas kleiner Helfer im Haus."

Bei der Erwähnung seiner verlorenen Familie zieht sich etwas in meiner Brust zusammen und ich kann jetzt ein wenig verstehen, was er durchgemacht haben muss. Marvin und Ellie zu verlieren, hat sich angefühlt, als hätte man mir eines meiner Gliedmaßen amputiert, ohne das ich nun einfach nicht zurechtkam. „Wie hast du es geschafft zu überleben?", frage ich leise.

Für eine Weile herrscht Stille zwischen uns. „Ich hatte Marvin", sagt Jason schließlich mit gebrochener Stimme. „Dein Bruder war für mich da, und zwar zu jeder Tages- und Nachtzeit, wie es schien. Er klebte wie Leim an mir." Er grinst und ich tue es ihm gleich, denn auch ich kenne diesen Charakterzug von Marvin nur allzu gut.

Das erinnert mich daran, als Eric mein Herz gebrochen hatte und ich mit Marvin und Ellie nach LA kam. Ich war niemals allein, außer wenn ich schlief, und selbst dann schauten sie ständig nach mir. Einer von ihnen war immer bei mir und obwohl mich das manchmal ein wenig irritierte, fühlte ich mich doch weniger allein.

„Ich weiß nicht, ob man jemals wirklich heilt. Ich denke ständig darüber nach, wie alt meine Brüder jetzt wären. Das Leben wäre so anders …“ Seine Stimme bricht.

Marvin und Ellie werden niemals altern. Jason, Liam und ich werden uns über die Jahre hinweg verändern, aber die beiden bleiben so, wie sie waren. Das ist ein ernüchternder Gedanke, der einem wahrhaft deutlich macht, dass wir sie nie wieder sehen werden. Es ist noch schlimmer für Jason, denn seine Brüder waren jünger.

„Wie alt waren sie?“

„Stuart war dreizehn und Edward war elf. Wenn ich daheim war, waren wir drei unzertrennlich. Sie haben zu mir aufgesehen und als sie gestorben sind, habe ich das am meisten vermisst. Dass Leute zu mir aufblicken, meine ich. Ich wollte ein besserer Mensch sein für sie.“

„Das haben ältere Geschwister so an sich. Ich habe auch zu Marvin aufgesehen. Er war der perfekte große Bruder. Beschützend und liebevoll. Wir waren Freunde. Ich vermisse das. Er rief mich an, nur um zu reden und mich über das Neueste zu informieren. Dann brachte er Ellie in unser Leben und sie wurde meine große Schwester.“

„Wie geht es deinen Eltern?“, fragt Jason.

Mir schnürt es den Hals schmerzhaft zu und auf meiner Brust beginnt ein Druck zu lasten. „Ganz gut, nehme ich an.“

„Hast du denn nicht mit ihnen gesprochen?“, fragt Jason.

Ich hatte mit Dad vor ein paar Tagen geredet und er hatte mir auf diplomatische Weise mitgeteilt, dass ich meiner Mutter ein bisschen Zeit geben sollte, um zu trauern. Wenn sie mit mir sprach und Liam im Hintergrund hörte, führte ihr das angeblich allzu schmerzhaft vor Augen, dass sie einen Sohn verloren hatte.

Es war schon immer so gewesen, aber als Marvin noch da war, hatte es keine Rolle gespielt. Er war ihr Favorit und kam gleich nach dem Kind, das sie verloren hatte. Doch ich war nie verbittert darüber gewesen, weil Marvin eben war, wie er war. Ich versuche, diese schmerzlichen Gedanken an meine Kindheit aus meinem Kopf zu verbannen.

Ich hatte die Hand auf meinen Mund gepresst, um die Worte, die mir entschlüpfen wollten, zurückzuhalten.

Und was ist mit mir?

Doch anstatt diese Worte auszusprechen, die alles nur noch schlimmer gemacht hätten, hatte ich ihm beruhigend zu gemurmelt. Aber mir hatte das Herz geblutet. Ich wollte meine Eltern in meinem Leben haben. Sie waren nicht die einzigen, die Marvin und Ellie verloren hatten.

Aber ich schäme mich zu sehr, Jason die Wahrheit zu sagen. Nämlich, dass meine Eltern Abstand von Liam und mir wollen. Ein derartiger Egoismus ist mir noch nie untergekommen. An schlechten Tagen denke ich, dass ich das Problem sein muss. Warum ist es so schwer für meine Mutter, mich so zu lieben, wie sie Marvin geliebt hat?

„Ich habe kurz mit Dad gesprochen und es geht ihnen gut", sage ich und hoffe, dass er nicht weiter nachhakt.

Der Kreis von Leuten, der mich unterstützt, ist auf Jason zusammengeschrumpft; den Menschen, von dem ich nie glaubte, dass er sich als Freund entpuppen würde. Selbst Madison scheint sich in Luft aufgelöst zu haben. Ich bin es müde, sie ständig anzurufen und immer nur ihren Anrufbeantworter zu erreichen.

Ich bewältige die Situation, indem ich diesen Teil meines Lebens einfach verdränge. Soweit es mich angeht, existieren der Bundesstaat Minnesota und seine Einwohner nicht. Nie zuvor habe ich das Konzept verstanden, nur für jeden einzelnen Tag zu leben. Jetzt möchte ich nichts anderes, als dass jeder Tag ein guter Tag für Liam ist.

„Ich bin froh, dass es ihnen gutgeht", sagt Jason. „So wie ich Marvin kenne, würde er wollen, dass wir unser Leben weiterleben und nicht so viel um ihn trauern. Ich habe immer geglaubt, dass wir zusammen alt werden. Und dann über die guten alten Zeiten lachen würden."

Ich kann mir Marvin nicht als alten Mann vorstellen. „Man denkt so oft, was gewesen wäre, wenn …"

„Ich glaube immer noch, dass er gleich ins Haus platzt und uns auslacht, weil wir uns solche Sorgen gemacht haben", sagt Jason und ich weiß genau, was er meint.

Erst als die Vorderseite meines Oberteils feucht wird, wird mir bewusst, dass ich weine. Ich beuge den Kopf nach vorn und meine Schultern zucken.

„Hey, komm her!“, sagt Jason und nimmt mich in die Arme.

Ich lege meinen Kopf an seine Brust und heule unkontrollierbar. Es ist, als sei ein Damm gebrochen, und sosehr ich es auch versuche, ich kann nicht aufhören. Jason streichelt mein Haar und reibt meinen Rücken und langsam spüre ich, wie meine Selbstkontrolle zurückkehrt.

„Es tut mir leid“, sage ich und befreie mich aus seiner Umarmung. „Ich habe keine Ahnung, was über mich gekommen ist.“

Er berührt meine Wange. „Du machst deine Sache wirklich gut, wie du dich um Liam kümmerst. Genau wie seine Eltern es gewollt hätten. Als ich meine Familie verlor, habe ich mich nicht so gut geschlagen. Für sehr lange Zeit war ich vollkommen durch den Wind.“ Er reißt ein Stück von der Küchenrolle ab und reicht es mir.

„Es tut mir leid, ich kann mir wirklich nicht vorstellen, wie du das geschafft hast“, sage ich und putze mir die Nase.

„Die Menschen sind so geschaffen, dass sie überleben wollen. Aber ich habe keine Ahnung, wie ich es ohne dich und Liam durch diese Zeit gepackt hätte.“

Ich schaue ihn überrascht an. „Ich? Warum? Ich habe doch gar nichts gemacht.“

Unsere Augen versinken ineinander und mein Innerstes verkrampft sich unter seinem intensiven Blick.

„Du hast alles getan. Du hast dein gesamtes Leben verändert, bist an einen Ort gezogen, wo du keinen kennst und wo du ganz von vorn beginnen musst. Du hast einen Bruder und eine Schwägerin verloren, aber anstatt in Selbstmitleid zu versinken, hast du dich aufgerafft und tust jeden Tag, was zu tun ist. Und ich sage mir jeden Tag: Wenn Brooke das kann, dann schaffe ich es auch.“

Als er aufhört zu sprechen, fließen Tränen über meine Wangen, aber ich muss auch lächeln. „Das ist das Netteste, das jemals jemand zu mir gesagt hat. Danke.“

Ein schriller Ton unterbricht unser Gespräch. Das Geräusch ist mir gänzlich unbekannt und es dauert einen Moment, bis ich es zuordnen kann. Es ist das Haustelefon, welches kaum noch klingelt. „Ich gehe ran“, sage ich zu Jason und eile zu dem kleinen Beistelltisch neben dem Sofa.

„Hallo." Meine Stimme klingt zögerlich. Das letzte Mal, als ich den Hörer abgenommen hatte, wurde ich zum heulenden Elend. Es war eine alte Schulfreundin von Ellie gewesen, die noch nicht wusste, was sich zugetragen hatte. Es war mir zugefallen, ihr alles zu erklären und mit ihrem Schock und ihrer Trauer umzugehen.

„Brooke!"

Erleichterung durchflutet mich, als ich Madisons Stimme höre. „Ich habe dein Handy angerufen, aber es ist ausgestellt. Warum denn?", schreit sie und ich halte mir lachend den Hörer vom Ohr weg. Mein Gott, ich habe sie so vermisst.

„Weil niemals jemand anruft, deshalb. Wo bist du denn gewesen?" Ich kann nichts dagegen tun, dass in meiner Stimme ein anklagender Ton mitschwingt.

„Tut mir leid", sagt Madison. „Ich weiß, dass ich mich schrecklich verhalten habe, aber ich werde dir gleich sagen, warum."

„Es ist wegen eines Mannes, stimmt's?", frage ich.

Sie lacht. „Vielleicht. Aber vergiss das jetzt erstmal. Lass uns lieber über was Wichtiges reden, dich zum Beispiel. Wie kommst du klar?"

Ich spiele mit der Telefonschnur und überlege mir meine Antwort. Noch vor einer Weile hätte mich diese Frage zusammenbrechen lassen. Aber jetzt nicht mehr. Ich habe große Fortschritte gemacht und das alles wegen Jason. „Mir geht es eigentlich ziemlich gut."

„Ich bin froh, das zu hören. Wie ist denn das Leben so mit dem Arschloch?"

Ich verschlucke mich beinahe an meinem eigenen Speichel. „Entschuldige bitte. Welches Arschloch?"

„So hast du Jason doch genannt, erinnert du dich?", sagt sie kichernd.

Ich werfe Jason einen kurzen Blick zu. Unsere Augen treffen sich. Schnell drehe ich mich um und sehe zur Wand. „Ihm geht es gut und ich nenne ihn auch nicht mehr so", zische ich in den Hörer.

„Nun sag bloß nicht, dass du seinem Charme erlegen bist", meint Madison. „Nicht, dass ich es dir verübeln würde. Er ist heiß."

Ich möchte am liebsten tot umfallen. Jetzt ist nicht der richtige Zeitpunkt, um über Jason und das, was zwischen uns vorgeht, zu sprechen. Nicht, wenn er sich im selben Raum befindet. Es gelingt mir, die Konversation von Jason wegzulenken. Wir unterhalten uns stattdessen über das Neueste von daheim. Ich erzähle Madison von meiner Suche nach einer Arbeit und sie ist ebenso aufgeregt wie ich.

Als wir auflegen, stellt Jason gerade den letzten Behälter mit Essen in den Gefrierschrank. Er kommt mit amüsiertem Gesichtsausdruck auf mich zu.

„Arschloch, hm?“

Ich sehe beschämt zu Boden.

„Ist schon okay“, sagt er grinsend. „Ich habe es dir nicht gerade leicht gemacht, mich zu mögen.“

Ich will nur noch im Erdboden versinken.

Kapitel 15

Jason

„Guck-guck." Ich verstecke mich hinter dem Sofa, während Liams Augen vor Verwunderung und Vorfreude immer größer werden. Als mein Gesicht wieder hervorkommt, lacht er so sehr, dass er beinahe vornüberfällt.

Wir spielen unser Spiel weiter und ab und zu werfe ich einen Blick auf Brooke. Sie sitzt am Computer und sieht sehr ernst aus. Plötzlich fängt sie an zu quietschen. Liam und ich drehen uns zu ihr um.

Ihre Augen blitzen und strahlen und sie wedelt mit den Händen, als stünden sie in Flammen. „Ich habe ein Vorstellungsgespräch."

„Fantastisch", erwidere ich und stehe auf. „Wusste ich es doch. Für welchen Job ist es denn?"

Sie hatte sich auf drei Jobangebote beworben, aber ich wusste, dass sie sich Hoffnung auf die Stelle in unserer Nähe machte.

„Für die Arbeit im Tierkrankenhaus", erwidert sie und kommt auf mich zu.

Es handelt sich dabei um eine große Tierklinik, wo kranke Tiere sogar stationär behandelt werden können. Brooke war von dieser Stelle sehr angetan gewesen, da sie ihr Möglichkeiten bot, ihre Karriere weiter voranzubringen. Das gefiel mir an ihr. Wie ernst sie ihren Job nahm.

„Glückwunsch", sage ich und strecke die Arme aus. Es ist nur eine Umarmung, um ihr zu gratulieren, aber ich nehme jede Chance wahr, sie festhalten zu können. „Wann ist das Vorstellungsgespräch?", frage ich, während ich ihren weichen Körper in meinen Armen genieße.

„Übermorgen", erwidert sie glücklich und versteift sich plötzlich. Dann entzieht sie sich meiner Umarmung und schaut mich besorgt an. „Ich habe nichts anzuziehen, das auch nur ansatzweise angemessen wäre."

„Kein Problem", sage ich, eifrig bemüht, die Sorge wieder aus ihrem Gesicht zu vertreiben. „Wir gehen einkaufen."

Sie schaut mich an und grinst. „Guter Gedanke, Jason. Aber was machen wir mit Liam? Ein Einkaufsbummel ist ein bisschen zu viel für ihn. Außerdem ist es bald Zeit für sein Nickerchen.“

„Ruf doch Ellies Mutter an.“ Das letzte Mal, als Brooke sie fragte, hatte sie sich sehr erfreut gezeigt.

Brooke denkt darüber nach. „In Ordnung. Ich muss auch Madison anrufen, damit sie mir meine Sachen schicken kann. Ich weiß, ich habe es immer vor mir hergeschoben, … aber es ist auch ein ziemlich großer Schritt.“

„Du hast den größten Schritt doch bereits gemacht.“ Sie ist ohne Zweifel die mutigste Frau, die ich kenne.

Dankbar schaut sie mich an. „Danke. Was würden Liam und ich nur ohne dich machen?“ Sie geht zum Telefon.

Sie bringt diese Worte in einem beiläufigen Ton vor, aber mir bedeuten sie alles. Ich habe entdeckt, wie gut es sich anfühlt, gebraucht zu werden. Zum ersten Mal fange ich an zu begreifen, warum verheiratete Männer ihr Leben so sehr genießen. Es ist das Gefühl, seinen eigenen Kreis von Menschen zu haben und zu wissen, dass man zu ihrem Wohlbefinden beiträgt. Und das ist wundervoll.

Ich spiele weiter mit Liam und aus den Wortfetzen, die ich Brookes Telefongespräch entnehmen kann, wird mir klar, dass Ellies Mutter mehr als glücklich wäre, heute Vormittag auf Liam aufzupassen.

„Das ist geklärt“, sagt Brooke, nachdem sie das Gespräch beendet hat. „Wir sind uns einig, dass es einfacher wäre, wenn sie herkommt. Ich springe jetzt unter die Dusche und passe dann auf Liam auf, damit du dich fertigmachen kannst.“

„Klingt gut“, sage ich.

Ellies Mutter trifft ein, als ich nach einer Dusche gerade wieder aus meinem Zimmer komme. Brooke führt sie herein und sie bleibt im Wohnbereich stehen und schaut sich um. Für einen Augenblick sieht sie verletzlich und klein aus. Doch dann schüttelt sie ab, was sie bedrückt, und lächelt mir zu.

„Wie schön, dich wiederzusehen“, sagt sie.

„Liam macht sein Nickerchen, also kann ich dir in der Zwischenzeit alles zeigen“, meint Brooke.

„Ihr macht eure Sache gut, ihr beiden“, sagt sie. „Ellie und Marvin haben eine gute Wahl getroffen.“

Fünfzehn Minuten später verlassen wir das Haus und steigen in mein Auto. „Wir fahren in die West Third Street“, sage ich zu Brooke. „Das ist nur circa eine halbe Stunde entfernt.“

Die Palmen wiegen sich in der Brise und ein Hauch von Meer liegt in der Luft, wie es immer der Fall ist, wenn die Winde aus der Richtung von Santa Monica kommen. „Bist du bei deinen früheren Besuchen auch am Strand gewesen?“

„Nein“, erwidert Brooke.

„Dann müssen wir das auf deine Liste von Dingen setzen, die wir unternehmen wollen.“

Sie wirft mir einen amüsierten Blick zu. „Wir haben eine Liste?“

„Natürlich. Wie sollen wir dich denn sonst in ein echtes Mädchen aus LA verwandeln?“

Sie lacht und sieht aus dem Fenster. „Mir gefällt, wie locker die Leute hier sind. Die meisten tragen Shorts oder legere Kleidung.“

Das ist einer der Gründe, warum ich diese Stadt so liebe. Niemals möchte ich irgendwo anders leben. LA ist der perfekte Ort für mich und ich hoffe, dass Brooke es hier irgendwann genauso mögen wird wie ich.

Wir schweigen, aber die Stille ist überhaupt nicht unangenehm. Brooke hat es nicht eilig, die Lücken in einer Konversation zu füllen, wie die meisten Frauen das tun. Sie hat kein Problem damit zu schweigen und das gefällt mir.

„Hast du immer noch Schmerzen?“, fragt Brooke plötzlich und es dauert einen Moment bis ich weiß, wovon sie spricht.

„Ich habe ganz vergessen, dass ich eigentlich unter Schmerzen leide. Es geht doch nichts über ein bisschen Liebe, um seine Beschwerden loszuwerden“, sage ich in der Stimme eines Wildwest-Cowboys. Das bringt sie zum Lachen.

Ich kann es kaum glauben, dass jemand so dämlich war, Brooke sitzenzulassen. Wenn ich ein Mann wäre, der kein Problem mit Bindungen hätte, würde ich sie mir ganz schnell schnappen. Neben Brooke aufzuwachen, ist der beste Weg, um in den Tag zu starten.

Es hilft natürlich auch, dass sie es liebt, meinen Schwanz zu lutschen. Für sie ist es eine Herausforderung zu sehen, wieviel davon sie in den Mund nehmen kann. Ich lasse mich liebend gern auf diese Weise benutzen. Ich selbst möchte gern herausfinden, wie lange ich an ihrer Lustperle saugen muss, bevor sie kommt. Normalerweise dauert es um die drei Minuten, aber je besser ich ihren Körper kennenlerne, desto schneller kommt es ihr. Ich möchte wetten, dass ich es in einem Monat schaffe, sie in unter einer Minute zum Höhepunkt zu bringen.

Meine Gedankengänge schockieren mich. Normalerweise bleibe ich nie länger als einen Monat mit einer Frau zusammen und jetzt beginne ich schon, in diesen Zeiträumen zu planen. Ich jage mir selber Angst ein. Ich muss mir immer wieder vor Augen halten, dass es sich hier lediglich um zwei Erwachsene handelt, die eine gute Zeit miteinander haben. Außerdem gefällt mir die Rolle des Lehrers. Nicht, dass ich Brooke irgendwas beibringen musste. Sie weiß jede Menge, und zwar einfach ganz instinktiv. Und ich bin entschlossen, ihren süßen Körper zu genießen, so lange es geht.

Morgens um diese Zeit herrscht nicht viel Verkehr und wir erreichen die West Third Street schneller, als ich gedacht habe. Ich steige aus und gehe um das Auto herum, um Brooke die Tür aufzumachen. Sie trägt einen Jeansrock, der ihre Kurven betont.

Wir gehen händchenhaltend die Straße hinab und schauen uns verschiedene Geschäfte an, bevor Brooke beschließt, eines davon zu betreten. Sie ist ein Mensch, der Dinge erst nach sorgfältiger Überlegung tut. Wir sind sehr gegensätzlich, denn ich bin eher impulsiv. Das Geschäft ist kühl und sobald wir eintreten, eilt eine Verkäuferin zu uns herüber. Brooke erklärt ihr, wonach sie sucht, und dann folgen wir ihr, während sie durch den Laden streift.

„Es ist sehr leicht, sexy Kleidung in Ihrer Größe zu finden“, sagt die Verkäuferin zu Brooke, während sie Sachen von den Kleiderstangen zieht und auf ihrem Arm drapiert.

„Nicht zu sexy“, erwidert Brooke.

„Doch, zu sexy“, werfe ich ein.

Die Verkäuferin kichert. Als sie mit ihrer Auswahl an Kleidungsstücken zufrieden ist, führt sie uns zu den Umkleidekabinen, die sich in einer abgeschiedenen Ecke am anderen Ende des Geschäfts befinden. Es ist noch früh und wir sind im Moment die Einzigen hier.

„Ich lasse Sie jetzt in Ruhe anprobieren. Rufen Sie mich bitte, wenn Sie mich brauchen“, sagt sie und legt die Sachen auf einem langen Sofa ab.

„Vielen Dank“, erwidert Brooke.

Ich setze mich ans andere Ende des Sofas und strecke die Beine aus. Der Gedanke, Brooke gleich in sexy Büroklamotten sehen zu können, ist sehr reizvoll.

„Los geht’s“, sagt Brooke und stößt ein nervöses Kichern aus.

Ich verstehe nicht, warum sie nervös sein sollte. Sie hat einen perfekten Körper mit Kurven an den richtigen Stellen. „Du wirst wunderbar aussehen, egal was du anhast.“

Sie trägt das Kleiderbündel in eine Kabine. Dann schließt sie die Tür und ich kann den Wunsch nicht unterdrücken, mit ihr da drin sein zu wollen. Ich höre das Rascheln von Kleidern und stelle sie mir in ihrem Höschen und ihrem BH vor. Mein Schwanz drückt sich gegen meine Shorts. Einen Augenblick später tritt sie heraus und ich bin für eine Sekunde sprachlos.

Sie sieht total heiß aus in einem hochtaillierten, enganliegenden grauen Rock und einer roten Bluse, die viel von ihrem Dekolleté zeigt.

„Gefällt es dir?“

Brooke ist eindeutig die schönste Frau, die ich je gesehen habe. Meine Augen wandern über ihren Körper und ihre nackten Beine und am liebsten möchte ich sie an Ort und Stelle vögeln. „Ich liebe es“, schaffe ich zu erwidern.

Sie starrt auf meine Shorts und kichert. Meine Erektion hat die ganze Vorderseite ausgebeult. Wie soll ich hier herauskommen? Das war keine gute Idee, schelte ich mich selbst, während Brooke mir ein Outfit nach dem anderen präsentiert. Bei dem letzten handelt es sich um ein sexy rotes Teil, das ihre Kurven umschmeichelt, aber immer noch anständig genug aussieht, um im Büro getragen zu werden. Brooke reizt mich, indem sie wie ein Model vor den Kabinen hin- und herläuft und sich dabei aufreizend in den Hüften wiegt. Mein Schwanz wird mit jeder Sekunde steifer. Sie wirft mir eine Kusshand zu und verschwindet wieder in der Kabine.

„Jason", ruft sie einen Augenblick später. „Kannst du mal die Verkäuferin für mich holen? Mein Reißverschluss klemmt."

Ich springe auf. „Ich weiß, wie man mit einem Reißverschluss umgeht", knurre ich und stoße die Tür auf, von meiner Erektion geleitet.

„Ich kriege ihn einfach nicht auf", sagt sie.

„Kein Problem. Dreh dich um!"

Sie wendet sich zur Wand um und ich stehe hinter ihr, wobei ich ihr meinen Schwanz zwischen die Arschbacken drücke. Ich lasse mir Zeit mit dem Reißverschluss, aber schließlich ist er offen. Mit langsamen Bewegungen streife ich ihr den Stoff von den Schultern und beuge mich vor, um ihre Schulterblätter zu liebkosen. Das Kleid fällt achtlos zu Boden. Ich hebe es auf und schmeiße es zur Seite.

Brooke bewegt sich nicht und ich streichle ihren Hintern und lasse meine Hände schließlich zu ihren Brüsten wandern. Sie stöhnt leise auf und das macht mich total verrückt. Ich falle auf die Knie und lecke über ihre Hinterbacken. Dann drehe ich sie herum und drücke ihre Schenkel auseinander.

Mein Kopf bohrt sich in ihren Schoß und meine Zunge umrandet den Stoff ihres Höschens. Sie schnappt nach Luft. Ich will Brooke reizen und ihre Möse durch die Spitze ihres Höschens lecken. Doch das reicht ihr nicht und sie drückt meinen Kopf noch fester in ihren Schoß.

Schließlich zerrt sie ihr Höschen selbst zur Seite und ich lasse meine Zunge tief in sie gleiten und ficke sie damit.

„Jason", stöhnt sie. „Mehr!"

Das muss sie mir nicht zweimal sagen. Ich erhebe mich und als ich meinen Schwanz befreit habe, hat sich Brooke bereits umgedreht und auf die Knie begeben. Ihre Möse schimmert vor Feuchtigkeit. Ich gehe ebenfalls in die Knie und schiebe meinen Schwanz an ihren Möseneingang.

Sie drängt sich ungeduldig zurück, denn sie kann es nicht erwarten, meinen Schwanz in ihr zu haben.

Gern hätte ich sie noch länger geneckt, aber die Zeit ist knapp. Jederzeit kann jemand in die Umkleidekabinen kommen. Mir werden die Knie weich, als ich meinen Schwanz in sie schiebe. Jedes Mal fühlt sich an wie das erste Mal. Ich greife nach ihren Schenkeln und stoße hart und kraftvoll in sie hinein. Ich weiß, dass sie versucht, leise zu sein, aber sie kann ein paar leise Seufzer nicht unterdrücken. Mein Schwanz hämmert in sie hinein, bis meine Hüften gegen ihren Arsch klatschen. Ihr Körper vibriert und mir ist klar, dass sie gleich kommen wird. Und das ist gut, denn ich kann mich selber kaum noch zurückhalten.

„Jason, ich komme gleich …“, entfährt es Brooke.

Da klopft es an der Kabinentür. Ich höre nicht auf, Brooke zu vögeln. Ich kann es nicht. Es liegt vollkommen außerhalb meiner Macht.

„Ist alles in Ordnung mit Ihnen, meine Dame?“ Es ist die Verkäuferin.

„Ja, mir geht's gut“, bringt Brooke mit gequetschter Stimme hervor. „Ich bin gleich fertig.“

Fußschritte entfernen sich, gerade als Brookes Körper erzittert und ihre Möse sich eng um meinen Schwanz klammert. Das stößt auch mich in den Abgrund und ich ergieße meinen heißen Samen in ihren Leib.

„Verdammt, Brooke!“, bringe ich schließlich heraus.

Vorsichtig stehe ich auf und helfe Brooke dabei, sich anzuziehen. Dann tue ich es ihr gleich.

Als wir wieder zivilisiert aussehen, stoße ich die Kabinentür auf und schiele hinaus. Niemand zu sehen. Ich trete einen Schritt heraus und dann sehe ich sie. Die Verkäuferin. Ihre Hand fliegt zum Mund, als sie versucht, ein Kichern zu unterdrücken. Dann tritt sie die Flucht an.

„Das war knapp“, sagt Brooke, als sie herauskommt.

Ich erspare Brooke die beschämende Erkenntnis, dass es nicht nur knapp war, sondern dass man uns erwischt hat.

Kapitel 16

Brooke

Ich trete durch die Glastüren der Klinik und stoße beinahe mit einer rothaarigen Frau zusammen, die eine Kiste mit Katzen trägt und einen kleinen Jungen im Schlepptau hat. Lächelnd halte ich ihnen die Türe auf.

„Danke", sagt die Frau und sie verschwinden im Empfangsbereich.

Ab Montag nächster Woche werde ich hier einer der Tierärzte im Dienst sein. Adrenalin schießt durch meine Adern. Meine Füße scheinen kaum den Boden zu berühren. Es fühlt sich so gut an, eine Arbeit zu haben. Die zwei Direktoren, die das Bewerbungsgespräch mit mir geführt haben, waren von meinen Qualifikationen beeindruckt.

Wie schnell können Sie anfangen?

Diese Worte gehen mir wieder und wieder durch den Kopf und ich kann es kaum erwarten, nach Hause zu kommen und Jason die Neuigkeiten mitzuteilen. Die Sonne scheint warm auf meine nackten Arme und offenbar ist nun alles wieder im Lot. Schon seit langem habe ich mich nicht mehr so angekommen gefühlt. Die Fahrt nach Hause dauert fünfzehn Minuten. Als ich hereinkomme und die Tür hinter mir schließe, ist es gespenstisch still. Jason war bei Liam geblieben, aber es war geplant, dass Ellies Mutter ihn für den Tag zu sich nimmt und mit ihm spazieren geht.

Als ich meine Schuhe ausziehe, wird die Stille von dem Schrillen des Telefons unterbrochen. Ich eile ins Wohnzimmer, greife nach dem Hörer und falle in einen Sessel.

„Willkommen daheim."

Ich muss kichern, als ich Jason raue Stimme erkenne.

„Danke. Wo bist du denn?" Meine Stimme hat ganz plötzlich einen sexy Klang angenommen, keine Ahnung, wie oder warum.

„Gegenüber. Ich musste ein paar Dinge hier im Haus erledigen. Liams Oma hat ihn zu einem Spaziergang abgeholt", sagt Jason.

„Kann ich dir irgendwie helfen?"

„Danke, aber ich habe alles unter Kontrolle. Wie lief denn das Vorstellungsgespräch? Ich wette, du hast sie vollkommen verblüfft."

Ich lache leise. „Mehr als das. Ich habe die Stelle bekommen."

Jason stößt einen Pfiff aus. „Du beeindruckst mich wirklich, junge Frau. Glückwunsch. Wir müssen heute Abend feiern. Auf unsere Art."

Pure, ungebremste Leidenschaft durchfährt mich bei seinen Worten. Meine Möse beginnt zu pulsieren und ich kneife die Schenkel zusammen. Ich atme schwer und bin mir sicher, dass Jason es hören kann.

„Berührst du dich grad selber?", fragt Jason und ich ziehe scharf die Luft ein.

Ich bin versucht, seine Frage zu verneinen, aber meine Pussy schmerzt vor Verlangen und ich spreize die Beine. Meine Hand wandert zu meinem Unterleib und legt sich um meine Möse, so wie Jason es immer tut. „Ja", stoße ich hervor.

„Erzähl mir genau, was du gerade tust, mein Schatz", sagt Jason.

Ich habe Angst, bin aber gleichzeitig auch aufgeregt. Noch nie zuvor habe ich etwas Derartiges getan.

„Meine Hand liegt auf meiner Möse", bringe ich hervor und bin selber schockiert von meinen Worten.

„Hast du ein Höschen an?", fragt er.

„Ja."

Jetzt beginne ich ernsthaft, meinen Schoß zu bearbeiten.

„Schieb es zur Seite. Ich will, dass du deine Perle berührst", befiehlt Jason. „Mein Schwanz ist schon so hart, dass ich ihn jetzt rausholen muss."

Ich stelle mir vor, wie Jason seinen riesigen Schwanz aus seiner Hose nimmt, und beinahe komme ich. Ich schiebe mein Höschen zur Seite und spreize meine Beine noch weiter, um meine Perle berühren zu können. Zunächst gehe ich ganz sanft vor, aber als sie zu pulsieren beginnt, übe ich immer größeren Druck aus. Ich liege lang ausgestreckt auf dem Sofa und stöhne, eine Hand auf meiner Möse, in der anderen Hand das Telefon.

„Wie fühlt sich das an, Brooke?", fragt Jason schweratmend.

„Gut." Das tut es wirklich, aber ich will mehr. Ich lasse einen Finger in meine Möse gleiten und stoße einen spitzen Schrei aus. Ein weiterer Finger folgt und ich lasse sie wieder und wieder in mich hineingleiten. Dabei stelle ich mir vor, dass die Finger Jasons Schwanz seien. Ich winde mich auf dem Sofa und das Telefon fällt mir aus der Hand. Plötzlich höre ich, wie die Tür aufgeht, und bevor ich noch meine Hand wegziehen kann, höre ich Jasons Stimme.

„Brooke?“

Er kommt ins Wohnzimmer und sieht mich mit gespreizten Beinen auf dem Sofa liegen. Sein Blick fällt auf meine Pussy und ich spreize die Beine noch weiter, damit er sehen kann, wie ich mich befingere. Ich sollte mich schämen, tue ich aber nicht. Auf seiner Stirn tritt eine Ader hervor und seine Augen sind rotgerändert.

Ein Stöhnen entfährt ihm. „Verdammt, Brooke.“

Schnell holt er seinen Schwanz heraus und kommt zu mir. Dann steht er über mir, nimmt ihn in seine Hand und beginnt ihn zu reiben. Das ist so sexy, aber ich brauche mehr. Ich brauche seinen Schwanz in mir drin.

„Jason.“ Mehr muss ich nicht sagen.

Er lässt seinen Schwanz los und beugt sich über mich. Dann dreht er mich mit einer einzigen Bewegung herum, sodass mein Hintern nach oben zeigt und ich über der Sofakante hänge. Sein Schwanz dringt sofort tief in mich ein. Es ist zu viel für mich. Tränen strömen mir übers Gesicht und ich stammle sinnlose Worte. Ich kann mich nicht mal mehr an meinen Namen erinnern.

Er krallt sich in meine Schenkel und nimmt mich schnell und hart. Dabei schlägt und reibt er meine Arschbacken. Großer Gott. Wir kommen beide innerhalb weniger Minuten. Das war der intensivste Sex, den wir je hatten. Es dauert lange, bis wir beide wieder zu Atem kommen. Jason verwandelt mich in ein wildes Biest.

Ich erinnere mich an die Umkleidekabine und muss kichern. Jason gleitet aus mir heraus.

„Das war unglaublich heiß“, sagt er.

„Bei dir verwandele ich mich in jemanden, den ich kaum wiedererkenne“, sage ich zu ihm.

„Beschwerst du dich etwa darüber?“, fragt Jason und hilft mir auf.

„Kein bisschen“, erwidere ich. Mein Leben ist zu einem Abenteuer geworden und ich will nichts daran ändern. Noch nie habe ich mich so lebendig gefühlt wie in den letzten Wochen.

Ein verrückter Gedanke geht mir durch den Kopf. Wenn wir verheiratet wären, dann würden wir für immer so weiterleben. Jason bringt mich mit nur einem Wort, einer Berührung oder einem Blick dazu, ihn zu wollen. Und ich kann anscheinend nicht genug von ihm bekommen.

Kapitel 17

Jason

„Du grinst schon den ganzen Morgen als hättest du im Lotto gewonnen", sagt Collin, während wir einen der Feuerwehrtrucks saubermachen. Zuvor haben wir geprüft, ob alles funktionstüchtig ist, und jetzt geht es nur noch darum, ihn abzuwaschen.

„Ich bin doch meistens gut drauf", erwidere ich ausweichend. Den ganzen Morgen schon denke ich an Brooke und wie wohl ihr erster Tag bei der Arbeit laufen wird. Ich kann es kaum abwarten, dass Mittagspause ist und ich sie anrufen kann.

Ich werde auch zu Hause anrufen, um zu hören, ob bei Liam und seiner Großmutter alles in Ordnung ist. Obwohl ich dabei vorsichtig sein muss. Brooke hatte mich davor gewarnt, allzu oft anzurufen, damit Ellies Mutter nicht denkt, dass wir ihr mit dem Baby nicht vertrauen.

Wir werden zu einem Einsatz gerufen, bei dem es um eine schwangere Frau geht. Der Krankenwagen trifft gleich nach uns ein und bringt die Frau ins Krankenhaus. Ansonsten ist es auf der Feuerwache ungewöhnlich ruhig. Zur Mittagszeit hole ich mir mein Handy aus dem Spind und gehe nach draußen, um in Ruhe telefonieren zu können. Als ich es anmache, sehe ich sofort, dass ich einen Anruf vom Büro des Rechtsanwalts erhalten habe. Ich rufe ihn zurück.

„Hier ist Jason Cooper", sage ich zu der Rezeptionistin, als sie antwortet.

„Bitte warten Sie, ich verbinde Sie mit Mr. Thompson", sagt sie und einen Moment später ist er an der Strippe.

Ich höre aufmerksam zu, als er mir erklärt, dass der Anwalt, der den betrunkenen Autofahrer repräsentiert, ein Treffen mit mir will.

„Was wollen Sie damit sagen, mit mir? Was ist denn mit Miss Foster?" Das macht einfach keinen Sinn.

Der Anwalt drückt sich um meine Frage herum und langsam glaube ich zu verstehen. Empörung macht sich in mir breit.

„Mr. Thompson“, setze ich an, aber bevor ich noch weitersprechen kann, unterbricht er mich.

„Es kann doch nicht schaden, ihn wenigstens anzuhören. Sie können natürlich Nein zu allem sagen, aber ich denke, Sie sollten sich mit ihnen treffen. Ich kenne Guy Rogers, den Verteidiger, und weiß, dass er ein anständiger Kerl ist.“

Wider besseren Wissens stimme ich zu, am nächsten Morgen nach meiner Schicht zu Guy Rogers Büro zu kommen. Ärger macht sich in mir breit, denn ich hatte mich darauf gefreut, direkt zu Brooke und Liam nach Hause zu gehen. Brooke würde auch daheim sein, da sie nur montags, mittwochs und freitags arbeitet.

Aber wie er schon sagte, ich muss nur Nein sagen.

In dieser Nacht gibt es noch einen Verkehrsunfall, bei dem glücklicherweise keine Toten zu beklagen sind. Trotzdem macht mich das Ganze unglaublich traurig und ich wünschte, Marvin und Ellie wären noch bei uns. In dieser Nacht gibt es keine weiteren Einsätze mehr und am Morgen trifft unsere Ablösung ein.

Um punkt acht Uhr stelle ich mein Auto in einer Tiefgarage in der Innenstadt von LA ab. Die Büros des Anwalts befinden sich im fünften Stock und nehmen beinahe die gesamte Etage ein. Ich folge einer Sekretärin den Korridor hinab, wobei meine Füße in dem dicken braunen Teppich versinken.

„Ah, Mr. Cooper, kommen Sie rein. Ich habe schon auf Sie gewartet. Ich bin froh, dass Sie offenbar jemand sind, der Pünktlichkeit respektiert.“ Er redet zu viel und ich kann bei der Flut seiner Worte kaum mithalten.

Er springt von einem Thema zum nächsten, während er mich zu einem Ledersessel an seinem Schreibtisch führt.

„Also, Mr. Cooper, ich bin mir sicher, dass Aaron schon angedeutet hat, worum es bei diesem Treffen geht“, sagt er lächelnd. Dann erklärt er, wie leid es seinem Klienten tut und dass dieser sich niemals verzeihen wird, die Lage falsch eingeschätzt und deshalb zwei Menschenleben auf dem Gewissen zu haben.

„Das waren nicht nur zwei Leben“, schreie ich laut. Guy Rogers hält erschrocken den Mund. „Sie hatten einen Jungen, Liam, und der ist jetzt eine Waise. Und alles nur, weil Ihr Klient die Lage falsch eingeschätzt hat.“

Er neigt den Kopf. Als er wieder hochschaut, nennt er mir eine Summe, bei der mir das Herz in die Hose rutscht. „Er will sicherstellen, dass es dem kleinen Jungen nie an irgendetwas fehlen wird. Das ist mehr Geld, als durch die Gerichte zu erwarten ist.“

Ich weiß nicht, was ich sagen soll. Jetzt hat es mir die Sprache verschlagen. Ich sinke zurück in meinen Sessel und schaue durch die Glaswände auf das Panorama der Stadt. Ich habe Schulden und hasse es. Auf meinem Haus liegt eine zweite Hypothek und das macht mich ängstlich und sehr verletzlich. Ich denke darüber nach, wie sehr dieses Geld unser Leben verändern könnte.

Aber dann fällt mir wieder ein, was wir verloren haben, und plötzlich scheint die Summe nicht mehr sehr hoch zu sein. Als ich das Büro verlasse, fühle ich mich schmutzig, obwohl ich geduscht habe, bevor ich die Feuerwache verließ.

Ich möchte gern irgendwohin mit Brooke und Liam. An irgendeinen Ort, der die Melancholie wegwaschen kann, die ich empfinde. Und ich weiß auch schon, welcher Ort das ist.

Ich trete durch die Tür, als Brooke Liam gerade sein Frühstück gibt. Beide kreischen voller Freude auf, als sie mich sehen, und das hebt meine Stimmung ungemein. Ich küsse Brooke auf den Mund, wobei ich länger verweile als unbedingt notwendig, und Liam auf die Stirn.

„Ich habe euch vermisst“, sage ich und folge dem Geruch frischgebrühten Kaffees.

„Wir dich auch“, sagt Brooke. „Stimmt’s, Liam?“

Ich hatte eigentlich geplant, Brooke anzurufen, aber hatte es nach dem Gespräch mit dem Anwalt komplett vergessen. „Es tut mir leid, ich wollte dich gestern anrufen, um zu fragen, wie dein erster Tag gelaufen ist.“

Sie zuckt die Achseln. „Das musst du nicht tun. Du bist nicht für mich verantwortlich.“

Mir scheint sich der Hals zuzuschnüren. Ich verstehe mich selbst nicht mehr. Wenn eine Frau sonst etwas in dieser Art zu mir sagt, schüttele ich es ab und versuche, sie mit Hilfe meines Charmes wieder in gute Laune zu versetzen. Jetzt will ich, dass Brooke versteht, was ich meine.

„Ich weiß, dass ich das nicht tun muss. Aber ich will es", sage ich zu ihr. „Und ich bin jetzt für dich verantwortlich, Brooke. Für dich und Liam."

Sie wendet sich ab, scheint sich aber über meine Worte nicht allzu sehr aufzuregen.

„Wie dem auch sei. Ich habe eine Idee. Was haltet ihr davon, wenn wir ein paar Stunden am Strand verbringen? Wir könnten gegen zehn dort sein, für zwei oder drei Stunden bleiben und dann wieder nach Hause kommen. Unter der Woche ist dort nicht so viel los."

Brooke lächelt und nickt. „Das klingt gut. Können wir irgendwo unterwegs anhalten und einen Badeanzug kaufen? Die andere Option ist, nackt zu schwimmen."

„Ich nehme die zweite Option", sage ich.

Sie lacht und ich bin froh, dass sie wieder sie selbst ist. „Das habe ich mir schon gedacht."

„Ich will alles über deinen Tag gestern wissen", sage ich.

„Okay", erwidert sie.

Wir verbringen den Rest des Morgens damit, uns für unseren Ausflug zurechtzumachen. Wir halten vor einem Kleidergeschäft und Brooke lässt mich mit Liam im Wagen zurück. Ich muss an den Tag in der Umkleidekabine denken und grinse. Sie ist sexy und abenteuerlustig und ich liebe jeden einzelnen Moment mit ihr.

Sie kehrt mit leeren Händen zurück.

„Kein Glück gehabt?", frage ich.

„Doch, ich habe einen bekommen. Er ist ein bisschen zu sexy, aber leider gab es nicht viel Auswahl", meint sie und schnallt sich an.

„Wo ist er denn?"

Sie hebt ihr T-Shirt hoch und enthüllt einen Badeanzug im Leopardenmuster. Dann lehnt sie sich zu mir herüber und flüstert mir ins Ohr „Mein BH und mein Höschen stecken in meiner Tasche."

Sofort schießt Hitze durch meinen Körper. Wann werde ich je genug von Brooke bekommen? Derzeit scheint kein Ende in Sicht zu sein.

Bis zum Strand sind es fünfundvierzig Minuten und den größten Teil der Fahrt verschläft Liam. Ich erwäge, Brooke von meinem Treffen mit Guy Rogers zu erzählen. Ich werfe ihr einen Blick zu. Ihr Fenster ist offen und der Wind bläst ihr ins Gesicht. Sie sieht glücklich und entspannt aus und ich weiß, dass ich ihr den Tag verderben werde, wenn ich jetzt etwas sage. Eigentlich muss sie es nicht wissen, entscheide ich. Ich habe bereits eine Entscheidung für uns beide getroffen. Ich werfe Liam im Rückspiegel einen Blick zu. Er scheint sich in seinem Kindersitz wohlzufühlen.

„Wie war dein erster Arbeitstag?", frage ich Brooke.

„Es war fabelhaft", erwidert sie und ich muss über ihre Wortwahl lächeln. „Die Zeit ist geradezu verflogen. Es war toll, Leute zu treffen und ihre Haustiere und Kinder."

Sie erzählt mir, dass ein kleines Mädchen mit ihrer Mutter da war, die eine alte Katze einschläfern lassen mussten. Ich finde das extrem traurig.

„Wie gehst du damit um? Tiere einschläfern zu müssen?"

„Man muss es als einen Dienst betrachten, den man dem Tier erweist, um sein Leiden zu beenden. Nachdem das passiert war, kam eine Familie mit neugeborenen Welpen herein, die untersucht werden mussten."

„Neues Leben."

„Ganz genau", sagt Brooke.

Ich denke an Marvin und Ellie und weiß, dass es ihr ebenso geht. Mein Bruder hatte einen Golden Retriever, der von einer anderen Familie adoptiert wurde, nachdem er nicht mehr da war. Ich wollte diesen Hund mehr als alles andere, aber es gab absolut keine Möglichkeit, ihn bei mir auf dem Campus zu haben.

„Mit Tieren lässt sich leichter umgehen als mit Menschen und sie brauchen unser Mitgefühl auf dieselbe Art und Weise."

Ich kann die Leidenschaft in ihrer Stimme hören. „Du liebst deine Arbeit sehr."

„Ja, das tue ich. Du doch auch, oder?", fragt Brooke.

„Es ist mehr als nur eine Arbeit für mich. Es gibt meinem Dasein einen Sinn, wenn ich weiß, dass ich das Leben anderer Menschen besser mache."

„Mir geht es als Tierärztin genauso."

Wir erreichen den Strand, parken den Wagen und tragen unsere Sachen zum Strand. Brooke hat gut eingepackt und wir verfügen sogar über einen Sonnenschirm, der Liam vor direkter Sonneneinstrahlung schützen wird. Ich kann es kaum erwarten, Brooke in diesem Badeanzug zu sehen.

Als wir alles fertig haben, wacht Liam auf. Er starrt auf den Sand. Ich lasse mich in einen der Campingstühle fallen und er versucht, hineinzugreifen. Ich lasse ihn herunter, bis er steht. Er hebt eine Handvoll Sand auf.

„Rate mal, wo der gleich hingeht", meint Brooke, gerade als Liam seine Hand zum Mund führt.

„Oh nein, mein Lieber", sage ich mit einem Grinsen. Brooke holt einen bunten Ball hervor, mit dem Liam sich jetzt beschäftigt. „Das Wasser sieht sehr einladend aus. Warum gehst du nicht eine Runde schwimmen, während ich auf Liam aufpasse?"

„Okay", erwidert Brooke. „Danach bist du an der Reihe."

Sie schlüpft aus ihren Shorts und ich betrachte sie schamlos von oben bis unten.

Kapitel 18

Brooke

Das Wasser umschmeichelt mich wie eine warme Decke, als ich auf dem Rücken dahingleite. Ich bin erst wenige Male am Meer gewesen, aber es hat mir immer gefallen und jetzt genieße ich jeden Augenblick. Ich habe das Gefühl, schwerelos zu sein. All meine Probleme sind weggespült worden. Ich schwimme noch eine Weile länger, bis ich schließlich Schuldgefühle bekommen. Jetzt ist es an mir, auf Liam aufzupassen.

Ich wringe mir die Haare aus, als ich aus dem Wasser komme. Jason bringt Liam das Laufen bei, indem er sich vor ihn stellt und seine Hände festhält. Liam kichert und lacht, als ihm ein paar Schritte gelingen.

„Hallo, Jungs", sage ich und greife nach einem Handtuch.

Ich liebe es, wie Jason mich mit seinen Blicken liebkost. Es fühlt sich wundervoll an, begehrt zu werden. Ich trockne mich ab und wickle dann das Handtuch um mich.

„Zeit fürs Mittagessen, junger Mann", sage ich zu Liam. Ich packe sein Essen aus und lasse mich in einen Campingstuhl fallen.

Jason setzt ihn mir auf den Schoß und zieht dann seine Shorts aus. Ich versuche, mehrere Dinge auf einmal zu tun und Liam zu füttern, während ich gleichzeitig die Aussicht genieße. Seine Beine sind muskulös und stark. Er trägt Schwimmshorts.

„Eine enge Badehose wäre auch toll gewesen", necke ich ihn.

Er hebt eine Augenbraue hoch. „Wirklich? Hast du vielleicht was vergessen dabei?"

Mir schießt die Hitze ins Gesicht. Ich weiß, dass er auf die Größe seines Schwanzes anspielt. Und irgendwie hat er ja recht. In einer engen Badehose hätte der wohl kaum Platz. Er zieht sein T-Shirt aus und rennt ins Wasser. Es sieht beeindruckend aus, wie er hineinspringt und unter den Wellen hindurchtaucht.

Der Ozean hat eine wunderschöne azurblaue Farbe und man kann kaum erkennen, wo das Meer aufhört und der Himmel beginnt. Auch Liam liebt es hier. Er lehnt sich entspannt an mich und isst schnell und ohne großes Theater.

Nachdem ich ihn gefüttert habe, gebe ich ihm seine kleine Trinktasse, die mit Wasser gefüllt ist, und er nimmt einen Schluck. An der Schwere seines Körpers kann ich erkennen, dass er gleich einschlafen wird.

Jason kommt aus dem Wasser. Sein Haar klebt ihm klatschnass am Kopf und seine Augen haben die gleiche Farbe wie der Ozean. Ich brauche ihn nur anzusehen und schon zieht sich alles in mir zusammen.

„Er schläft", sagt Jason, als er näherkommt. Er greift nach einem Handtuch, trocknet sich ab und lässt sich dann auf seinen Campingstuhl fallen. „Besser kann es nicht mehr werden", sagt er.

„Das stimmt. Ich könnte sehr gut gleich hier neben dem Strand leben", erwidere ich.

„Abends wird es hier ziemlich windig", wirft Jason ein.

Wohin ich auch blicke, überall ist Strand, Sonne und Wasser. Wenn ich an die letzten paar Wochen zurückdenke, erkenne ich ein gewisses Schema. Ich habe neue Sachen ausprobiert und bin Risiken eingegangen; etwas, das ich sonst nicht getan hätte. Und der einzige Grund dafür ist Jason. Das Leben mit ihm ist ein einziges Abenteuer, selbst wenn wir nur den Tag daheim verbringen. Ihm gelingt es, in alles Aufregung und Freude zu bringen. Ich wende mich zu ihm um.

„Bereust du eigentlich irgendwas in deinem Leben?“ Das ist eine ziemlich tiefgründige Frage und er lässt sich Zeit mit seiner Antwort.

„Ich versuche, nichts zu bereuen“, sagt er schließlich. „Ich mag es, Spaß zu haben und jeden Tag zu genießen. Das ist nicht so schwer.“

„Du gehst gern Risiken ein“, erwidere ich.

„Ich? Findest du? So würde ich mich eigentlich nicht einschätzen. Nicht wirklich. Nicht, wenn es wirklich darauf ankommt. Dann bin ich vorsichtig.“

Ich bin mir nicht sicher, worauf er hinauswill, aber breche das Gespräch an dieser Stelle ab, denn ich weiß nicht, ob ich noch mehr hören will.

„Weißt du, ich habe geglaubt, mich selbst und meine Familie gut zu kennen, bevor wir Marvin und Ellie verloren haben. Aber ich musste wieder ganz von vorne anfangen und alles neu erlernen. Die Menschen, auf die ich mich glaubte, verlassen zu können, sind verschwunden. Danke Jason, dass du mein Fels in der Brandung bist. Marvin und Ellie konnten sich glücklich schätzen, dich als Freund zu haben.“ Die letzten Worte bleiben mir beinahe im Halse stecken.

Jason drückt sanft meinen Schenkel. „Ich weiß, was du meinst. Als ich am Unfallort stand, gab es nur eine Sache, die mich vor dem totalen Kollaps bewahrt hat. Und das war der Gedanke, dass irgendein Fremder dir die Nachricht überbringen könnte. Ich musste es dir sagen.“

Neue Tränen treten mir in die Augen. „Es wäre schrecklich gewesen, es von einem Fremden zu hören“, sage ich zu ihm.

„Anschließend hätte ich mich am liebsten im Haus eingeschlossen und niemanden gesehen, aber das ging nicht, denn du hattest niemanden hier in LA. Ich musste für dich und Liam da sein. Eigentlich bin ich derjenige, der dankbar sein muss. Du und Liam habt mir das Leben gerettet."

Wir halten uns an der Hand und schauen zu, wie die Wellen an den Strand rollen.

***

Ich bin angenehm erschöpft und nachdem ich Liam ins Bett gelegt habe, gehe ich ins Wohnzimmer zurück, wo Jason durch einige Filme geht. Er klopft neben sich auf das Sofa. „Komm her und entspann dich. Magst du Filme?"

Es ist schon seltsam, dass wir zusammenleben und mehrere Male Sex hatten, aber doch so wenig voneinander wissen. „Ja, das tue ich." Ich habe Filme immer gern geschaut, um mich zu entspannen, aber hatte in letzter Zeit so viel mit Liam zu tun, dass mein früheres Leben einer anderen zu gehören scheint.

„Ich wette, du magst romantische Komödien. Das tun doch die meisten Frauen. Ich eigentlich auch", sagt Jason.

Ich setze mich aufs Sofa, wobei ich etwas Abstand zwischen uns lasse. „Falsch", erwidere ich. „Ich liebe Fantasy."

„Wirklich? Was denn zum Beispiel?"

Ich zähle ihm meine Lieblingsfilme auf und bei jedem einzelnen Film bemerkt Jason, dass er diesen auch gesehen hat. Als ich fertig bin, wird uns klar, dass wir offenbar den gleichen Geschmack haben und jetzt ist es einfach, sich für etwas zu entscheiden.

„Ich mache das Licht aus", meint Jason, bevor der Film beginnt.

Als er die Lichter im Wohnzimmer und in der Küche löscht, ist der Raum ganz plötzlich in Dunkelheit gehüllt. Einzig der Fernsehbildschirm erhellt das Zimmer mit seinem Schein.

„Rutsch rüber", meint Jason, als er wieder zum Sofa kommt.

Er streckt sich aus, legt sich auf die Seite und zieht mich dann vor sich, sodass wir in Löffelchenstellung daliegen. Jason hebt mein Haar an und beugt sich vor, um meinen Hals zu küssen. Dann spielt er mit meinen Strähnen.

„Ich liebe dein Haar. Es ist lang und lockig und riecht so gut."

Ich bin froh, dass es ihm gefällt, denn ich mag es ganz sicher nicht. Es hat immer Stunden gedauert, es zu glätten und jede Locke daraus zu entfernen. Heutzutage habe ich nur Zeit, es mit einem Haarband zurückzubinden. So ist es nun mal, wenn man ein Baby hat. Aber es ist schön, dass ihm mein urwüchsiger Look gefällt.

„Danke sehr."

Der Film fängt an und Jasons Hand liegt auf meinem Bauch. Ich kann mich kaum konzentrieren. Ich spüre nur die Berührung seiner großen Hand und denke, wie gern ich sie auch auf anderen Körperteilen fühlen würde.

Als er beginnt, kleine kreisförmige Bewegungen auf meiner Bauchdecke auszuführen, stoße ich einen zufriedenen Seufzer aus. Er lässt eine Hand unter mein Nachthemd gleiten und das Gefühl seiner Finger auf meiner nackten Haut ist elektrisierend. Ich trage keinen BH und er zieht scharf die Luft ein, als er meine nackten Brüste berührt. Er beginnt sie zu kneten und die Nippel zu reizen. Sein Schwanz drückt sich an meinen Hintern und ich wackele ein wenig damit. Sein Mund wandert zu meinem Hals und hinterlässt dort eine Spur heißer Küsse. Ich habe das dringende Bedürfnis, meine Lippen auf seine zu pressen und drehe mich zu ihm um. Unsere Münder finden sich im Halbdunkel und beginnen, einander zu verschlingen.

Seine Hände gleiten auf meinen Hintern und er reibt seinen Schwanz an meiner Möse. Ich kralle mich verzweifelt in seinen Haaren fest. Den ganzen Tag am Strand zusammen gewesen zu sein und einander so sehr gewollt zu haben, macht unser Liebesspiel noch intensiver. Jason unterbricht den Kuss und richtet sich auf, wobei er mich mitzieht.

Dann setzt er sich auf die Sofakante und dreht mich um, sodass ich von ihm abgewendet bin. Er zieht meine Shorts herunter, entblößt meinen Hintern und greift schließlich nach meinen Hinterbacken, um sie zu drücken. Ich spüre eine Bewegung hinter mir und weiß, dass er sich ebenfalls von seinen Shorts befreit. Dann greift er nach meinen Hüften und lässt mich auf seinen Schoß gleiten.

Langsam dringt sein Schwanz in mich ein und ich schreie laut auf. Als er vollkommen in mir steckt, lässt Jason meine Taille los und seine Hände legen sich auf meine Brustwarzen. Damit gibt er mir Zeit, mich an seine Größe zu gewöhnen. Jason kennt meinen Körper besser als ich selbst. Er weiß genau, wie er meine Nippel zu berühren hat, damit ich vor Lust aufstöhne. Ich drücke den Rücken durch, als er sie zwischen Daumen und Zeigefinger zwirbelt.

Dann beuge ich mich vor und stütze meine Hände auf seinen Knien ab. Schließlich hebe ich die Hüften an und sein Schwanz gleitet wieder aus mir heraus, aber nur ein kleines bisschen. Das ist für uns beide eine Folter. Jason gibt knurrende Laute von sich. Seine Hände fallen auf das Sofa und überlassen mir komplett die Kontrolle.

Seine Schwanzspitze steckt nur ein winziges bisschen in meiner Möse. Ich warte einige Sekunden, bevor ich mich wieder nach unten fallen lasse. Jason stößt einen Schrei aus. „Oh Brooke", stöhnt er, als ich meine Hüften langsam wieder hebe. Obwohl ich ihn instinktiv am liebsten tief in mir versenken möchte, gefällt mir dieses Spielchen auch und außerdem ist es wesentlich befriedigender und erotischer.

Ich kann jede Furche seines Schwanzes spüren. Keine Ahnung, wie lange ich es noch aushalte. Diesmal lasse ich mich langsamer fallen und wir schreien beide auf.

„Brooke, bitte", bettelt Jason.

Ich kann nicht mehr, denn meine animalischen Instinkte überrollen mich und ich reite auf seinem Schwanz auf und ab. Jason nimmt das als Zeichen und krallt sich in meine Taille. Jetzt kontrolliert er die Stöße und bewegt mich auf und ab. Ich werfe meinen Kopf in den Nacken.

„Jason … Ich bin so …" Ich weiß nicht mehr, was ich sagen will, denn meine Lust erreicht ihren Höhepunkt. Mir zittern die Beine und die Wände meiner Möse krampfen sich eng um seinen Schwanz. Jason stöhnt und wir kommen zusammen. Unsere Körper sind schweißbedeckt. Jason schlingt seine Arme um mich und ich lasse mich entspannt an seine Brust fallen. Der Film läuft weiter, während ich für einen Moment die Augen schließe.

Kapitel 19

Jason

Brooke versucht es zwar zu verbergen, aber ich spüre, dass sie ein wenig gestresst ist. Sie kann ihre Freundin Madison einfach nicht erreichen, dabei müssten dringend einige ihrer Sachen nach LA geschickt werden.

„Ich habe wirklich keine Ahnung, warum sie sich in letzter Zeit ständig in Luft auflöst", meint Brooke. Sie lässt die Finger durch ihr dickes Haar gleiten und ich erinnere mich, wie es nachts auf meiner Brust ausgebreitet war, als wir zusammen schliefen. Wir haben die ganze Nacht miteinander verbracht und zum ersten Mal wurde Liam nicht ein einziges Mal wach. Es war schön, sich umzudrehen und an eine nackte Brooke zu stoßen.

Aber jetzt konzentriere ich mich wieder auf Brookes Problem. „Du hast doch ab Donnerstag frei, oder? Und ich fange erst ab nächster Woche wieder mit meinen Schichten an. Warum fliegst du nicht nach Minnesota und erledigst es selbst?"

Da sie ihre Eltern nicht bemühen will, ist dies die beste Option. Der Gedanke, ohne Brooke im Haus zu sein, ist nicht gerade aufregend. Deshalb schießt mir eine geniale Idee durch den Kopf. „Wir könnten doch alle zusammen fahren. Es wäre eine gute Gelegenheit für deine Eltern, Liam zu sehen."

Brooke sieht zunächst etwas verunsichert drein, aber dann nickt und lächelt sie. Sehr enthusiastisch scheint sie allerdings nicht zu sein und ich nehme an, dass sie nicht will, dass die Leute über uns Bescheid wissen. Das verletzt mich ein wenig, ist aber auch vollkommen verständlich. Deshalb beruhige ich sie schnell. „Mach dir keine Sorgen, ich werde mich gut benehmen. Keiner wird etwas über uns erfahren." Ich lege einen Finger auf meine Lippen. „Ich werde es keiner Menschenseele verraten."

Sie legt den Kopf zur Seite. „Was sollen sie denn schon groß erfahren? Es gibt kein uns." Sie läuft für eine Weile hin und her und sieht mich schließlich an. „Okay. Lass es uns tun. Lass uns nach Minnesota fahren."

„Wo wollen wir bleiben?“, frage ich Brooke. „Sollen wir vielleicht ein Hotelzimmer buchen?“

Ihre Augen werden groß. „Meine Eltern wären vollkommen schockiert. Ihr Haus ist riesig und es gibt genug Platz für uns alle. Außerdem wird es einfacher für mich sein, meine Sachen zu ordnen, wenn ich zu Hause bin.“

Von unseren nächtlichen Gesprächen weiß ich, dass Brooke wieder in ihr Elternhaus gezogen war, nachdem dieser Idiot von einem Verlobten die Hochzeit hatte platzen lassen.

„In Ordnung, sag ihnen einfach Bescheid, dass wir kommen. Ich buche uns Flüge für übermorgen.“

„Ich gebe dir was dazu“, meint Brooke.

„Das brauchst du nicht. Ich komme klar“, sage ich, obwohl die Abzahlungen fürs Haus mich beinahe umbringen. Wo ich herkomme, kümmern sich die Männer um ihre Frauen, auch finanziell.

„Danke“, sagt sie.

Die Vorbereitungen, die man für eine Reise mit Frau und Kind zu treffen hat, unterscheiden sich in großem Maße von denen, die man als Einzelperson trifft. Da gibt es so viel zu tun. Wir planen, nur für drei Tage zu bleiben, aber Liams Sachen füllen bereits einen ganzen Koffer. Er braucht so viel nur für einen einzigen Tag. Multipliziert mit drei.

Brooke geht am nächsten Tag zur Arbeit und ich passe auf Liam auf. Am Abend zuvor hat sie eine Liste geschrieben mit den Dingen, die zu erledigen sind, und an den Kühlschrank gehängt. Wenn ich einen Moment Zeit habe, arbeite ich etwas ab und hake es auf der Liste ab. Dafür werde ich mit einem dankbaren Lächeln belohnt, als Brooke am Abend von der Arbeit nach Hause kommt.

Das Abendessen ist bereits fertig und sie schnüffelt genießerisch, als sie das Haus betritt. Liam ist in seinem Laufställchen und sie beugt sich hinunter, um ihm einen lauten Schmatzer zu geben. Dann steht sie etwas verunsichert vor mir. Das ist immer ein heikler Moment für Brooke, wenn wir getrennt waren.

Sie weiß nicht, wie sie mich begrüßen soll. Ob sie mich küssen, mir die Hand schütteln oder einfach nur locker ‚Hallo‘ sagen soll. Ich erlöse sie aus ihrem Dilemma und ziehe sie in eine Umarmung. Sie schlingt ihre Arme um meinen Hals und ich halte sie für eine Sekunde eng an mich gepresst.

In ein paar kurzen Wochen ist sie mir so wichtig geworden. Ich habe aufgehört, in ihr nur Marvins kleine Schwester zu sehen. Sie sehen sich auch nicht wirklich ähnlich und ihre Persönlichkeiten sind vollkommen unterschiedlich. Marvin war sehr impulsiv, während Brooke sich die Dinge genau überlegt, bevor sie eine Entscheidung trifft. Die einzige Ausnahme ist unsere Affäre. Ich bin mir ziemlich sicher, dass sie sich nicht darauf eingelassen hätte, wenn sie darüber nachgedacht hätte. Aber ich bin froh, dass sie es getan hat. Sie ist eine unglaublich starke und leidenschaftliche Frau. Vor allem Letzteres gefällt mir. Es hat uns auf eine Reise geführt, die ich mir niemals hätte vorstellen können. Sex mit Brooke ist ein Prozess, kein schnelles Ereignis.

Meine Hände gleiten über ihren Hintern, drücken sanft zu und schlüpfen dann zwischen ihre Beine. Doch dann ziehe ich sie widerstrebend zurück, denn mir wird klar, dass unser Essen kalt wird, wenn ich so weitermache. Außerdem ist da ja auch noch Liam. Ich will ihn nicht fürs Leben zeichnen, nur weil er mitansehen musste, wie sein Patenonkel und seine Tante Sex hatten.

Nach dem Abendessen verschwinde ich für ein paar Stunden, um meine Sachen zu packen. Es dauert nicht lange, die Dinge, die ich für unsere Reise benötige, in einen Koffer zu werfen. Mein erster Besuch in Minnesota war für Brookes abgeblasene Hochzeit, aber damals war ich nicht im Haus ihrer Eltern.

Wir bleiben nicht lange auf und gehen gemeinsam ins Bett. Ich schlafe in ihrem Zimmer, da es näher an Liams Zimmer liegt und man ihn besser hören kann, wenn er aufwacht. Ich lösche das Licht und kuschle mich in Löffelchenstellung an sie.

„Bist du aufgeregt, morgen nach Hause zu kommen?“, frage ich sie.

„Es fühlt sich irgendwie seltsam an. Gar nicht mehr wie mein Zuhause“, sagt sie und gähnt.

Wie merkwürdig, dass sie so etwas sagt. Immerhin hat sie ihr ganzes Leben in Minnesota verbracht. Ein paar Wochen in LA können doch die Tatsache nicht ändern, dass es ihr Zuhause ist.

***

Je weiter wir uns von LA entfernen, desto mehr scheint Brooke sich in jemand anderen zu verwandeln. Der Pilot kündigt unsere Landung an und ein paar Minuten später setzen wir auf dem Saint-Paul-Flughafen in Minnesota auf. Brooke ist seit dem Aufwachen und unserer Taxifahrt zum Flughafen von LA sehr ruhig gewesen.

Vielleicht wird sie sich entspannen, wenn sie erst einmal daheim ist. Ich trage Liam, als wir den Flieger verlassen und zum Gepäckband gehen, um unsere Koffer zu holen. Brooke nimmt ihn mir ab, während ich unsere Habseligkeiten auf einen Gepäckwagen lade. Dann schaue ich mir die wartende Menge an, kann Brookes Eltern aber nicht sehen.

„Sie sind noch nicht hier", teile ich ihr mit.

„Wer?"

„Deine Eltern."

„Oh, die kommen nicht. Wir nehmen uns ein Taxi", sagt Brooke und lächelt, aber ihr Gesicht ist blass. Ich wünschte, sie würde mir sagen, was los ist. Ich bin gut darin, Probleme zu lösen, und hasse es, dass sie so offensichtlich gestresst ist.

„Okay", erwidere ich nur und führe sie aus dem Flughafengebäude.

Brooke teilt dem Taxifahrer die Adresse ihrer Eltern mit und drückt sich dann die Nase am Fenster platt, als wolle sie nichts verpassen. Zwanzig Minuten später biegt der Fahrer in ein Viertel ein, das von ausladenden Häusern im Ranchhaus-Stil beherrscht wird. Teure und gepflegte Rasenflächen breiten sich davor aus und große, alte Bäume rahmen sie ein. Das Taxi hält vor einem wunderschönen Haus, das nur so vor Geld stinkt.

„Das ist dein Zuhause?", frage ich Brooke.

Sie ist bereits aus dem Taxi gesprungen. Ich folge ihr und reiche ihr Liam, während ich unser Gepäck hole. Dann stehen wir auf der Veranda und klingeln. Als sich die Tür öffnet, weiß ich, warum ihre Eltern nicht am Flughafen waren. Brooke hat ihnen nicht erzählt, dass wir kommen.

Ihr Vater hält die Tür umklammert und starrt erst Brooke und dann mich an. Ich lächle, aber er scheint es nicht zu bemerken. Sein Blick fällt wieder auf Brooke und dann auf Liam. Alle Farbe scheint aus seinem Gesicht zu weichen. Dann tut er etwas sehr Merkwürdiges. Er tritt heraus und zieht die Tür bis auf einen kleinen Spalt hinter sich zu. Nicht gerade die Reaktion, die man von einem liebenden Elternteil erwartet.

„Brooke", zischt er. „Was machst du hier? Mit ihnen?"

Ich bin schockiert. Marvins Vater kennt meinen Namen und war sonst immer freundlich zu mir.

„Ich musste kommen und meine Sachen holen", sagt Brooke. „Du, Mutter und Madison beantwortet nie meine Anrufe. Ich habe einen neuen Job und brauche meine Garderobe. Jason hat angeboten, mitzukommen."

Diesmal wirft er mir ein beinahe entschuldigendes Lächeln zu. „Ich habe gemeint, was ich gesagt habe. Deiner Mutter geht es nicht gut. Ich habe keine Ahnung, wie sie reagieren wird, wenn sie das Baby sieht."

„Jack?", ruft eine Stimme und die Tür schwingt auf.

Brookes Mutter steht da und scheint vor Gesundheit zu strotzen. Ich habe keine Ahnung, was hier vor sich geht. Als sie LA verließ, war sie blass und gramgebeugt, doch jetzt sieht sie ziemlich robust aus.

„Brooke!", ruft sie aus. „Was für eine Überraschung! Oh, und wen haben wir denn hier? Meinen Enkelsohn! Gib ihn mir. Willkommen, Jason!" Sie nimmt Liam und geht ins Haus. Wir haben keine andere Wahl, als ihr zu folgen.

Wir gehen durch die Diele, die so groß ist wie ein Zimmer. Ein riesiger Kronleuchter hängt von der hohen Decke.

„Lasst uns ins Tageszimmer gehen, oder?"

Ganz offenbar schwimmen sie im Geld und ich frage mich, warum Marvin nicht zu seinen Eltern gegangen ist, als er in Gefahr war, sein Haus zu verlieren. Wir setzen uns in ein Zimmer, dass beinahe so groß ist wie mein ganzes Haus. Wenn ich daran denke, wie stolz Marvin und ich waren, als wir unsere bescheidenen Häuser erstanden haben. Dieses Anwesen hier lässt mein Haus nicht größer als eine Toilette scheinen. Doch trotz der üppigen Ausstattung sieht niemand hier glücklich aus, außer Liam, der sich aus den Armen seiner Großmutter befreit hat und jetzt über einen Läufer krabbelt.

„Seht ihn euch an!", ruft sie aus. „Er ist so sehr gewachsen."

Ihr Mann wendet keinen Moment seinen Blick von ihr ab. Ich habe keine Ahnung, was hier vor sich geht, aber irgendwie ist es gespenstisch.

Brooke sitzt steif auf einer Stuhlkante, als wolle sie jeden Moment abhauen.

Ein Dienstmädchen in Uniform kommt herein und Mrs. Foster weist sie an, uns unsere Zimmer zu zeigen. Ich trage das Gepäck und Brooke nimmt Liam. Wir bekommen Zimmer, die nebeneinander liegen, und sobald das Dienstmädchen weg ist, gehe ich in Brookes Zimmer. Ich schließe die Tür und lehne mich dagegen. Liam spielt zufrieden auf dem Teppichboden.

„Alles in Ordnung mit dir?“, frage ich Brooke. Als sie mich anschaut, sehe ich, dass ihr Tränen über die Wangen fließen.

Ich gehe zu ihr und nehme sie in die Arme. Ihre Schultern zucken und sie schluchzt laut. „Was ist los, mein Schatz?“, frage ich, als sie sich ein bisschen beruhigt hat.

Nach und nach kommt alles ans Tageslicht und je mehr ich höre, desto trauriger und wütender werde ich. Anscheinend war Marvin das Lieblingskind seiner Mutter und Brooke als eine Art Kind zweiter Klasse aufgewachsen. Es hatte noch eine Schwester gegeben, Kate, die nach Marvin geboren wurde. Sie war bei einem Unfall ertrunken, als sie ein Jahr alt war. Als Brooke geboren wurde, hatte sie keinerlei Ähnlichkeit mit ihrer Schwester gehabt und ihre Mutter hatte sie sofort abgelehnt. Sie hatte das Notwendigste getan, damit Brooke ordnungsgemäß aufwachsen konnte, aber mehr auch nicht. Es war ihrem Vater zugefallen zu versuchen, seiner kleinen Tochter etwas Aufmerksamkeit zu schenken. In ihrer Kindheit hatte er sich unzählige Male zwischen seiner Tochter und seiner Frau entscheiden müssen.

„Wenn ich ihnen gesagt hätte, dass wir kommen, hätte Dad es mir ausgeredet. Aber ich musste es einfach tun. Nicht nur, um meine Sachen zu holen, sondern auch, um Madison zu sehen. Ich glaube, etwas stimmt mit ihr nicht. Sie ist nicht mehr sie selbst.“

Das muss ich erstmal verarbeiten, obwohl jetzt viele Dinge schon mehr Sinn ergeben. Wie zum Beispiel Marvins offensichtliche Anbetung für seine kleine Schwester und sein Wille, alles für sie zu tun. Deshalb waren wir beste Freunde. Marvin war ein toller Kerl, der einem immer den Rücken freihielt. Ich kann nur hoffen, dass ich auch so ein Mensch bin.

Ich verstehe noch immer nicht, warum Mrs. Foster Brooke nicht leiden kann. „Warum hasst sie dich denn? Du bist doch trotzdem ihre Tochter."

„Ja, aber ich bin nicht Kate. So wie ich es sehe, hatte sie auf ein Mädchen gehofft, das genauso aussah wie Kate. Auf diese Weise hätte sie vielleicht den Schmerz über ihren Verlust vergessen können."

Ich denke an das Verhalten ihrer Mutter zurück. Sie schien ziemlich froh gewesen zu sein, Brooke zu sehen. Das sage ich ihr auch.

Brooke stößt ein bitteres Lachen aus, das so gar nicht zu ihr passt. Ich kann es kaum erwarten, sie zurück nach LA zu bringen. „Meine Mutter ist eine gute Schauspielerin", sagt sie. „Wahrscheinlich hältst du mich für verrückt, aber ich möchte wetten, dass wir sie nicht noch einmal sehen werden. Dad wird uns eine Entschuldigung auftischen, dass sie sich nicht wohlfühlt … Blablabla."

„Und wo wird sie dann sein?"

„In ihrem Zimmer. Bis wir wieder fahren. Sie hat das oft gemacht, als ich noch hier gelebt habe. Wenn sie meinen Anblick nicht ertragen konnte, hat sie sich oft tagelang in ihrem Zimmer eingeschlossen."

Ich fühle mich wie in einem Film. Mir war nicht klar, dass Leute tatsächlich mit so viel Drama lebten. Ich wollte ja nicht voreingenommen sein, aber es gab doch andere Wege, um mit seiner Trauer umzugehen. Es an seinen Kindern auszulassen, war einfach nicht fair. Ich denke an meine eigene Familie zurück und werde von Dankbarkeit erfüllt. Zwar habe ich sie verloren, aber an die Zeit, die wir zusammen verbracht haben, habe ich nur glückliche Erinnerungen. Ich habe immer geglaubt, dass es am schlimmsten sei, eine Familie zu verlieren. Aber das ist es nicht. Ich schaue in Brookes Augen und weiß, dass Ablehnung noch schlimmer ist.

„Was ist mit Liam? Sollte sie ihn denn nicht lieben, weil er Marvins Kind ist?"

Brooke schüttelt den Kopf. „Das habe ich auch gedacht, aber als Marvin starb und sie Liam zum ersten Mal sah, hat sie nur geschrien, dass wir ihn wegnehmen sollen. Ich war froh, dass niemand außer Dad und mir dabei war. Ach ja, und Ellies Mutter. Was sie wohl von uns gedacht hat?“

„Ich bin mir sicher, dass sie glaubte, dass tiefe Trauer der Grund für diese Reaktion war.“

Kapitel 20

Brooke

Jason alles zu erzählen, war das Beste, was ich tun konnte. Als wir zum Abendessen hinuntergehen, lache ich über etwas, das er sagt. Jegliche Spannung hat meinen Körper verlassen und ich bin wieder glücklich. Dad ist als Einziger im Esszimmer und erhebt sich, als wir eintreten.

„Wo ist Mama?“, frage ich, obwohl ich die Antwort bereits kenne.

„Sie wird nicht zum Essen kommen“, antwortet er und Mitleid für ihn überkommt mich. „Es geht ihr nicht gut und sie ruht sich aus.“

Jasons Gesicht ist blass. Er hält Liam auf dem Arm. Anna, die Haushälterin, kommt mit einem Babystuhl herein. „Das ist für den jungen Mann“, sagt sie und stellt ihn zwischen zwei Stühle. „Ich bringe gleich sein Abendessen.“

„Danke Anna“, sage ich. Ich hatte weder an Liams Mahlzeiten gedacht noch irgendetwas geplant, und bin froh, dass jemand anders sich Gedanken darum gemacht hat.

Meine Mutter schafft es immer wieder, das Schlechteste in mir zum Vorschein zu bringen und mich in ein emotionales Nervenbündel zu verwandeln. Nicht nur bei mir ist das so. Jeder scheint glücklicher zu sein, wenn sie auf ihrem Zimmer bleibt.

„Gern geschehen, Brooke“, sagt Anna. „Wenn du willst, kann ich morgen auf ihn aufpassen. Er sieht genauso aus wie mein Oliver.“

Oliver ist ihr Enkelkind, der Sohn ihrer einzigen Tochter. Wenn ich mich richtig entsinne, wurde Oliver beinahe genau zur selben Zeit geboren wie Liam. „Wie geht es Oliver?“, frage ich und ihr freundliches Gesicht verzieht sich zu einem Lächeln.

„Ihm geht es wunderbar. Er wächst mit jedem Tag, genauso wie dieser junge Mann hier, wette ich.“

Ihr Lächeln verschwindet und ich bin mir sicher, dass sie an Marvin denkt. Er war ein Mensch, der von allen geliebt wurde.

„Ich hole sein Essen“, sagt sie und dreht sich um, aber ich sehe noch, dass ihr die Tränen in die Augen steigen.

Wir machen es uns gemütlich und Anna kommt mit einer Mahlzeit aus pürierten Erbsen, Karotten und Kartoffeln für Liam zurück. Glücklich beginnt er zu essen, wobei er seiner Lieblingstätigkeit nachgeht – auf den Tisch zu hauen.

Das Abendessen ist angenehm und es tut gut, Neuigkeiten mit Dad auszutauschen. Er ist ein anderer Mensch, wenn seine Frau nicht dabei ist, und ich genieße seine Gesellschaft. Ich werfe Jason einen Blick zu und es scheint ihm ähnlich zu gehen.

„Du hast dich also entschlossen, für immer nach LA zu ziehen?", fragt Dad.

Ich nicke. „Dort ist Liams Zuhause und da muss auch ich sein." Und hier will mich sowieso keiner.

„Hast du eine Arbeit?"

Ich nicke. „In einer örtlichen Tierklinik. Es gefällt mir. Alle sind sehr nett und es ist nicht weit von daheim entfernt."

„Du wirst mir fehlen", sagt Dad und ich weiß, dass er es auch so meint. Jedoch habe ich vor langer Zeit akzeptiert, dass mein Vater emotional nicht sehr stark ist. Wäre er es, hätte er seine Frau sicher schon vor langer Zeit mit ihrem Verhalten konfrontiert und sie mit zu einem Therapeuten genommen, damit ihr geholfen wurde. Stattdessen hat er alles mitgemacht, was sie wollte, selbst wenn es ganz offenbar das Falsche war.

Wir wechseln das Thema, um das Gespräch aus gefährlichen Bahnen zu lenken. Später setzen wir uns ins Wohnzimmer und reden noch ein bisschen mehr. Dann ist auch schon Schlafenszeit. Wir haben kein Kinderbettchen und Jason und ich vereinbaren, dass ich mit Liam in meinem Bett schlafe. Gerade als ich ihm seinen Schlafanzug angezogen habe, klopft es an meiner Tür und Jason kommt herein.

„Kann ich bei euch schlafen? Ich fühle mich so einsam."

Ich muss kichern. „Natürlich. Komm rein."

Wir legen Liam in unsere Mitte und reden noch leise über seinen Kopf hinweg, bevor wir auch einschlafen.

***

Ich weiß, dass es noch sehr früh ist, um jemanden zu besuchen, aber ich muss einfach nach Madison sehen. Jason und ich verlassen das Haus meiner Eltern und nehmen uns ein Taxi zu ihrem Haus. Liam ist bei Anna in guten Händen und ich lasse ihn beruhigt bei ihr zurück.

Madison lebt in einer Zweiraumwohnung am anderen Ende der Stadt in einem schönen Viertel, das von jungen Leuten bevölkert wird.

Ich bezahle den Taxifahrer, obwohl Jason dagegen protestiert. Dann greife ich nach seiner Hand und führe ihn in das Gebäude ins zweite Stockwerk. Ich nehme immer die Treppen statt des Fahrstuhls und meine Oberschenkel danken es mir.

Als wir vor ihrer Türe stehen, wappne ich mich innerlich und klopfe an. Niemand antwortet und mein Klopfen wird allmählich zum Wummern.

„Vielleicht ist sie nicht daheim", schlägt Jason vor.

Daran hatte ich gar nicht gedacht. Bevor ich noch irgendetwas erwidern kann, macht eine verschlafene Madison die Türe auf. Sie schaut mich ungläubig an und reibt sich die Augen. „Brooke!"

„Höchstpersönlich", sage ich glücklich. Ich erwarte einen Aufschrei, eine Umarmung und Freudentränen.

„Du hast mir gar nicht gesagt, dass du kommst."

„Ich weiß, das hätte ich tun sollen", erwidere ich. Ich verstehe nicht, warum sie sich so verhält. Aber dann dämmert es mir. Sie hat jemanden bei sich. Deshalb bittet sie uns nicht hinein. Ihr Verhalten ähnelt dem meines Vaters gestern. Sie hält die Tür hinter sich fest, als müsse sie sie bewachen.

Doch dann fliegt die Türe auf und ich finde mich Auge in Auge mit Abe Harris wieder. Dem größten Idioten unserer Oberschule. Aber was macht der denn in Madisons Wohnung? Sein Haar ist zerwühlt und er trägt nur Shorts und ein T-Shirt. Ganz offenbar ist er ein Übernachtungsgast.

Mir rutscht das Herz in die Hose. Ich sehe Madison an. Ihr Kinn zittert und sie vermeidet es, mich anzusehen.

„Was macht der denn hier?", frage ich sie.

Keine Antwort.

„Kennst du ihn?", fragt mich Jason.

„Ja, er ist ein Idiot und er ist verheiratet. Das macht ihn zu einem verheirateten Idioten."

Abe heiratete die Ballkönigin direkt nach der Schule und es ging das Gerücht um, dass er in der Nacht, als sie ihr erstes Kind zur Welt brachte, mit einer anderen Frau in einem Hotelzimmer war. Er war ein ganz mieser Typ und Madison und ich hatten öfter über ihn diskutiert, als ich zählen konnte. Es fällt mir schwer zu glauben, dass Madison so dämlich sein kann.

Ich verstehe nicht, wie sie sich gerade ihn aussuchen konnte.

„Gib mir einen Moment, okay?", sagt sie zu Abe und er tritt in die Wohnung zurück.

„Wie konntest du nur?", gehe ich auf sie los, sobald die Tür geschlossen ist.

„Ich wusste, dass du so reagieren würdest, deshalb habe ich dir nichts gesagt", meint Madison. Sie spricht mit beleidigter Stimme, so als wäre sie diejenige, die hier verletzt worden ist. Das ist nicht die Madison, die ich kenne. Meine beste Freundin kann zwar ziemlich verrückt sein manchmal, aber dumm ist sie nicht.

„Wir reden hier über Abe Harris, Maddie!" Am liebsten möchte ich sie schütteln, bis sie wieder zu Verstand kommt.

„Er hat sich geändert", sagt sie.

Ich verschränke die Arme vor der Brust. „Ist er noch verheiratet?"

Madison wird rot. „Ja, aber er ist ausgezogen. Er lebt jetzt bei mir und bald leitet er die Scheidung in die Wege."

Ich schüttele den Kopf. „Wie kannst du nur so dumm sein, Maddie? Er belügt dich doch, wie er schon zahllose Frauen vor dir belogen hat. Wenn er deiner überdrüssig wird, wirft er dich weg und geht zu seiner Frau zurück."

Jetzt schüttelt sie den Kopf. „Nein, das wird er nicht."

„Ich weiß nicht, was ich sagen soll."

„Ich liebe ihn und mehr gibt es nicht dazu zu sagen. Wenn du ihn nicht akzeptieren kannst, dann habe ich keinen Platz für dich in meinem Leben."

Traurigkeit überfällt mich. Jason legt eine Hand auf meine Schulter. „Mach's gut, Maddie."

Wieder zu Hause angelangt, versichere ich mich, dass es Liam gut geht, und steige dann auf den Dachboden, wo meine Mutter all meine Sachen abgestellt hat. Ich war ein bisschen schockiert gewesen, als ich in mein Zimmer gegangen war und festgestellt hatte, dass dieses jetzt mehr einem Gästezimmer ähnelte. Aber ich wollte Jason nichts davon sagen. Es ist sehr demütigend, wenn ein anderer mitbekommt, dass dich deine eigene Mutter abweist. Jason folgt mir auf den Boden und wir finden all meine Sachen bereits in Koffer und Kisten verpackt.

„Das ist hart", meint Jason.

Tränen brennen in meinen Augen. Ich will nie wieder nach Minnesota zurück. Seit wir angekommen sind, habe ich nichts als Schmerz empfunden. Ich kann es kaum erwarten, morgen wieder heimzufliegen. Alles, was ich tun muss, ist, die Sachen auszusortieren, die ich mit nach LA nehmen will.

Ich lehne mich an Jason und er nimmt mich in seine Arme. Ich schlinge meine Hände um seinen Nacken und wir schaukeln gemeinsam zu einer unhörbaren Melodie. Meine Gedanken wandern erneut zu Maddie. Was konnte Abe ihr nur erzählt haben, dass sie vollkommen vergessen hat, was für ein Mensch er ist?

Ich habe das Gefühl, als hätte die Welt sich auf den Kopf gestellt und ich mit ihr. Einzig Jason und Liam ergeben für mich noch einen Sinn.

Später überrascht mich meine Mutter, indem sie an unserem letzten Abendessen teilnimmt. Dad scheint ebenso überrascht zu sein wie ich und rückt ihr sogleich einen Stuhl zurecht. Gut, dass sie gekommen ist. Ich wollte mit ihnen über die Schadensersatzklage sprechen.

Nach dem Essen, als wir an unseren Kaffeetassen nippen, schneide ich das Thema an. „Marvins Anwalt hat vorgeschlagen, dass wir Klage gegen den Mann einreichen, der den Unfall verursacht hat."

Meine Mutter erstarrt. Ihre Augenlider flattern. „Ich verstehe nicht."

„Eine Entschädigung für Marvins und Ellies Tod."

Ihr Gesicht scheint zu pulsieren. „Das bringt meinen Sohn auch nicht wieder zu mir zurück", sagt sie mit unheimlich ruhiger Stimme.

„Es ist auch nicht für dich, Mama. Es ist für Liam. Ihm wird es nie an etwas fehlen."

„Ein Gerichtsverfahren, sagst du? Nein. Ich werde nicht zulassen, dass das Gesicht meines Sohnes auf sämtlichen Titelseiten erscheint. Er verdient etwas Besseres." Sie erhebt ihre Stimme und richtet mit funkelnden Augen einen Finger auf mich. „Du warst immer eifersüchtig auf ihn. Deshalb tust du das."

Mir schlägt das Herz hart in der Brust. Bevor ich nach LA ging, wäre ich aus dem Zimmer geflohen, aber jetzt sehe ich ihr gerade ins Gesicht. „Du redest Blödsinn, Mama. Marvin hat seinen Sohn geliebt und hätte nur das Beste für ihn gewollt."

Sie wendet sich meinem Vater zu. „Harold! Hast du das gehört? Kannst du sehen, wie respektlos sie mir gegenüber ist?", kreischt sie.

Mir wird endlich klar, was wir alle schon vor Jahren hätten erkennen sollen. Meine Mutter ist komplett verrückt und braucht unbedingt Hilfe.

„Du brauchst Hilfe, Mama", versuche ich beruhigend auf sie einzureden. „Dad, du musst dafür sorgen, dass sie jemanden sieht."

Meine Mutter springt von ihrem Stuhl auf und beginnt, wie wild hin- und herzulaufen. Liam fängt an zu weinen. Voller Angst schaut er meine Mutter an. Anna muss das Geschrei gehört haben, denn sie eilt herein, redet beruhigend auf Liam ein, während sie ihn aus seinem Babystuhl holt und ihn mit hinausnimmt.

Dad schaut von meiner Mutter zu mir und sitzt mal wieder zwischen den Stühlen. Ich verspüre das dringende Bedürfnis, dafür zu sorgen, dass sie Hilfe bekommt. Ich muss Dad davon überzeugen.

„Was habe ich dir getan, Mama?" Ich fühle mich schlecht, weil ich versuche, sie auf die Palme zu bringen, aber wenn ich jetzt einfach gehe, wird sie nie die Hilfe bekommen, die sie ganz offenbar braucht.

Sie antwortet nicht und läuft weiter hin und her.

„Ist es, weil ich nicht Kate bin?"

Als ich den Namen meiner verstorbenen Schwester ausspreche, wird es so still, dass man eine Stecknadel zu Boden fallen hören könnte. Meine Mutter erstarrt und dreht sich langsam und mit zusammengekniffenen Augen zu mir herum. „Was hast du gesagt?"

„Ich sagte, hasst du mich, weil ich nicht Kate bin?"

Ich erwarte Gezeter und Wutausbrüche, aber stattdessen bricht sie in Tränen aus und fällt auf die Knie. Sie weint, als würde ihr das Herz brechen. Dad sieht mich anklagend an. Dann geht er zu ihr und versucht ihr aufzuhelfen, aber sie weigert sich und sie ist eine starke Frau.

Dann beginnt sie, Kates Namen wieder und wieder zu nennen. Es bricht einem das Herz, ihr dabei zuzusehen, und es tut gleichzeitig unglaublich weh. Sie trauert um den Verlust einer Tochter, die sie nur für ein Jahr hatte, und sie kann die Tochter, die seit sechsundzwanzig Jahren bei ihr ist, nicht ausstehen. Es fällt mir schwer, Mitleid zu zeigen. Was ich will, ist jemand, der zumindest Ähnlichkeit mit einer Mutter hat, aber das wird nie der Fall sein. Jason steht auf und hilft meinem Vater, meine Mutter hochzuziehen und auf ihr Zimmer zu bringen. Ich stehe allein im Esszimmer und erlaube mir erst jetzt, meinen Tränen freien Lauf zu lassen.

Wie konnte es nur soweit kommen? Marvin war der Schutzschild zwischen mir und meinen Eltern – und besonders meiner Mutter – gewesen. Seine Liebe hatte ausgereicht und die Ablehnung meiner Mutter nicht so wehgetan, wie sie es jetzt tut.

Kapitel 21

Jason

Endlich sind wir wieder daheim! Ich bereite unser Abendessen zu und Brooke füttert Liam. Es fühlt sich gut an, diese Dinge zu tun, ohne groß nachdenken zu müssen. Besonders nach den emotionalen Verwirrungen der letzten Tage. Es ist Samstagabend und ich fühle mich unwohl, weil ich morgen eine vierundzwanzigstündige Schicht antrete. Ich werde abends nicht da sein, wenn Brooke von der Arbeit heimkommt. Sie ist sehr zerbrechlich im Moment und ich habe das Gefühl, sie beschützen zu müssen. Mrs. Foster braucht ganz offenbar Hilfe und ich kann nur hoffen, dass ihr Mann dafür sorgen wird, dass sie sie auch bekommt. Brooke hat diesbezüglich allerdings keine Hoffnung. Sie sagt, ihr Vater sei schon immer mit Blindheit geschlagen gewesen, wenn es um ihre Mutter ging.

Wir essen in Frieden und führen dabei ein leichtes und unverfängliches Gespräch. Wir gehen früh zu Bett, denn wir arbeiten beide am nächsten Morgen.

Als ich in meinem Zimmer bin, beschließe ich, dass ich Brooke heute Nacht nicht alleine schlafen lassen kann. Ich verlasse also mein Zimmer und gehe den Korridor hinab zu ihr. Sie ist bereits im Bett, aber das Licht brennt noch. Sie lächelt mich an und ich weiß, dass ich die richtige Entscheidung getroffen habe. Ich bin nicht gekommen, um zu schlafen. Jedenfalls nicht sofort. Ich will sie ganz langsam lieben und wenn ich damit fertig bin, soll sie wissen, wie wertvoll sie ist.

Ich schlüpfe in ihr Bett und nehme sie in die Arme. Sie riecht nach Duschgel und Sauberkeit. Ich küsse sie tief und bedecke schließlich auch ihren Hals mit Küssen. Dann gleite ich tiefer und tiefer nach unten, biege schließlich ihre Oberschenkel auseinander und mache es mir zwischen ihren Beinen bequem.

Brooke stößt einen leisen Schrei aus, als ich ihre Möse mit meinen Fingern auseinanderziehe und ihre Süße mit der Zunge schmecke. Ich lecke die Innenseiten ihrer Schenkel, beiße dabei sanft in ihr Fleisch und komme dann zurück für noch mehr ihres süßen Nektars. Heute geht es nicht um mich, sondern nur um Brooke. Ich will all die Traurigkeit wegwaschen, die sie in den letzten Tagen erfahren hat.

Sie stöhnt und wölbt sich mir entgegen, während ich ihre Möse lecke. Dann krallt sie sich in meine Schultern. „Ich will dich, Jason. Ich will deinen Schwanz in mir spüren."

Ich setze meinen Schwanz an ihrer schlüpfrigen Möse an und lasse ihn zwischen ihre Falten sinken. Sie hebt die Hüften an und er gleitet in sie hinein. Ich ficke sie mit langsamen, wohlüberlegten Stößen, bis sie mich um mehr anbettelt. Ich erhöhe mein Tempo. Ihre Nägel graben sich in meine Hinterbacken und sie drückt mich fest an sich. Ich weiß, was sie will, und hämmere wie wild in sie hinein.

„Ja, Jason. So ist es gut", sagt sie immer wieder.

Wieder und wieder stoße ich in sie hinein und spüre, wie ihre Pussy sich zu verkrampfen beginnt. Ich weiß, dass es ihr gerade kommt, und nach ein paar weiteren Stößen bin auch ich soweit und ergieße meinen heißen Samen in ihren Körper.

Als es vorbei ist, halten wir uns eng umschlungen und schlafen in den Armen des anderen ein.

***

Am nächsten Tag bei der Arbeit denke ich über die Geschehnisse nach und mir wird klar, dass sich meine Gefühle für Brooke geändert haben oder gewachsen sind oder was auch immer. Ich weiß nicht genau, wie ich es beschreiben soll. Als ich an meinem Kaffee nippe, bricht mir der Schweiß aus. Ich fühle etwas, das ich noch bei keiner Frau gefühlt habe. Sie soll für immer mir gehören. Mein Herz rast, während ich versuche, meine Gefühle genauer zu untersuchen. Könnte es sein, dass ich in sie verliebt bin? Ich habe mich nie für einen Mann gehalten, der sich verliebt, aber je mehr ich darüber nachdenke, umso mehr Sinn ergibt es.

In meiner ersten Pause beeile ich mich, Brooke anzurufen, aber die Rezeptionistin teilt mir mit, dass sie kurz wegmusste. Ich mache mir Sorgen. Stimmt etwas mit Liam nicht?

Mit zitternden Fingern wähle ich die Nummer daheim. Nach dem dritten Klingeln nimmt endlich jemand ab und zu diesem Zeitpunkt bin ich bereits ein Nervenbündel. Ich umklammere den Hörer und versuche, gelassen zu erscheinen.

„Hallo, Mrs. Stewart. Jason hier", sage ich.

„Oh ja, wie geht es dir? Wir haben dich heute früh verpasst", sagt sie fröhlich.

So fröhlich wäre sie nicht, wenn Liam etwas zugestoßen wäre. Meine Schultern entspannen sich und ich lehne mich an die Wand. Im Hintergrund höre ich Liams gurgelnde Geräusche und muss lachen. Die Erleichterung, die mich durchflutet, ist unbeschreiblich.

„Ich wollte nur sehen, ob Brooke zu Hause ist", sage ich.

„Nein, sie ist im Büro", erwidert Mrs. Stewart und wir beenden unser Gespräch.

Wahrscheinlich ist Brooke nur kurz spazieren gegangen oder besucht einen ihrer Klienten. Den Rest des Tages bin ich unruhig und kann es kaum erwarten, am nächsten Morgen nach Hause zu kommen. Das überzeugt mich ebenfalls, dass ich starke Gefühle für Brooke entwickelt habe. Ich frage mich, was sie wohl von einer halbfesten Beziehung zwischen uns halten würde. Leise lache ich vor mich hin. Es ist kaum zu glauben, dass ich bereits auf diese Weise an sie denke, obwohl es erst weniger als zwei Monate sind.

Angst überkommt mich. Vielleicht sollte ich die Dinge etwas langsamer angehen lassen, aber es ist ein so wundervolles Gefühl, dass ich es einfach jedem erzählen möchte. Es von den Dächern rufen will. Ich mag diese Frau wirklich sehr. Die Zeit vergeht einfach nicht. Ich hoffe, dass Brooke mich zurückruft, aber das tut sie nicht und ich will nicht den Eindruck erwecken, als würde ich sie kontrollieren.

Oder vielmehr will ich sie nicht verschrecken. Wenn ich etwas will, kann ich manchmal sehr heftig reagieren und das kann ziemlich furchteinflößend sein für jemanden, der diese Seite an mir nicht kennt. Als es Schlafenszeit ist, hat sie noch immer nicht angerufen, aber ich schlucke meine Enttäuschung herunter und tröste mich mit dem Gedanken, dass ich am nächsten Morgen um halb acht zu Hause sein werde.

Ich bin der Erste, der die Wache verlässt, und schaffe es in Rekordzeit nach Hause. Lärmend trete ich ein und finde Brooke und Liam genau da, wo ich sie erwartet habe; frühstückend am Esstisch. Vielmehr versucht Brooke, Liam zu füttern, während er alles probiert, um sein Essen wieder aus dem Mund zu holen.

Brooke sieht hoch und unsere Augen treffen sich. In ihrem Blick liegt etwas, das mein Herz stocken lässt. Irgendwas stimmt nicht. Aber ich bemühe mich, cool zu bleiben, und folge meiner üblichen Routine. Ich küsse Liam und dann Brooke. Sie erwidert meinen Kuss nicht. Ich habe das Gefühl, einen Baum zu küssen, und mache mir jetzt ernsthaft Gedanken.

„Ich habe dich gestern bei der Arbeit angerufen", sage ich zu ihr.

Sie schaut mich kühl an. „Ja, man hat es mir gesagt."

Ich warte auf eine Erklärung, aber als keine kommt, bleiben mir die Worte im Halse stecken. Ich gieße mir etwas Kaffee ein und trage meine Tasse zum Sofa. Noch nie bin ich in einer derartigen Situation gewesen und habe keine Ahnung, wie ich die Dinge wieder ins Lot bringen kann. Ich gehe die verschiedenen Möglichkeiten in meinem Kopf durch.

Vielleicht hat sie schlechte Nachrichten von zu Hause erhalten? Aber was hat das mit mir zu tun? Sie ist ganz offenbar sauer auf mich, also muss es etwas sein, das ich getan habe. Je länger ich versuche, es herauszufinden, desto frustrierter werde ich. Als sie Liam in sein Laufställchen setzt, platze ich einfach damit heraus.

„Was ist los, Brooke?"

Sie setzt sich mir gegenüber und ich kann ihrem Gesicht ansehen, dass es sich um etwas sehr Ernstes handeln muss. Angst macht sich in mir breit. Ich will sie nicht verlieren, jetzt, wo ich sie gerade gefunden habe. Sie hat einen Teil von mir berührt, den noch keine Frau zuvor berührt hat, und ich will diese Tatsache erforschen und sehen, wohin sie mich führt.

„Irgendein Anwalt namens Guy Rogers rief mich gestern bei der Arbeit an."

Mir rutscht das Herz in die Hose und Übelkeit breitet sich in mir aus. Plötzlich wünsche ich mir, ich wäre ehrlich zu Brooke gewesen und hätte ihr erzählt, dass man uns ein Angebot gemacht hat. Aber dann sage ich mir, dass ich lediglich Informationen zurückgehalten habe, sonst nichts. Ich wäge ab, ob ich es ihr jetzt sagen soll oder nicht.

Ich beschließe, es nicht zu tun.

„Sie haben gesagt, dass sie dir ein außergerichtliches Angebot gemacht hätten und du es angenommen hast."

Ich bin schockiert und kann zunächst gar nicht reagieren. Meine Gedanken gehen zurück zu dem Tag in seinem Büro und zu unserem Treffen und ich überlege, ob ich irgendetwas gesagt habe, das als Zustimmung ausgelegt werden könnte. Nein, nichts. Ich bin unnachgiebig gewesen. Wir würden uns nicht außergerichtlich einigen.

Mir war klar, dass Brooke sich nicht darauf einlassen würde, und ich wollte es auch nicht. Natürlich hatte ich über das Geld nachgedacht, das man uns anbot. Wer hätte das nicht?

„Wie konntest du das nur tun, Jason? Wie konntest du hinter meinem Rücken etwas Derartiges machen? Ich habe geglaubt, du seist anders, aber du bist genauso wie alle anderen auch!"

Ihre Worte schneiden mir ins Herz. „Das stimmt nicht, Brooke. Ich habe ihr Angebot nicht angenommen. Ja, ich bin zu seinem Büro gegangen, weil Marvins Anwalt mich darum gebeten hatte, aber das ist alles. Ich habe Guy Rogers gesagt, dass ich … wir dieses Angebot nicht annehmen würden und er uns in Ruhe lassen soll."

„Das hat er aber nicht gesagt", meint Brooke. Ihr Gesicht ist angespannt. „Wir reden hier von einem sehr angesehenen Anwalt. Warum sollte er lügen?"

„Das weiß ich nicht. Ich weiß nur, dass ich dir die Wahrheit gesagt habe. Es gibt nichts, womit ich dir das beweisen kann. Du musst mir vertrauen."

Letztendlich läuft alles darauf hinaus. Vertrauen. Sie nickt, aber es liegt von nun an eine Spannung im Raum. Wir reden miteinander wie Fremde. Ich kann kaum glauben, wie schnell etwas schiefgehen kann, das vorher so gut lief. Das zeigt mir nur, was ich schon immer vermutet habe. Ich bin nicht für Beziehungen gemacht.

In den nächsten Tagen werden unsere Gespräche etwas einfacher, aber wir bleiben auf Distanz. Zum ersten Mal frage ich mich, wie das Ganze auf lange Sicht klappen soll. Ich könnte wieder in mein Haus ziehen, aber irgendetwas, das ich nicht erklären kann, lässt mich hierbleiben.

Ich bin noch nicht bereit, uns aufzugeben. Oder besser gesagt, mein Herz ist es nicht.

In der darauffolgenden Woche kommt Brooke ins Kinderzimmer, wo ich gerade Wäsche falte. Sie lehnt sich an den Türrahmen. In ihren Augen stehen Tränen.

„Es tut mir leid, dass ich dir nicht vertraut habe“, sagt sie.

Ich blinzele sie überrascht an und traue meinen Ohren kaum. Ich lasse meine Arbeit liegen und schaue sie an. „Was ist passiert?“

Die Tränen überschwemmen jetzt ihre Augen. „Nichts. Ich habe nur darüber nachgedacht und an die ganze Zeit, die wir zusammen verbracht haben. Der einzige Grund, warum du mir nichts von deinem Treffen mit Guy Rogers gesagt hast, ist, weil du nicht wolltest, dass ich mir Sorgen mache und alles wieder in mir hochkommt. Es war nicht, weil du etwas vor mir verstecken wolltest.“

Ihre Worte bringen all meine Mauern zum Einsturz. Das ist alles, was ich von Brooke hören wollte. Dass sie mir vertraut.

Ich gehe zu ihr und ziehe sie in meine Arme. „Danke, dass du mir vertraust“, flüstere ich ihr zu.

Wir klammern uns aneinander und es dauert bestimmt fünf Minuten, bevor wir uns wieder loslassen. Ich beuge mich vor, um sie zu küssen, und sie schlingt ihre Arme erneut um meinen Nacken.

„Ich habe dich so sehr vermisst“, sage ich.

„Ich dich auch“, erwidert sie, noch immer verheult.

„Wo ist Liam?“, frage ich.

„In seinem Laufgitter“, meint sie. Ich gebe ihr noch einen schnellen Kuss, bevor wir nach Liam schauen müssen.

Beim Abendessen geht es lebhaft zu und ich habe so viel Freude dabei, dass ich am liebsten weinen möchte. Ich habe unsere Gespräche so vermisst. Anschließend machen wir es uns auf dem Sofa gemütlich, aber begeben uns alsbald ins Bett. Dieses Mal ist es nicht nur Sex. Ich mache Liebe mit Brooke und ihre Hände berühren mich so sanft, dass ich glaube, auch sie will mir etwas damit sagen.

Wir lieben uns beinahe die ganze Nacht und als der Morgen graut, sind sämtliche Zweifel verschwunden. Brooke und ich gehören zusammen. Aber dann denke ich an meinen finanziellen Status und erneut schleichen sich Zweifel ein. Ich brauche ein bisschen mehr Zeit, um wieder in eine stabilere Position zu kommen.

Zum ersten Mal kann ich Marvin für seinen Leichtsinn nicht ausstehen. Wenn er nicht sein und Ellies Haus aufs Spiel gesetzt hätte, wäre ich abgesichert und könnte um Brookes Hand anhalten. Der Gedanke ist ernüchternd, aber so fühle ich mich im Augenblick. Ich will Brooke für immer in meinem Leben behalten.

Kapitel 22

Brooke

Als Jason das Auto am Straßenrand hinter einer Reihe anderer Wagen parkt, ziehe ich scharf den Atem ein. Panik macht sich in meiner Brust breit. Ich hätte dieser Aktion nicht zustimmen sollen. Ich bin kein Freund von Partys, besonders dann nicht, wenn ich niemanden kenne. Aber diese Grillparty wird von einem von Jasons Kollegen organisiert und er wollte wirklich gern, dass wir kommen.

Ein Teil von mir möchte auch gern Jasons anderes Leben kennenlernen. Seine Freunde von der Feuerwache und deren Familien treffen. Aber jetzt, wo wir hier sind, bin ich mir nicht mehr so sicher. Liam macht glückliche Babygeräusche hinter mir, nicht ahnend, wie unbehaglich sich seine Tante fühlt.

Jason schaltet den Motor aus. „Geht es dir gut? Du bist ziemlich still."

Ich lächele strahlend. Jason braucht nicht zu wissen, wie nervös mich Partys machen. Es wäre peinlich, zugeben zu müssen, dass etwas so Normales wie eine Party mir Beklemmungen bereitet. „Mir geht es gut. Es ist ein wunderschöner Tag für eine Grillparty."

Er grinst. „Das stimmt und außerdem freuen sich alle darauf, dich unter anderen Umständen zu treffen."

Mittlerweile nimmt eine Erinnerung an Marvin und Ellie mich nicht mehr so sehr mit, wie es früher einmal der Fall war. Ich denke nicht mehr an den Unfall oder die Zeit nach ihrem Tod. Ich erinnere mich an die Zeiten davor, die guten Zeiten.

Jason steigt aus und kommt um das Auto herum, um meine Tür zu öffnen. Er trägt khakifarbene Shorts und ein dunkelblaues T-Shirt, das sich über seiner Brust und den Schultern spannt. Er strotzt vor Selbstvertrauen und Stolz durchfährt mich, weil wir zusammen sind. Es macht nichts, dass niemand sonst das weiß.

Er macht meine Tür schwungvoll auf und ich muss kichern. Meine verkrampften Muskeln lockern sich. Ich steige aus und öffne die hintere

Tür auf der Beifahrerseite, um Liam herauszuholen, während Jason seinen Buggy herausholt.

Nachdem wir Liam angeschnallt haben, geht Jason voran zur Rückseite des Hauses, wo alle versammelt sind. Mein Schritt wird langsamer, als ich die Menschenmenge sehe, die dort versammelt ist. Das Aroma von gegrilltem Hühnchen, Hamburgern und Hotdogs liegt in der Luft. Süßlicher Rauch steigt mir in die Nase. Normalerweise liebe ich diesen Geruch, aber jetzt verursacht er mir Übelkeit.

„Jason." Ein durchtrainierter dunkelhaariger Mann kommt auf uns zu. „Ihr habt es geschafft." Er ist ein bisschen älter als Jason, verfügt aber über die gleiche muskulöse Brust und Schultern. Sie geben sich eine männliche Umarmung und dann legt Jason einen Arm um meine Schulter, während er mit dem anderen den Buggy hält.

„Brooke, das hier ist Collins. Wir stehen gemeinsam an vorderster Front. Collins, du erinnerst dich noch an Brooke Foster?"

„Natürlich", sagt er mit einem freundlichen Lächeln. „Willkommen in unserem Heim."

„Danke", murmele ich.

„Und das hier ist Liam, Marvins und Ellies Sohn", sagt Jason.

Der Mann schaut in den Buggy, wo Liam sein Nachmittagsschläfchen hält. Wenn ich mich nicht irre, hat er dabei Tränen in den Augen. Eine hübsche dunkelhaarige Frau tritt neben ihn und schlingt einen Arm um seine Taille.

Es stellt sich heraus, dass sie Collins Frau Debra ist und sie kommt an meine Seite, sobald wir einander vorgestellt worden sind.

„Komm mit und ich werde dich mit den anderen bekanntmachen. Liam nehmen wir mit", sagt Debra. „Er ist so groß geworden in den letzten Wochen."

Jason wirft mir ein aufmunterndes Lächeln zu und ich straffe meine Schultern. Ich schaffe das. Ich muss doch nur ein bisschen Smalltalk machen. Obwohl das etwas ist, was ich hasse.

Sie führt mich zu einem Tisch, wo eine Gruppe von Frauen sitzt. Mindestens drei von ihnen haben ebenfalls einen Buggy neben sich stehen. Das beruhigt mich etwas. Wenigstens können wir uns über Babys unterhalten. Wir werden einander vorgestellt und ich schwöre, dass ich keinen einzigen Namen mitbekomme. Ihre Gesichter verschwimmen vor meinen Augen.

„Ich passe auf Liam auf", sagt Debra. „Hol dir was zu essen."

Ich will gerade dankbar ablehnen, aber dann wird mir klar, dass das unhöflich wäre. Also lächele ich ihr zu und gehe zum Buffet. Dort greife ich mir einen Teller und häufe Salat und Brötchen darauf.

„Ich wünschte, ich wäre so zurückhaltend beim Essen", meint Debra, als ich zum Tisch zurückkehre und mich mit meiner eher mageren Mahlzeit hinsetze.

Die Frauen am Tisch lachen laut auf; etwas, das Madison und ich auch tun würden. Mir drückt es das Herz zusammen, als ich mich daran erinnere, wie wir auseinandergegangen sind. Ich habe versucht, mir nicht zu viele Gedanken darüber zu machen, dass sie einen Idioten über unsere Freundschaft gestellt hat.

„Brooke", sagt eine der Frauen, an deren Namen ich mich partout nicht erinnern kann. „Ich wollte dir nur im Namen von uns allen sagen, dass wir denken, dass Jason und du eure Sache sehr gut macht. Ihr habt viel für Liam aufgeopfert."

„Dein Bruder und Ellie hatten Glück, euch beide zu haben", sagt eine andere.

Ich bin überrascht, dass sie so viel über mich wissen. Anscheinend sieht man mir meine Überraschung an, denn Debra erklärt: „Wir sind nur eine kleine Gemeinschaft von Ehefrauen und Freundinnen der Feuerwehrleute und Ellie war eine von uns. Wir haben dich die ganze Zeit aus dem Hintergrund angefeuert."

Die lieben Worte dieser Frauen treiben mir die Tränen in die Augen. Abgesehen von Ellies Mutter hat mich noch niemand gelobt. Ich brauche das auch nicht, aber es fühlt sich gut an, anerkannt zu werden.

„Jason lässt keinen an dich heran", scherzt eine Frau. „Wir haben schon den ganzen Sommer lang angedeutet, mal vorbeikommen zu wollen, aber er sagt immer, dass du noch nicht bereit bist."

„Ich glaube, er will sie nur für sich selbst", meint Debra.

„Kannst du es ihm verübeln?", fragt eine andere.

Mittlerweile ist mein Gesicht heiß vor Scham. Das wäre ja alles nicht so schlimm, wenn zwischen uns nichts laufen würde. Zum Glück entschließt sich Liam, just in diesem Moment aufzuwachen, und die Frauen konzentrieren sich auf ihn. Er wird von einer zur nächsten gereicht, auf den Knien geschaukelt und gekitzelt.

Als er wieder zu mir kommt, hat er so viel gekichert, dass sein Gesicht ganz rosig ist. Sein Fläschchen ist in einem dieser Thermosdinger, das seine Milch warmhält. Leider reichen meine Fähigkeiten als Mutter noch nicht so weit, dass ich die Namen all dieser Babysachen kenne. Er lehnt sich gegen mich und trinkt sein Fläschchen.

Als das Gespräch sich einem anderen Thema zuwendet, suchen meine Augen nach Jason und als ich ihn sehe, stockt mir der Atem. Seine blauen Augen sind auf mich gerichtet. Unsere Blicke versinken ineinander und etwas sehr Intensives geht zwischen uns hin und her.

„Alles in Ordnung?", formen seine Lippen und ich lächle und nicke.

Das stimmt sogar. Ich fühle mich wohl bei diesen acht Frauen, die hier um den Tisch sitzen. Sie haben mir ihre Freundschaft angeboten, ohne dabei zu aufdringlich zu sein.

„Arbeitest du, Brooke?", fragt Debra, als das Gespräch auf ihre jeweiligen Jobs kommt.

Ich muss lächeln. Meine Arbeit ist die eine Sache, über die ich wirklich gern rede. Außer Liam natürlich. „Ja, ich bin Tierärztin und habe gerade einen Job in der Tierklinik in der Elm–"

„Ja!", ruft eine Frau mit hübschen lila Strähnen im Haar aus. „Wusste ich doch, dass ich dich schon mal irgendwo gesehen habe. Ich war letzte Woche mit einer Freundin dort, denn sie brauchte etwas moralische Unterstützung. Sie war diejenige, die ihren Hund zu lange im Auto gelassen hat."

Sofort fällt es mir wieder ein. Der Hund konnte gerettet werden, aber es war knapp. „Ich erinnere mich und bin froh, dass die Sache gut für deine Freundin ausgegangen ist. Aber so etwas passiert immer öfter. Wir hatten am Montag einen ähnlichen Fall", sage ich.

Wir reden noch etwas mehr, doch plötzlich spüre ich, wie die Aufmerksamkeit sich einem Pärchen zuwendet, das gerade kommt. Wie die meisten Männer auf der Party hat auch dieser Mann eine breite Brust. Sein Haar ist sandfarben. Marvin war zwar ein Feuerwehrmann, aber ich wusste nie genau über seine Arbeit Bescheid.

Jetzt, da ich mit Jason lebe, weiß ich, dass Feuerwehrleute so muskulös sind, weil sie viel Sport treiben. Sie müssen fit sein, da ihre Arbeit das gebietet. Er hat ein Fitness-Studio auf der Wache erwähnt und ebenso reguläre Basketball-Spiele zwischen den Männern.

Ohne dass es mir jemand sagt, gehe ich also davon aus, dass der Neuankömmling auch ein Feuerwehrmann ist. Debra erhebt sich und geht auf die beiden zu. Mein Interesse wendet sich der Frau neben ihm zu. Sie hat orange Strähnen im Haar, aber was meine Aufmerksamkeit wirklich erregt, sind ihre Shorts. Es sind keine normalen sondern kurze Shorts. Ich wette, dass man ihre Hinterbacken sehen könnte, wenn sie sich umdrehen würde. Ich liebe LA und all seine verrückten Leute.

Minuten später bringt Debra die Frau zu uns – genauso, wie sie es mit mir gemacht hat – und stellt uns alle vor. Die Frau lehnt es ab, sich etwas zu essen zu holen, und sieht gelangweilt drein. Ihr Blick wandert immer wieder zu ihrem Mann zurück, obwohl Debra und die anderen Frauen sich bemühen, sie in ihr Gespräch mit einzubeziehen.

Leise Musik ertönt. Einige Paare tanzen auf dem Gras, ein Stückchen entfernt vom Rest der Gäste.

Jason kommt herüber und beugt sich zu mir herab, um mir einen Kuss zu geben. Mir klopft das Herz wie wild. Sein Aftershave hüllt mich ein und ich vergesse alles um mich herum, außer wie sehr ich seine Hände gern überall spüren würde.

„Würdest du gern tanzen?“, fragt er.

„Was ist mit Liam?“, entgegne ich.

Debra hat uns offenbar gehört, denn sie bietet sofort an, ihn zu halten. Jason zieht mich auf die Füße und führt mich zu dem Fleck, wo die anderen Paare sich drehen. Eine riesige Eiche spendet Schatten und sobald Jason meine Taille umfasst, vergesse ich alles und denke nur noch daran, wie wundervoll es sich anfühlt, in seinen Armen zu liegen.

Seine Hände liegen auf meinem Rücken und streicheln mich sanft. Unsere Körper schmiegen sich aneinander und ich spüre jede seiner Konturen. Er beugt sich vor und küsst mich. Ich fange an zu schnurren.

„Ich könnte dich an Ort und Stelle vernaschen", flüstert er mir ins Ohr und mir werden die Knie weich wie Wackelpudding.

Mein Körper reagiert sofort auf seine heisere Stimme und seine Worte. Ich fühle mich sexy und begehrt. Etwas mutiger geworden, presse ich meine Hüften gegen ihn. Sofort stellt sich sein Schwanz auf und drückt gegen meinen Bauch.

Jason stößt ein Zischen aus. „Du weißt aber schon, dass wir jetzt den ganzen Nachmittag tanzen müssen, oder?"

Ich muss kichern. „Warum denn?"

„Wenn wir auseinandertreten, wird jeder sofort den riesigen Steifen sehen, den ich vor mir hertrage", meint Jason.

Sein Schwanz wird tatsächlich mit jeder Sekunde größer. Mir kribbelt es in den Brustwarzen und ich presse meinen Busen an seine Brust. Meine Nippel sind so stramm, dass Jason es sofort bemerkt. Er dreht uns beide herum, sodass er allen den Rücken zukehrt, und legt dann eine Hand auf meine Brust. Seine Finger gleiten durch den Stoff meines Kleides über meine harten Brustwarzen und ich stöhne auf.

Sein Mund presst sich auf meinen und er küsst mich tief. Meine Sorge, dass die Leute uns sehen könnten, verschwindet. Mit seinem Mund und seiner Hand versetzt er meinen Körper in Flammen. Ich lasse heimlich eine Hand zwischen uns gleiten und berühre seinen Schwanz durch seine Shorts. Er stöhnt in meinen Mund und ich werde noch mutiger und greife etwas fester danach.

„Du musst damit aufhören", knurrt Jason. „Es ist eine Sache, einen Steifen zu verbergen, aber eine ganz andere, einen nassen Fleck auf meinen Shorts zu verstecken."

Ich muss lachen und ziehe meine Hand weg. Ein schnelleres Lied wird gespielt.

„Ich glaube, bei diesem Song kann man nicht eng tanzen", sage ich zu Jason, aber er zieht mich nur noch fester an sich.

„Ist mir egal", meint er und ich muss kichern.

Ich hebe ihm mein Gesicht entgegen und wir küssen uns erneut. Ich kann einfach nicht genug von seinem Mund bekommen. Er schmeckt so gut. Sein Schwanz pulsiert an meinem Bauch und tief in mir breitet sich das Verlangen aus, ihn in mir zu spüren. „Ich will dich, Jason", stöhne ich.

Jason stockt. „Sag das noch einmal. Das ist Musik in meinen Ohren."

„Ich will dich", sage ich und schäme mich nicht dafür. Mein Körper sehnt sich nach seinem. Noch nie habe ich etwas Derartiges für jemanden empfunden.

„Soll ich dir sagen, was ich mit dir machen werde, wenn wir nach Hause kommen?", fragt Jason und sein warmer Atem streichelt meinen Hals.

„Ja."

„Ich reiße dir dein Höschen herunter und vergrabe meinen Kopf in deiner Möse", flüstert Jason und meine Schenkel beginnen zu zittern.

„Und dann was?", wispere ich.

„Bist du schon feucht?", fragt Jason.

Ich bin klatschnass. Ich hoffe nur, dass nichts davon auf mein Kleid sickert. „Ja."

„Gut. Ich lecke all deine Säfte auf, spreize dir die Beine soweit es geht und ficke dich mit meiner Zunge."

„Oh Gott." Ich werde gleich hier kommen.

„Dann ziehe ich langsam meine Zunge zurück und lecke deine Lustperle nur ganz leicht mit meiner Zungenspitze, während mein Finger dich vögelt."

Ich biege meinen Rücken durch.

„Du bettelst mich um mehr an, bettelst nach meinem großen Schwanz, damit er dich fickt." Seine Stimme ist leise und heiser und ich habe keine Ahnung, ob ich ihm noch länger zuhören kann. Langsam bin ich am Verzweifeln und befürchte, mich gleich hier vor allen Leuten zu blamieren.

„Dann packe ich deine Beine und schiebe sie zurück. Willst du es hart oder langsam?"

„Hart“, sage ich atemlos.

„Ich schiebe ihn dir rein und du schreist. Deine Wände schließen sich eng um meinen Schwanz und ich muss mich unheimlich beherrschen, um nicht sofort in dir zu kommen.“

„Oh Gott, bitte hör auf“, bettle ich.

Kapitel 23

Jason

Nach diesem Tanz verbringe ich den Rest des Nachmittages damit, Brooke zu beobachten. Ich kann es kaum erwarten, sie allein für mich zu haben, damit ich ihr das Kleid vom Leib reißen kann. Noch immer höre ich ihre Stimme, die mich anbettelt, aufzuhören. Brooke tut meinem Ego sehr gut. Ich habe so etwas noch nie gemacht, so verdorben mit einer Frau gesprochen, bis sie mich bittet aufzuhören. Wenn wir allein gewesen wären, hätte ich ihr Kleid hochgehoben und ihr Höschen beiseite gezerrt. Ich hätte mich nicht damit aufgehalten, ihr die Sachen auszuziehen. Mein Schwanz zuckt bei dem Gedanken, nach ihren Schenkeln zu greifen und sie hochzuheben. Und dann in ihre Pussy zu gleiten.

Keine Ahnung, wie ich es schaffe, durch den Nachmittag zu kommen. Es ist die reinste Folter, mir vorzustellen, was ich mit Brooke anstellen werde. Ich lenke mich ab, indem ich mit Liam spiele und ihn bespaße, aber bin froh, als wir uns zum Aufbruch rüsten. Brooke verabschiedet sich von den Frauen, während ich Liam trage und seinen Buggy zum Auto schiebe.

„Hattest du eine schöne Zeit?“, frage ich Brooke auf der Heimfahrt.

Ich werfe ihr einen kurzen Blick zu, gerade als sie sich zu mir umdreht. Ihre Wangen röten sich und schnell schaut sie wieder weg. Ich weiß, dass sie sich an den Tanz erinnert.

Meine Augen wandern zu ihren Schenkeln. Ihr Kleid ist hochgerutscht und der Anblick ihrer cremefarbenen Beine lenkt mich ab. Ich würde alles dafür geben, meine Zunge genau jetzt an ihren Innenschenkeln hinaufgleiten lassen zu können. Wenn Liam nicht bei uns wäre, würde ich ein einsames Fleckchen finden, nur um sie zu lecken und zu schmecken. Und um ihre süßen Seufzer zu hören. Was hat diese Frau nur mit mir gemacht? Alles, woran ich denken kann, ist, mich zwischen ihre Schenkel zu begeben und sie um den Verstand zu vögeln.

„Ja, das hatte ich. Eine der Frauen ist kürzlich in der Tierklinik gewesen und hat sich an mich erinnert.“ Sie lächelt und legt den Kopf an die Kopfstütze.

Ich vertreibe die schmutzigen Gedanken aus meinem Kopf und konzentriere mich auf die Konversation. „Bald werden dich noch mehr Leute erkennen. Viele hier haben Haustiere und früher oder später kommen sie alle in die Klinik."

Bei mir ist es das Gleiche. Als Feuerwehrmann treffe ich viele Menschen und wenn ich in die Öffentlichkeit gehe, erkenne ich einige wieder oder sie erkennen mich. Es ist schön, Teil einer solchen Gemeinschaft zu sein.

Brooke seufzt auf und ich werfe ihr einen kurzen Blick zu. Sie schiebt eine Haarsträhne hinters Ohr, deshalb weiß ich, dass sie tief in Gedanken versunken ist. Endlich spricht sie wieder. „Wir haben zu viele Fälle, wo Haustiere ihr Leben verlieren, weil sie in heißen Autos zurückgelassen werden. Und ich habe das Gefühl, dass es nur noch schlimmer werden wird."

Als Feuerwehrmann habe auch ich schon genügend Hunde gerettet, die in Autos eingesperrt und deren Eigentümer nicht auffindbar waren. Normalerweise sind diese Tiere dann in einem furchtbaren Zustand. „Unglücklicherweise verstehen die Leute nicht, dass es auch nicht hilft, das Fenster einen Spalt offenzulassen", sage ich.

„Ich werde das bei unserem Meeting am Montag zur Sprache bringen. Ich denke, dass wir vielleicht ein einwöchiges Aufklärungsprogramm starten sollten", meint Brooke.

„Mir gefällt der Gedanke. Wenn die Menschen etwas darüber erfahren, werden die Fallzahlen auch zurückgehen. Hast du schon irgendwelche Ideen?"

„Noch nicht", sagt Brooke.

„Heutzutage lieben die Menschen Videos. Du könntest eins aufnehmen und darin demonstrieren, was mit einem Hund in einem heißen Auto passiert."

Sie wendet sich zu mir um. „Das klingt interessant, aber ich will dabei keinem Hund wehtun."

„Du könntest es doch an dir selber veranschaulichen."

Brooke verschränkt ihre Finger. „Das gefällt mir. Das könnte sogar funktionieren. Wir könnten es ins Internet stellen und die Leute darauf aufmerksam machen. Außerdem könnte es den ganzen Tag in unserer Rezeption laufen."

„Und rede auch mal mit dem Krankenhaus. Ich bin mir sicher, die möchten auch gern helfen. Sie könnten es in der Notaufnahme und in den Wartezimmern spielen."

„Ich kann es kaum bis Montag erwarten", sagt sie und ich muss lachen. Sie ist wie ein Kind, dem man ein neues Spielzeug versprochen hat.

Wir kommen rechtzeitig nach Hause, um Liam sein Abendbrot zu geben. Brooke und ich haben uns bei Collin und Debra den Bauch vollgeschlagen und setzen uns daher nur aufs Sofa, um Liam beim Spielen zuzusehen. Meine Blicke kehren zu Brookes Schenkeln zurück. Zuzusehen, wie der Saum nach oben rutscht, ist eine süße Folter. Ich kann es kaum erwarten, einen Blick auf ihr Höschen und ihre nackte Haut zu erhaschen.

Sie gibt Liam seine Flasche und bringt ihn ins Bett. Mein Verlangen nach ihr lässt mich fühlen wie ein eingesperrtes Tier. Mit jeder Stunde wird es schlimmer und ich kann es kaum noch erwarten, sie endlich vögeln zu können.

„Erinnerst du dich noch daran, was ich dir vorhin versprochen habe?", knurre ich, als sie ins Wohnzimmer zurückkommt.

Sie kichert nervös. „Hier?"

Ich schaue mich um. Nein. Ich will sie im Bett haben. „In deinem Bett."

Sie nickt, dreht sich um und ich folge ihr. Brooke reizt mich. Sie lässt sich Zeit und schwingt sanft die Hüften, wohlwissend, dass ich jede ihrer Bewegungen beobachte. In ihrem Schlafzimmer angelangt, schließe ich die Tür hinter mir und gehe direkt zu ihr hin. Dann greife ich nach dem Saum ihres Kleides und zerre es über ihren Kopf.

Ihre Augen glühen und ich kann erkennen, dass sie mich ebenso sehr begehrt. Ich lasse meine Hände über ihre Brüste, ihren Bauch und ihre Hüften gleiten. Dann ziehe ich ihr Höschen herunter und lasse meine Finger zwischen ihre Falten schlüpfen. Sie wimmert. Sie ist klatschnass und das ist auch gut so, denn ich muss meinen Schwanz unbedingt sofort in ihr versenken.

Ich lasse meine Hände unter ihre Hüften gleiten und trage sie zum Bett, als sei sie eine Feder. Wie sie da so liegt, mit ihren Haaren wie ein Kranz auf dem Bett ausgebreitet, sieht sie atemberaubend aus. Ihre Augen brennen vor Verlangen.

„Du bist so wunderschön“, sage ich mit rauer Stimme. Und sie gehört nur mir! So fühle ich für Brooke, obwohl ich nie dachte, dass ich jemals derart für eine Frau empfinden würde.

Meine Lippen ziehen eine Spur von Küssen von ihrem Mund ihren Hals hinab und dann zu ihren Brustwarzen, aber bevor ich noch weitergehen kann, zieht sie mich hoch.

„Ich will dich in mir spüren“, sagt Brooke und ihre Stimme klingt drängend.

„Noch nicht“, entgegne ich.

Mein Schwanz pulsiert schon beinahe schmerzhaft und ich kann es kaum erwarten, mich in ihrer süßen Möse zu versenken. Aber zuerst will ich sie noch ein wenig schmecken. Ich dränge mich zwischen ihre Schenkel, hebe ihre Beine hoch und schiebe sie bis zu ihrer Schulter zurück. Ihre Möse ist glitschig und ich beuge mich vor und lecke einmal langsam darüber. Sie schreit auf und ich tue es wieder und wieder. Sie hebt ihren Hintern, um meiner Zunge noch mehr entgegenzukommen. Wieder lecke ich sie, aber anstatt meine Zunge erneut zurückzuziehen, lasse ich sie diesmal in ihre Pussy schnellen.

Sie ist heiß und süß. Noch nie habe ich etwas derart Wohlschmeckendes gekostet und ich lecke ihre Säfte auf wie jemand, der seit Tagen nichts getrunken hat.

„Jason. Mehr. Bitte. Fick mich. Ich brauche deinen Schwanz.“

Ihre Worte lassen mich beinahe kommen. An meinem Hals tritt eine Ader hervor und ich fühle mich wie ein straffgespannter Draht. Ich bringe meinen Schwanz an ihren Möseneingang und drücke ihn langsam hinein. Dabei genieße ich das Gefühl ihrer heißen, engen Spalte, die dem Druck nachgibt und sich langsam für mich öffnet.

„Oh Jason“, stöhnt Brooke.

Als mein Schwanz bis zum Anschlag in ihr drinsteckt, schließen sich ihre Mösenwände eng um mich.

„Fick mich, Jason", schreit Brooke und ich stoße langsam in sie hinein. Ich muss behutsam vorgehen, um ihrer Möse Zeit zu geben, sich an meine Größe zu gewöhnen. Da ihre Beine soweit zurückgebogen sind, ist es sehr eng, aber dafür wahnsinnig tief. Sie windet sich und ich stöhne auf, als ich mein Tempo erhöhe. Meine Hände liegen auf ihren Schenkeln und streicheln sie, während ich in sie hineinhämmere. Ich konzentriere mich darauf, ihr so viel Vergnügen wie möglich zu bereiten. Es wäre so einfach, mich gehenzulassen, aber das lasse ich nicht zu.

„Ich will dich berühren", sagt sie und ich unterbreche meine Bewegungen für einen Moment, um ihre Beine wieder heruntergleiten zu lassen.

Ihre Hände wandern auf meinen Rücken und sie lässt ihre Nägel über meine Haut kratzen. Jede Stelle, die sie berührt, scheint in Flammen aufzugehen und ich weiß nicht, wie lange ich meinen Höhepunkt noch herauszögern kann. Ich ficke sie härter und schneller und ihr Griff auf meinen Hinterbacken lässt mich wissen, dass sie es genießt.

„Fick mich, Jason!"

Ich muss grinsen. Ich habe Brooke viel beigebracht. Noch vor zwei Monaten hätte sie so schmutzige Worte niemals ausgesprochen. Das geilt mich total auf.

;„Du machst mich so an, Brooke", stöhne ich.

Ihr sexy Stöhnen bringt mich um den Verstand, aber ich erlaube mir, erst zu kommen, als ich auch ihren Höhepunkt nahen fühle. Wir explodieren zusammen in reiner Ekstase.

Danach lasse ich mich auf den Rücken fallen und ziehe sie auf meine Brust. Langsam beruhigt sich mein Atem wieder und wir schlafen in dieser Stellung ein. Mitten in der Nacht wache ich auf und spüre sie neben mir. Ich lege meine Hände an ihren weichen Hintern kuschle mich in Löffelchenstellung an sie. Es ist einfach, wieder einzuschlafen, wenn ich sie halten kann.

Wieder schrecke ich auf und die Wärme von Brookes Hintern lässt meinen Schwanz halbsteif werden. Sie bewegt sich und ich drücke ihn zwischen ihre Beine. Sie ist heiß und feucht, atmet aber so tief, dass ich glaube, sie schläft noch. Die Sonne wirft bereits einen orangen Schein durch die Vorhänge, um den neuen Tag anzukündigen.

Bilde ich es mir ein oder hat Brooke sich gerade ein wenig an mich geschoben? Ich ziehe scharf die Luft ein, als die Spitze meines Schwanzes an ihrem Schlitz zur Ruhe kommt. Sie streckt ein Bein aus, um mir Zugang zu gewähren. Ich lasse meinen Schwanz zwischen ihre Falten gleiten und diesmal sind meine Bewegungen langsam und ohne Eile.

Meine Hände erforschen ihren Hintern und kneten ihren rechten Oberschenkel. Dann lasse ich eine Hand um ihre Taille gleiten und lege sie auf ihren Bauch. Das Ganze ist sehr intim und wunderbar, ich kann mich nicht erinnern, mich jemals mit einem Menschen so in Einklang befunden zu haben. Es ist beinahe so, als wären Brooke und ich zu einer Person verschmolzen. Das sollte mir Angst machen, tut es aber nicht. Es fühlt sich richtig an. Ich küsse ihre Schulter und ihren Nacken. Sie drückt den Rücken durch und unsere Zungen finden einander. Sie schmeckt süß und unschuldig und ich fühle mich wie ein Glückspilz, weil ich derjenige bin, der mit Brooke aufwachen darf.

Ich greife mit einer Hand nach ihrer Brust und lasse meine Handfläche über ihren Nippel gleiten. Ihre Finger krallen sich in meinen Schenkel. Meine Stöße kommen langsam und sanft. Sie ist so feucht, dass mein Schwanz ganz leicht in sie hinein- und wieder herausgleitet. Ich befinde mich in einem Kokon der Lust und des Verlangens und will nie wieder da raus. Ich küsse ihren Rücken und knabbere an ihren Schultern.

Unsere Höhepunkte bauen sich ganz langsam auf, sind aber nicht weniger köstlich, als sie endlich kommen.

Brooke ruft meinen Namen aus und ich ihren. Als wir fertig sind, dreht sie sich zu mir herum und lächelt. Ich streichle ihre Wange und wünsche mir, ich könnte diesen frischgevögelten Gesichtsausdruck den ganzen Tag an ihr sehen. Das würde meinen Schwanz permanent in Habachtstellung bringen.

„Guten Morgen“, sagt sie träge.

„Ich dachte, das hätten wir uns auf unsere ganz spezielle Weise bereits gesagt“, entgegne ich und küsse sie auf den Mund.

Sie kichert. „Ich nehme an, das haben wir.“

Sie öffnet ihre Lippen und meine Zunge gleitet in ihren Mund. Wir küssen uns tief und sie schlingt ihre Arme um meinen Hals. Ihr Busen presst sich an meine Brust. Ich rolle mich auf den Rücken und ziehe sie auf mich. Meine Hände kneten ihren Hintern und sie reibt ihre Möse an meinem Schwanz.

Dann legt sie ihre Hände flach auf meine Brust und lässt ihre Finger mit kreisförmigen Bewegungen darüber wandern.

Ich stöhne auf. „Ich brauche etwas Zeit, Brooke. Ich bin nicht mehr so jung, wie ich mal war.“

Bevor sie noch etwas erwidern kann, dringt Liams Weinen durch den Schleier unseres Liebesspiels. Brooke erstarrt und springt aus dem Bett. Ihre Nacktheit scheint sie dabei nicht zu stören. Es gefällt mir, dass sie sich schon so an mich gewöhnt hat, dass sie sich nicht schämt, vor meinen Augen nackt durchs Zimmer zu gehen.

Ich genieße den Anblick ihres wohlgerundeten Hinterns und ihrer festen, starken Beine, als sie aus dem Zimmer eilt. An der Tür wirft sie mir noch einen Blick zu und leckt sich die Lippen. Mein Schwanz beginnt schon wieder, hart zu werden. Diese Frau wird mich noch umbringen.

Mich hält es auch nicht länger im Bett, als sie weg ist. Ich ziehe mich an und gehe in die Küche. Liam wird bald nach seiner Milch und seinem Frühstück verlangen.

Kapitel 24

Brooke

„Mein Name ist Brooke Foster. Ich bin Tierärztin und werde Ihnen heute demonstrieren, was geschieht, wenn man seinen Hund im Auto lässt. Wie Sie sehen können, haben wir die Fenster einen Spalt offengelassen, wie das die meisten Hundebesitzer tun. Es ist sehr heiß hier drin und obwohl es erst fünf Minuten sind, beginne ich bereits zu schwitzen."

Das Video ist bearbeitet worden und läuft daher im Zeitraffer ab. Meine Stimme klingt seltsam, so als würde sie mir gar nicht gehören. Aber das ist egal. Auf die Botschaft kommt es an.

„Jetzt sind es schon zehn Minuten und mir läuft der Schweiß über Gesicht und Rücken. Tiere schwitzen nicht, deshalb hat der Körper Ihres Hundes, den Sie im Auto gelassen haben, keine Möglichkeit, seine Überhitzung loszuwerden." Ich lege eine Pause ein, um mir übers Gesicht zu wischen.

Dann deute ich mit der Kamera auf die geöffneten Fenster. „Dieser Spalt, den man offengelassen hat, ist überhaupt nicht von Nutzen. Nicht bei dem heißen Wetter, das hier gerade herrscht."

Die Kamera zoomt in mein Gesicht, wo Schweißtropfen sich in immer schnelleren Abständen auf meiner Stirn bilden. Ich beobachte die Reaktion meiner Kollegen und sie scheinen alle vollkommen in das Geschehen auf dem Bildschirm vertieft zu sein. Wir haben das Video am Morgen gedreht und ich kann an ihrer Mimik erkennen, dass wir unser Ziel erreicht haben – die Menschen davon zu überzeugen, wie gefährlich es ist, ihre Tiere im Auto zu lassen.

Anschließend kommt ein jeder zu mir, um mir zu meinen schauspielerischen Fähigkeiten zu gratulieren. Aber da es sich hier um etwas handelt, das mir am Herzen liegt, brauchte es eigentlich keine Schauspielkunst. Ich kann es kaum abwarten, dass Jason morgen früh von seiner vierundzwanzigstündigen Schicht nach Hause kommt.

Ich überlege, ihn anzurufen, doch dann bricht mir bei dem Gedanken der Schweiß aus. Das kann ich nicht tun. Das würde eine unsichtbare Grenze in unserer Beziehung überschreiten. Wenn man es überhaupt eine Beziehung nennen kann. Wir fühlen uns voneinander angezogen und haben Sex miteinander, aber wir machen ansonsten keine Dinge, die Pärchen so tun. Wir rufen einander nicht an, um zu reden, und wir haben keine Verabredungen miteinander.

Nachdem alle den Konferenzraum verlassen haben, gehe ich in mein Büro zurück, wo schon mein nächster Termin wartet. Es handelt sich um einen Hund, der unter Erbrechen leidet, und sein Frauchen, eine nette alte Dame, hat vor Sorge ganz feuchte Augen. Als Tierärzte behandeln wir unsere Patienten, aber kümmern uns auch um ihre Halter. Ich nehme den Hund auf, damit ihm ausreichend Flüssigkeit zugeführt werden kann, und auch, um weitere Tests durchzuführen.

Der Rest des Nachmittags geht schnell vorbei, denn ich habe eine Konsultation nach der anderen und bevor ich mich versehe, ist es schon Zeit, heimzugehen. Normalerweise genieße ich den Spaziergang nach Hause, da er mir Zeit gibt, den Kopf wieder frei zu bekommen. In letzter Zeit wandern meine Gedanken jedoch immer öfter zu Jason hin. Ich frage mich, was er gerade macht und ob er an mich denkt, wenn wir nicht zusammen sind.

Wann immer bei der Arbeit etwas Lustiges oder Interessantes passiert, denke ich sofort daran, es Jason zu erzählen. Dann muss ich mich wieder daran erinnern, dass wir keine Beziehung haben. Keine echte jedenfalls. Mir ist klar, dass ich mich auf dünnem Eis befinde, wenn ich mir gestatte, über Jason und die Zukunft nachzudenken. Wir sind zwei erwachsene Menschen, die einander Vergnügen bereiten, aber meine Gefühle für ihn wachsen immer mehr. Und das Schlimmste ist, dass ich nichts daran ändern kann. Ich fantasiere darüber, dass wir uns ineinander verlieben und eine Familie zusammen gründen.

Es ist kindisch und dumm und doch so wundervoll.

Ich hasse mich selbst für meine Gedanken, denn ich weiß ja, dass Jason nicht der Mann ist, den ich gern in ihm sehen möchte. Sein einziges Ziel, was Frauen angeht, besteht darin, Befriedigung zu schenken und zu bekommen, und er ist extrem gut darin. Mein Gesicht wird heiß, als ich mich an unser gestriges Liebesspiel erinnere. Es war intensiv, heiß und intim. Ich erinnere mich an die Intensität seines Blickes und an die Sanftheit, mit der er mich anschließend im Arm hielt. Es ist ganz einfach zu glauben, dass sich zwischen Jason und mir etwas entwickelt, denn sicherlich würde ein Mann nur dann so handeln, wenn er auch Gefühle hegt.

Ich stoße ein nervöses Lachen aus, gerade als eine Frau mit einem Kinderwagen vorbeigeht. Eilig weicht sie mir aus. Toll. Jetzt denken die Leute auch noch, dass ich verrückt bin. Jason hat mein Herz, meinen Verstand und meine Gedanken fest im Griff. Wenn ich nicht arbeite oder mit Liam beschäftigt bin, dreht sich in meinem Kopf alles nur um ihn.

Diese verrückten Gefühle für ihn haben selbst die Dinge, die mich sonst sofort zum Heulen bringen würden, in den Hintergrund gerückt. Wie zum Beispiel die Situation mit meinen Eltern. Wenn Jason und ich nicht diese wundervolle Affäre – oder wie man es sonst nennen will – hätten, wäre ich unglaublich traurig und gekränkt.

Aber der Mensch, der mir wirklich das Herz gebrochen hätte, ist Madison. Selbst jetzt verschlägt es mir noch immer den Atem, wenn ich an ihre letzten Worte denke. Sie hat mich mehr oder weniger aus ihrem Leben gedrängt wegen eines Mannes. Und eines Idioten noch dazu. Ich schüttele den Kopf. Es ist, als hätte sich eine unsichtbare Kraft ihrer bemächtigt. Wir sind zusammen aufgewachsen. Es gibt niemanden, den ich so gut kenne wie Maddie. Aber die Person, die mich in Minnesota so kalt angesehen hat, als wäre ich eine Fremde, ist jetzt jemand, den ich nicht mehr kenne. Tränen brennen mir in den Augen. Ich will nicht glauben, dass ich Maddie verloren habe. Sie ist meine beste Freundin, der eine Mensch, der mir immer den Rücken stärkt, und jetzt ist sie verschwunden. Schmerz macht sich in meiner Brust breit und mir wird klar, dass die Leute beginnen mich anzustarren.

Mir fehlt es einfach, mich mit ihr auszutauschen. Sie wäre schockiert gewesen, dass ich eine rein körperliche Beziehung mit jemandem habe, und hätte jede noch so kleine Einzelheit wissen wollen. Ich vermisse das. Jemanden, mit dem ich kichern kann. Sie hat mich immer angespornt, es doch mal zu versuchen und einmal im Leben leichtsinnig zu sein. Genau das tue ich jetzt und ich gehe sogar noch einen Schritt weiter. Ich gebe dem, was Jason und ich haben, eine gewisse Bedeutung. Oh Maddie, du fehlst mir so.

Doch dann schiebe ich den Gedanken an Maddie beiseite. Ich kann jetzt nicht an sie denken. Das ist auch nicht schwierig, weil ich gleich zu Hause bin und der Gedanke mich erfüllt, meinen Liam in die Arme schließen zu können. Ich springe die Stufen zur Veranda hoch, gehe ins Haus und finde Mrs. Stewart und Liam auf dem Teppich.

Sie spielen mit Spielzeugautos, die sie im Kreis herumkurven lassen. Als ich hereinkomme, sehen beide hoch und der Ausdruck auf Liams Gesicht macht sämtliche schlaflosen Nächte wett. Seine Miene hellt sich auf und ein riesiges Grinsen macht sich auf seinem Gesicht breit.

„Book."

Ich erstarre und schaue von Liam zu Mrs. Stewart.

Dann lasse ich meine Tasche fallen und knie mich vor ihm auf den Boden. „Sag das noch mal, mein Süßer", fordere ich ihn mit klopfendem Herzen auf.

Er wedelt mit seinen Händchen herum und sagt es erneut. Diesmal bin ich mir sicher, dass er meinen Namen sagt. „Book."

Tränen treten mir in die Augen. Ich presse mir meine Hand vor den Mund, um ein Schluchzen zu unterdrücken. Ellie und Marvin hätten es so sehr geliebt, ihren Sohn sein erstes Wort sagen zu hören. In diesem Moment trifft mich mit voller Wucht, was ihr Tod wirklich bedeutet. Sie werden ihren Sohn nie kennenlernen. Und er wird nie wissen, wie wundervoll seine Eltern waren.

„Er sagt es schon den ganzen Tag, immer und immer wieder", erklärt Mrs. Stewart. Dann erhebt sie sich. „Jetzt, wo du daheim bist, kann ich ja gehen."

Normalerweise ist das unsere Routine, aber heute lese ich irgendetwas in ihren Augen. „Warum bleibst du nicht noch und isst mit uns zu Abend?"

Ihre grauen Augen leuchten auf. „Wenn du dir sicher bist, dass ich nicht störe. Ich möchte nicht in eure Privatsphäre eindringen."

„Ja, ich bin mir sicher. Du gehörst doch zur Familie."

Schnell wendet sie sich ab, aber ich kann die Tränen in ihren Augen sehen. „Ich habe eine Pastete zum Abendbrot gemacht", meint sie. „Ich werde sie jetzt aufwärmen und den Tisch decken, während du dich mit Liam beschäftigst."

Bewunderung und Dankbarkeit erfüllen mich und ich murmele ihr ein Dankeschön zu. Ich komme nicht umhin, sie mit meiner eigenen Mutter zu vergleichen, deren Leben sich nur um sie selbst dreht. Ellie hatte Glück, Mrs. Stewart als Mutter zu haben. Sie nimmt die Dinge in die Hand und ist eine tolle Großmutter für Liam.

Pech für meine Mutter.

Ich spiele mit Liam und versuche ihn dazu zu bringen, auch Jasons Namen zu sagen. „Sag Jason!“

Er starrt mich an und platzt dann heraus: „Book.“

Ich breche in Gelächter aus und klatsche in die Hände, was Liam dazu veranlasst, meinen Namen wieder und wieder zu sagen.

Später, als wir drei beim Abendessen sitzen, unterhalte ich mich mit Mrs. Stewart. Es ist angenehm in ihrer Gesellschaft, denn sie stellt keine komplizierten Fragen. Sie ist fürsorglich, ohne respektlos zu sein. Unser Gespräch kommt auf Marvin und Ellie und wie sehr wir sie noch immer vermissen.

„Es wird aber leichter, oder?“, sage ich zu ihr.

„Das tut es“, erwidert sie. „Die Zeit der Trauer ist vorbei, aber ich vermisse sie so schrecklich. Am meisten fehlen mir ihre Anrufe. Wir hatten keine festgelegten Zeiten. Sie rief mich immer an, wenn etwas Aufregendes mit Liam passiert war.“ Ein Kichern entfährt ihr bei der Erinnerung an eine andere Zeit. Eine glücklichere Zeit.

„Wie schaffst du das? Wie bleibst du so positiv?“, frage ich sie und denke dabei an meine Mutter, die die Trauer jenseits der Grenzen von Vernunft und Wahnsinn getrieben hat.

Mrs. Stewart lächelt. „Das Leben muss immer weitergehen, in guten und in schlechten Zeiten. Ellie und Marvin haben uns verlassen, aber Liam ist noch bei uns und er braucht glückliche Menschen um sich herum. Außerdem bringt sie nichts wieder zurück, egal wieviel Trübsal man auch bläst. Das Leben ist noch immer ein Geschenk, an dem man sich erfreuen sollte.“

Ich weiß nicht viel über Mrs. Stewarts Leben und Neugier überkommt mich bei ihren Worten. „Beschäftigst du dich mit vielen Dingen?“

„Ich versuche es", antwortet sie. „Ich habe eine Gruppe von Freunden und wir treffen uns einen Abend pro Woche und spielen Scrabble und unterhalten uns. An anderen Tagen gehe ich in unser örtliches Theater. Noch öfter, wenn wir ein neues Stück einstudieren."

Ich starre sie ungläubig an. „Du bist Schauspielerin?"

Sie kichert. „Amateurschauspielerin. Wir führen jedes Jahr mehrere Stücke auf. Du wärst überrascht, wie viele Rollen es da für ältere Leute gibt."

Ich lehne mich in meinem Sitz nach vorn. „Hast du schon immer geschauspielert?"

Sie schüttelt den Kopf. „Nein, aber ich habe es schon seit meiner Jugend geliebt. Ich habe früh geheiratet, wie die meisten zu dieser Zeit, aber Ellies Vater starb kurz vor unserem zweiten Hochzeitstag. Von dieser Zeit an musste ich wieder arbeiten gehen, um für uns beide Geld zu verdienen." Sie spricht ohne Selbstmitleid und meine Bewunderung für sie wächst noch. Sie ist zwar von zarter Statur, aber das kann nicht darüber hinwegtäuschen, dass sie eine sehr starke Frau ist. Ich wünschte nur, meine Mutter wäre aus ähnlichem Holz geschnitzt.

„Wie war Ellie als kleines Mädchen? War sie schon immer so lieb?"

Mrs. Stewarts Augen leuchten auf. „Oh ja, sogar als Teenager. Ellie war das liebste Kind, das sich eine Mutter nur wünschen konnte. Ihre Hormone gerieten nie außer Kontrolle und sie hat mir immer alles erzählt, was in ihrem Leben passierte."

Obwohl sie verheiratet war und ein Kind hatte, hatte sich Ellie eine süße Unschuld bewahrt. Ich habe immer gedacht, dass Marvin sehr viel Glück hatte, sie zu finden. Auch ich war ein besserer Mensch, weil ich sie gekannt hatte. Jetzt kann ich so etwas denken, ohne in Tränen auszubrechen.

Der Abend geht schnell vorbei, während wir uns unterhalten und die Gesellschaft des anderen genießen.

Kapitel 25

Jason

Ich fahre schneller, als ich es normalerweise tue, und als ich zu Hause ankomme, schalte ich hastig den Motor aus und springe aus dem Auto. Ich muss Brooke und Liam sehen. Eine vierundzwanzigstündige Schicht ist zwar die Norm, aber heute Morgen fühle ich mich, als sei sie mindestens eine Woche lang gewesen. Sie sind mir ans Herz gewachsen. Wir sind wie eine richtige Familie und wenn ich nicht bei ihnen bin, vermisse ich sie ganz schrecklich. Ich lebe nur für den Moment, in dem ich heimkehre. Ich sprinte über die Straße zu dem Haus, das ich jetzt als mein Heim betrachte. Die Stiefel von den Füßen kickend, betrete ich das Haus. Ein Grinsen breitet sich auf meinem Gesicht aus, als ich meine beiden sehe. Brooke und Liam.

„Book!“, ruft Liam aus.

„Sagt er etwa Brooke?“, frage ich.

„Ja, er sagt meinen Namen“, meint Brooke.

„Verräter“, murmele ich verhalten und Brooke bricht in Lachen aus.

Als Liam seine Tante lachen sieht, tut er es ihr gleich und sagt noch einmal ihren Namen. Es ist faszinierend, dass er jetzt schon ein Wort formen kann, und ich kann es kaum erwarten, bald noch mehr zu hören. Ich trete zu ihnen an den Tisch und küsse erst Liam und dann Brooke, die aufsteht, um mich zu umarmen. Als ich meine Arme um ihre Taille lege und sie ihren Kopf an meiner Brust bettet, atme ich zufrieden auf. Ich bin daheim.

„Jason“, sage ich dann zu Liam, als ich mich auf einen Stuhl setze. Er schaut mich verständnislos an.

Brooke bringt mir eine dampfende Tasse Kaffee.

„Eine Frau ganz nach meinem Herzen“, sage ich, als ich ihr die Tasse abnehme. Erst dann wird mir bewusst, wie wahr diese Aussage eigentlich ist.

Ich mag einfach alles an Brooke und unsere Verbindung entsteht ganz natürlich. Wir sind vollkommen unterschiedlich und doch gleich. Es macht keinen Sinn, aber dann irgendwie doch.

„Wir hatten gestern einen tollen Tag mit der Oma, stimmt's, Liam?", meint Brooke und setzt sich mir gegenüber hin.

„Sie ist ein netter Mensch", sage ich.

Brooke erzählt mir von Mrs. Stewarts Schauspielerei und ich bin nicht besonders überrascht. In ihr ist ein Feuer, das auf eine abenteuerlustige Person hindeutet. Es gibt so viel zu bereden. Beinahe ist es so, als wären wir für Wochen getrennt gewesen und nicht nur für einen Tag und eine Nacht.

„Wie war die Arbeit gestern?"

Ihr Gesicht hellt sich auf und sie erzählt mir, dass ihre Idee gut aufgenommen und das Video gedreht wurde.

„Hast du es hier?", frage ich.

„Nein. Es wird im Empfangsbereich gespielt und sie wollen auch versuchen, es im Krankenhaus auszustrahlen. Das war eine gute Idee, danke."

Ich bin stolz auf sie. Es ist nicht so einfach, seine Ideen auf Arbeit zu präsentieren, aber wenn sie dann tatsächlich aufgenommen werden, gibt es keine bessere Motivation.

„War es schwierig, die Szene zu schauspielern?"

Während sie spricht, schaue ich mir jeden ihrer Gesichtszüge an und versuche herauszufinden, was sie so wunderschön macht. Ihre grünen mandelförmigen Augen blitzen, wenn sie angetörnt ist, und funkeln, wenn sie sich amüsiert. Ihr Mund ist voll und wie zum Küssen gemacht. All ihre Züge sind perfekt und zusammengenommen ergeben sie ein Gesicht, das man sich immerfort anschauen möchte.

„Was ist denn?", fragt sie und holt mich damit in die Gegenwart zurück.

„Ich habe nur darüber nachgedacht, wie schön du bist", sage ich zu ihr.

Sie legt den Kopf zur Seite. „Ich möchte wetten, dass du das allen Frauen erzählst."

Ich kann es nicht bestreiten, dass ich auch anderen Frauen Komplimente gemacht habe. „Ich meine es ernst, Brooke. Ein Mann könnte dich den ganzen Tag lang anstarrten und sich nicht einen Moment dabei langweilen."

Normalerweise kann ich es kaum erwarten, Brooke die Kleider vom Leib zu reißen, besonders nach einer vierundzwanzigstündigen Schicht. Aber jetzt bin ich einfach nur zufrieden, bei ihr zu sein. Es ist nicht so, dass ich sie nicht will. Das tue ich, mehr als alles andere. Aber seltsamerweise verschafft es mir auch Befriedigung, sie einfach nur anzuschauen und mit ihr zu reden.

Anschließend spiele ich mit Liam für eine Stunde auf dem Fußboden des Wohnzimmers. Er versucht sich hochzustemmen und ich helfe ihm, indem ich meine Hände als Stütze anbiete. Wir sind so in unser Spiel vertieft, dass wir gar nicht bemerken, wieviel Zeit vergangen ist.

„Eine Milch noch und dann ist Schlafenszeit für den jungen Mann", sagt Brooke und reicht mir die Flasche. „Mrs. Stewart meinte, dass wir versuchen sollten, ihm seine Milch in einer Trinktasse zu geben. Wasser trinkt er ja schon daraus, aber aus irgendeinem Grund verweigert er die Milch."

Seine Flasche ist das Signal, dass die Zeit zum Spielen vorbei ist, und er kommt zu mir her. Ich trage ihn zum Sofa. Er macht es sich in meinen Armen gemütlich, greift nach der Flasche und hält sie selber fest.

„Deshalb tut er das", sage ich zu Brooke. „Sieh doch mal, wie wohl er sich fühlt, wenn er aus der Flasche trinkt."

Wir kichern beide, während wir Liam ansehen. Es ist offensichtlich, dass er es genießt, von uns gehalten zu werden.

„Wenn das so ist, dann wollen wir nichts überstürzen", sagt Brooke mit leiser Stimme zu ihm.

Fühlt es sich so an, verheiratet zu sein? Eine Familie zu haben? Wenn ja, dann gefällt es mir. Jetzt verstehe ich auch, warum es immer so schwierig war, Marvin zu einem Drink zu überreden. Immer wieder verschob er unsere Verabredungen. Bei der Erinnerung daran, was für

Entschuldigungen er sich immer ausdachte, um nicht ausgehen zu müssen, muss ich grinsen. Nur die Wahrheit sagte er nie, nämlich, dass es schöner zu Hause war, mit Ellie und Liam.

„Du bist ja mit den Gedanken ganz weit weg“, sagt Brooke. Ich habe gar nicht bemerkt, dass sie sich hingesetzt hat.

Ich erwäge, über ihre Worte hinwegzugehen, aber irgendwie will ich es nicht. Es gibt keinen Grund, ihr nicht die Wahrheit zu sagen, und es ist nichts Schlechtes, über Marvin und Ellie zu sprechen. Ich erzähle ihr also, wie ihr Bruder sich ständig davor gedrückt hat, aus dem Haus zu gehen.

„Es ist schwer, dies hier zu verlassen“, sage ich und werfe zuerst Liam und dann Brooke einen Blick zu.

Ihre Wangen laufen rot an.

Ich atme tief ein und rede weiter. „Es ist schön, eine Familie zu haben, selbst eine zusammengebastelte wie unsere.“ In ihrem Gesicht suche ich nach einer Reaktion. Ob ihr das Angst macht? In diesem Moment wird mir klar, dass ich nicht wirklich weiß, wie Brooke über Beziehungen denkt. Ich sehe sie an.

„Wie ist es nur möglich, dass dich noch niemand weggeschnappt hat?“

Sie sieht ganz entspannt aus. Ihr Haar ist zu einem losen Pferdeschwanz zusammengebunden, der zur Seite fällt, und ihr wunderschöner Körper ist mit einem trägerlosen Top und sonnengelben Shorts bedeckt.

„Ich glaube nicht, dass ich irgendjemandem eine Chance dazu gegeben habe“, antwortet sie. Dann fügt sie leise hinzu: „Und nach der Demütigung, am Traualtar stehengelassen worden zu sein, macht mir alles, das ein wenig ernster ist, sehr viel Angst.“ Bei diesen Worten sieht sie mir direkt in die Augen.

Mir bleibt die Luft weg und Enttäuschung durchflutet mich. Genau davor hatte ich Angst, dass sie fürs Leben gezeichnet ist. *Dieser Scheißkerl!* Mir gefallen ihre Worte nicht, aber ich weiß ihre Ehrlichkeit zu schätzen. Ich bin noch nie vor einer Herausforderung davongelaufen und ich werde jetzt nicht damit anfangen.

„Willst du damit sagen, dass selbst, wenn du den Richtigen finden würdest, du einer Beziehung oder sogar einer Heirat nicht zustimmen würdest?"

Unser Blickabtausch ist sehr intensiv.

„Ich weiß es nicht. Er müsste schon etwas ganz Besonderes sein und er hätte viel damit zu tun, mich davon zu überzeugen, dass er nicht bei der erstbesten Gelegenheit den Abflug macht."

Ich muss schlucken. „Ich bin mir sicher, dass das ziemlich einfach wäre, wenn er dich liebt", sage ich laut. Meine innere Stimme sagt mir, dass ich gern dieser Mann wäre. Der Mann, dem Brooke ihr Herz anvertraut.

Ihr Blick ist offen und so vertrauensvoll, dass ich meine eigenen Gedanken hinterfrage. Ich habe nie geglaubt, dass irgendeine Frau meine Aufmerksamkeit für länger als einen Monat halten könnte oder dass ich es selbst so wollte. Denn ich liebe alle Frauen. Ich bete sie alle an.

Kalter Schweiß bricht mir aus. Meine Hände sind klamm. Ich schiebe die Gedanken an eine Bindung und an die Zukunft beiseite. Ich werde einfach das genießen, was ich im Moment habe. Ich muss noch nicht so weit in die Zukunft blicken.

Sie steht auf. „Lass mich ihn ins Bett bringen. Ich werde danach unter die Dusche gehen." Sie nimmt ihn aus meinen Armen und ein Hauch ihres Parfüms steigt mir in die Nase und lässt mein Verlangen erwachen.

Ich warte, bis ich das Rauschen des Wassers höre, und gehe dann in Brookes Zimmer. Vor der Badezimmertür lasse ich meine Sachen fallen und trete dann in die Duschkabine. Brooke steht unter den Wasserstrahlen, die ihr aufs Gesicht prasseln und dann ihren wundervollen Körper hinabrinnen.

Sie spürt meine Anwesenheit und macht die Augen auf. Wie Magnete werden wir voneinander angezogen und unsere Münder und Körper vereinigen sich. Ich will sie überall berühren, jede Kurve ihres Körpers spüren.

Sie greift nach meinem Schwanz und drückt ihn zwischen ihre Beine. Ich stöhne auf. Dann schiebe ich meine Hüften nach vorn und mein Schwanz gleitet immer wieder über ihre feuchte und heiße Spalte. Unsere Zungen umschlingen sich in verzweifeltem Spiel. Meine Hände pressen sich in ihre Hinterbacken, damit ich sie noch enger an mich ziehen kann. Ich lasse mich nach unten gleiten und hebe ihre Hüften an. Sie schlingt ihre Beine um mich und dabei rutscht mein Schwanz in ihre Möse.

Ich stütze uns beide an der Wand ab und beginne, sie schnell und hart zu nehmen. Ihre Schreie und ihr Betteln, ihr mehr zu geben, zeigen mir, dass sie es ebenso will. Ihre Hände fahren durch meine Haare und machen mich ganz verrückt. Sie ist heiß und geil und sie gehört mir.

„Bitte Jason", bettelt Brooke mich erneut an und ihre Haarsträhnen fliegen herum wie die einer Wilden. Dieses Bild ist unglaublich erotisch und meine Blicke bleiben fest auf sie geheftet.

„Ich komme", schreit sie auf und ihre Möse krampft sich zusammen und bringt auch mich zum Höhepunkt.

„Lass mich dich waschen", sage ich zu ihr, nachdem ich sie wieder sanft abgesetzt habe.

Ich nehme einen Waschlappen, um ihr sanft über ihre Haut zu reiben, und als ich fertig bin, nimmt sie ihn mir ab und tut es mir gleich. Sie schenkt meinem Schwanz ganz besonders viel Aufmerksamkeit und er erwacht erneut zum Leben. Als wir uns abgewaschen haben, trocknen wir uns gegenseitig ab und gehen dann in ihr Zimmer.

Ich schlüpfe in ihre kühlen Laken und schaue ihr dabei zu, wie sie ihre Haare trocknet. Sie ist nackt und wunderschön und ich kann mich an ihren üppigen Kurven einfach nicht sattsehen. Als sie fertig ist, schlüpft sie neben mir ins Bett. Sie riecht ganz sauber und ich nehme sie in meine Arme. Dann streiche ich ihr das Haar aus dem Gesicht und sauge den Anblick ihres frisch geschrubbten Gesichts in mir auf. Dann umfasse ich es mit beiden Händen und küsse sie tief und sanft. Ohne Eile.

„Ich will dich überall küssen", sage ich zu ihr. „Ich habe dich so sehr vermisst."

Sie lächelt unsicher, als würde sie mit sich ringen, ob sie etwas sagen soll oder nicht. „Wir dich auch."

Mir fällt ihr ‚wir' auf und ich verstehe es. Mir macht das Ganze auch Angst. Ich habe keine Ahnung, was hier vor sich geht, und will es auch nicht zu sehr hinterfragen. Denn wenn ich das tue, könnte es mir vielleicht Angst einjagen.

Brooke küsst mich. Ihre Lippen sind weich und sie passen auf meine, als wären sie füreinander gemacht. Ich lasse meinen Mund über ihr Kinn zu ihrem Hals gleiten. Meine Hand wandert von ihrer Schulter zu ihren Brüsten. Sanft reizen meine Finger ihre Brustwarzen, bis diese sich versteifen.

Sie spreizt ihre Hand und streichelt meine harte Brust, als wolle sie sich jeden Zentimeter davon einprägen. Wir erforschen einander mit unseren Händen und Mündern, berühren, lecken und fühlen uns. Wir sind in einer anderen Welt. In einer langsameren Welt, die sich nur um das dreht, was wir gerade fühlen.

Es gibt keinen Zentimeter ihrer Haut, den ich nicht mit meinen Fingern und meiner Zunge erforsche.

„Jason."

Sie spricht meinen Namen mit einer derartigen Leidenschaft aus, dass ich beinahe meinen heißen Samen verspritze. Ich muss eine kurze Pause einlegen, um die Kontrolle wiederzuerlangen. Ich lenke mich ab und schnell verschwindet der unwiderstehliche Drang, sofort zu kommen. Als ich in Brooke eindringe, schnappen wir beide nach Luft und klammern uns aneinander.

Ihr weiches, sanft geschwungenes Fleisch schließt sich um meinen Schwanz, als ich wieder und wieder in sie hineinstoße. Wir kommen zusammen in einem intensiven und erschütternden Orgasmus und halten uns verzweifelt aneinander fest.

Kapitel 26

Brooke

Noch einmal wische ich alle Arbeitsflächen in der Küche ab, bis ich überzeugt bin, dass alles ganz sauber ist. Hinter mir spielen Jason und Liam auf dem Teppich im Wohnbereich. Liams Lachanfälle erwärmen mein Herz. Jason wird einmal einen tollen Vater abgeben. Bei dem Gedanken an Jason, der einmal eine Familie haben wird, zieht sich mir das Herz zusammen. Denn ich weiß zwar noch nicht, wer diese Frau sein wird, aber ich ganz sicher nicht. Darum geht es bei uns beiden nicht. Mein Gehirn sagt mir das immer wieder, aber mein Herz will einfach nicht hören. Ich würde es mir so sehr wünschen.

Doch dann versuche ich realistisch zu denken. Wird er dann noch Zeit für uns haben? Wenn Jason jemanden kennenlernt und eine eigene Familie gründet, wird er für Liam und mich nicht mehr so viel Zeit aufbringen können. Ein Druck lastet auf meiner Brust und ich ermahne mich, nicht albern zu sein. Das Beste ist, sich auf das Hier und Jetzt zu konzentrieren. Wenn die Zeit kommt, werden wir damit umgehen, so wie wir es mit all den anderen Ereignissen gemacht haben.

Ich bereite Liams Flasche vor, während diese quälenden Gedanken mich weiter foltern, obwohl ich versuche, sie zu verdrängen. Seufzend verlasse ich die Küche. Jason sieht hoch und lächelt. Mein Herz schlägt Purzelbäume. Er starrt mich auf eine Weise an, die mir die Knie schwach macht. Zwischen uns knistert es. Ich täusche mich nicht. Mit uns beiden passiert etwas. Freude und Angst explodieren gleichzeitig in mir.

„Was wollt ihr heute gern machen? Wir könnten den ganzen Tag hier faulenzen oder in den Zoo gehen“, schlägt Jason vor. Dann wendet er sich Liam zu. „Ich wette, dir und Tante ‚Book‘ würde das sehr gefallen.“

Ich muss lächeln, als er den Namen ausspricht, den Liam für mich gefunden hat. „Der Zoo klingt gut.“ Aufgrund unserer Arbeitszeiten können Jason und ich Aktivitäten unter der Woche planen, wo die meisten Vergnügungsstätten relativ leer sind. Wir verabreden, direkt nach Liams Mittagessen loszufahren, damit wir für sein Nachmittagsschläfchen wieder hier sind.

„Was ist das für ein Geräusch?“, fragt Jason.

Ich verharre und lausche. Es kommt von der Spüle. Ich gehe hin und prüfe, ob ich den Wasserhahn aufgelassen habe. Doch selbst nachdem ich beide Hähne fest zugedreht habe, hört das tropfende Geräusch nicht auf. „Das kommt von unter dem Spülbecken."

Ich gebe Liam seine Flasche, während Jason nachsieht. Ich summe eine Melodie, während er seine Milch trinkt und Jason träge bei seinem Tun beobachtet.

„Ich hole mein Werkzeug", sagt Jason schließlich und geht zur Tür hinaus.

Ich bin nicht überrascht, dass Jason die Spüle selbst reparieren will, anstatt einen Klempner zu rufen. Mir ist schon aufgefallen, dass er handwerklich ziemlich begabt ist. Er führt problemlos viele der kleinen Reparaturen durch, die hier und da anfallen. Je mehr ich ihn kennenlerne, desto mehr mag ich ihn als Mensch.

Liam ist müde vom Spielen und ihm fallen beim Trinken die Augen zu. Als er fertig ist, ist er eingeschlafen. Ich trage ihn ins Kinderzimmer und wechsle seine Windel. Er wacht nicht auf, deshalb trage ich ihn anschließend in sein Bettchen und decke ihn zu. Für ein paar Minuten stehe ich da und schaue zu, wie er friedlich schläft. Seine Mimik hat sich entwickelt und das ist faszinierend und lustig. Er kann ein schockiertes Gesicht, ein bestürztes Gesicht und sogar ein verwirrtes Gesicht ziehen. Er verändert sich so schnell und ich schätze mich glücklich, dass ich all das erleben darf.

Ich beuge mich vor und küsse ihn sanft auf die Stirn. Dann gehe ich in die Küche zurück, um Jasons Fortschritte zu betrachten.

Der Anblick, der sich mir bietet, lässt augenblicklich Begehren in mir aufsteigen. Jason liegt auf dem Rücken, mit dem Kopf unter dem Spülbecken. Seine muskulösen Schenkel liegen ausgebreitet auf dem Boden und die Konturen seines Schwanzes zeichnen sich deutlich unter seiner Shorts ab.

Mir läuft das Wasser im Munde zusammen und ich kann nichts dagegen tun. Ich starre auf seinen Schwanz und stelle mir vor, wie es wäre, wenn ich meine Möse daran reiben würde. Wie sich seine muskulösen Schenkel an meiner weichen Haut anfühlen würden. Wie sein riesiger

Schwanz zwischen meinen Falten versinken, sich einen Weg in meine Pussy bahnen und mich schließlich komplett ausfüllen würde.

Aber zuerst möchte ich ihn schmecken.

„Wie geht es da unten voran?“, frage ich mit piepsiger Stimme und muss mich räuspern.

„Es ist reparierbar“, meint Jason. „Eine Verstopfung. Sollte nicht allzu lange dauern.“

Ich bekomme seine Erklärungen kaum mit. Ich lasse mich auf die Knie fallen und rede mir selbst ein, dass ich nur sehen will, was er da macht. Obwohl meine Augen fest auf seinen Unterleib gerichtet sind. Ich kann nicht anders und lege meine Hände auf seine Schenkel. Er versteift sich kurz und entspannt sich dann wieder.

Ich streichle den oberen Teil seiner Schenkel und auch die Innenseiten, wobei meine Augen fest auf seinen stetig wachsenden Schwanz geheftet sind. Nichts kriegt mich jetzt mehr hier weg, außer ein Feuer vielleicht. Jasons Brust hebt und senkt sich schnell. Mir gefällt, wie er auf meine Berührungen reagiert. Sanft lege ich meine Hand auf seinen geschwollenen Schwanz.

Er pulsiert und ist hart. Mein Atem kommt stoßweise, als ich meine Hand in seine Shorts gleiten lasse und seinen Schwanz befreie. Er ist riesig und wunderschön und für einen Moment genieße ich einfach nur seinen Anblick. Dann nehme ich ihn in den Mund und Jason stöhnt auf. Meine Zunge schlängelt sich um seine gesamte Länge und Jason wölbt mir seine Hüften entgegen.

Ich ziehe mich zurück und nehme dann seinen Schwanz tief in meinen Mund, ziehe mich wieder zurück und schiebe ihn dann noch tiefer in meinen Hals.

„Brooke.“ Er sagt meinen Namen auf eine Weise, die keinen Zweifel daran lässt, wie heiß das hier für ihn ist.

Mir gelingt es, den größten Teil seines Schwanzes in den Mund zu nehmen, während meine Hand seinen Ansatz umfasst. Dann gleiten meine Finger noch weiter nach unten und massieren seine Eier. Meine Zunge gleitet über seine Hoden und die gesamte Länge seines Schwanzes. Liebeströpfchen treten an der Spitze heraus und auch diese nehme ich mit der Zunge auf. Sie schmecken salzig und süß und ich lecke seinen Schwanz trocken.

Dann wichse und blase ich ihn abwechselnd. Er drückt den Rücken durch und mein Innerstes zieht sich vor Verlangen zusammen, als ich ihn so sehe. Seinem Stöhnen nach zu urteilen, ist er kurz davor zu kommen. Aber noch ist es nicht soweit.

Meine Möse sehnt sich danach, gefüllt zu werden, deshalb ziehe ich meinen Mund zurück.

Jason macht protestierende Geräusche, aber hört wieder auf, als ich mich auf ihn fallen lasse und er meine Pussy an seinem Oberschenkel spürt. Wir ziehen beide scharf den Atem ein. Ich ziehe ihm seine Shorts aus und er hilft mir dabei, indem er die Hüften anhebt.

Mein Körper schreit danach, ihn zu spüren. Ich setze mich rittlings auf ihn, schiebe sein T-Shirt hoch und streichle seine muskulöse Brust. Ich liebe sein blondes, lockiges Brusthaar und auch, wie hart seine Brustwarzen werden, wenn meine Handflächen darüber gleiten. Sein Schwanz reibt über meine Möse und es fühlt sich unglaublich gut an.

Jasons Atem kommt abgehackt. Mein Herz schlägt wie wild in meiner Brust. Ich beuge mich vor und lecke über seine Brust und reize seine Nippel. Er stöhnt und hebt seinen Körper an. Zu wissen, dass Jason nur die Kontrolle wiedererlangen kann, wenn er unter der Spüle hervorkommt, lässt mich stark und mächtig fühlen. Ich atme seinen männlichen Duft ein und hinterlasse eine Spur von Küssen bis hinunter zu seinem Bauchnabel.

Sein Schwanz steht steil aufgerichtet und ich streichle ihn liebevoll. Seine Größe jagt mir keine Angst mehr ein. Noch mehr Tröpfchen sammeln sich an dessen Spitze und ich beuge mich vor, um sie abzulecken. Lecker. Jason reibt meine Möse mit seinem Oberschenkel. Ich stöhne auf bei den wundervollen Gefühlen, die von dieser Reibung hervorgerufen werden.

Aber ich will mehr. Ich will seinen Schwanz in mir spüren. Deshalb lasse ich mich an seinem Körper entlanggleiten und positioniere mich über seinem Schwanz.

Bisher hat Jason kein Wort gesagt, sondern nur gestöhnt.

„Meine wunderschöne Brooke“, bringt er jetzt hervor und meine Brust zieht sich vor Glück zusammen.

Säfte strömen aus meiner Möse auf seinen Schwanz und als ich mich auf ihn gleiten lasse, ist er schlüpfrig und glatt.

„Oh Gott“, schreie ich auf, als sich sein Schwanz mühelos in mich schiebt, mich ausfüllt und dehnt, dass mir der Atem stockt.

Meine Schenkel zittern, als er in mich eingedrungen ist, und Verlangen scheint mich zu überwältigen. Ich begebe mich in eine hockende Position und stütze mich mit beiden Händen auf seiner Brust ab. Dann lasse ich mich an seiner Länge entlanggleiten und sein Schwanz dringt wieder und wieder in mich ein. Ich schreie und stöhne.

Jasons Hände schießen hervor und krallen sich in meine Schenkel. Seine Finger sind heiß und scheinen meine Haut zu verbrennen. Ich beuge mich vor und platziere meine Hände zu beiden Seiten von ihm. Dann stemme ich mich hoch, bis nur noch die Spitze seines Schwanzes in meiner Möse steckt. Seine Hände greifen mich fester und ziehen mich hart auf seinen Schwanz hinab. Intensive Lust schießt durch meinen Körper. Beinahe verliere ich den Verstand. Unsere Stöße werden schneller und tiefer und wir befinden uns in unserer eigenen Welt. Mit jedem Stoß schreie ich lauter und Jason ruft immer wieder meinen Namen aus. Mein Atem kommt abgehackt und meine Stimme ist ganz heiser, denn ich schreie, bis ich zum Höhepunkt komme. Er erschüttert mich bis ins Innerste und als er langsam wieder abflaut, fühle ich, dass auch Jason kurz davor ist zu kommen.

Er stöhnt und gräbt seine Nägel in meine Schenkel. Meine Mösenwände krampfen sich um ihn zusammen. Sein heißer Samen überflutet mich und ich verfalle für einen Moment in Panik. Aber dann erinnere ich mich wieder an die kleine Pille, die ich jeden Abend schlucke, und entspanne mich. Schließlich breche ich auf ihm zusammen. Sein Schwanz erschlafft in mir. Ich nehme das als Zeichen, mich endlich wieder zu bewegen.

„Ich wische dich ab“, sage ich zu Jason.

„Du bist wirklich eine ganz Wilde“, meint er.

„Soll das eine Beschwerde sein?“, frage ich und greife nach einem Küchenhandtuch.

„Ich möchte dich nicht anders haben“, erwidert er und stößt einen zufriedenen Seufzer aus.

Ich begebe mich auf die Knie und wische ihn sanft ab. Dann greife ich nach seinen Shorts und Unterhosen und helfe ihm dabei, diese wieder hochzuziehen. Nicht ein einziges Mal ist er unter der Spüle hervorgekommen.

Ich muss kichern. „Bleibst du den ganzen Tag da unten?“

„Ich fange nie etwas an, wenn ich nicht die Absicht habe, es auch zu Ende zu bringen“, sagt Jason.

Seine Worte lassen mich erschauern. Was soll das bedeuten? Spricht er hier über die Spüle oder über uns? Alles was Jason sagt, scheint dieser Tage eine doppelte Bedeutung zu haben.

„Ähm … Ich gehe unter die Dusche“, sage ich.

„Möchtest du Gesellschaft?“

So verlockend das Angebot auch ist, meine Möse schmerzt und ich brauche etwas Zeit zum Nachdenken. Um den Wirbel der Emotionen zu verstehen, der in meinem Kopf herumschwirrt. Was immer es auch ist, das ich mit Jason habe, es hat sich verändert und wird mit jedem Tag größer und es reißt mich mit sich. Ich habe Angst und fühle mich gleichzeitig beschwingt.

Jason räuspert sich und bringt mich damit wieder in die Gegenwart zurück.

„Ich glaube, ich muss ablehnen, Liebhaber“, sage ich und streife ihn spielerisch mit meiner Bluse. „Du bist ja unersättlich.“

„Nur bei dir, mein Schatz“, sagt Jason und mein Herz spielt erneut verrückt.

Ich stehe auf und starre ihn an. Da gibt es so viel, das ich wissen möchte und doch nicht fragen kann. Das würde meine Verletzlichkeit zeigen und was noch schlimmer ist, es könnte unsere Affäre zum Erliegen bringen. Und das kann ich jetzt noch nicht ertragen. Ich brauche Jasons Körper.

Kapitel 27

Jason

Um diese Tageszeit ist der Zoo beinahe leer bis auf vier Frauen und ein Pärchen mit Babys. Das Geräusch murmelnden Wassers umfängt uns, als wir die Sektion ‚Wunder der Tiefe' betreten. Riesige Felsbrocken sind in einem künstlichen Fluss arrangiert worden und im Wasser sind bunte Fische zu beobachten.

Liam sitzt auf meiner Hüfte, damit er alles besser sehen kann. Seine Augen sind sperrangelweit aufgerissen, als er diese neue Umgebung betrachtet. Mit meiner anderen Hand halte ich Brookes Hand und führe sie zu dem riesigen Aquarium, das mit Seepflanzen gefüllt ist. Liam streckt seine Hand aus und berührt das Glas. Brooke muss über seinen Gesichtsausdruck kichern.

„Er versteht nicht, warum er die Fische nicht berühren kann", sagt sie, als ein orangefarbener Fisch vorbeischießt und Liam danach zu greifen versucht.

Ich muss grinsen. „Sag Fisch, Liam."

Er ignoriert mich, denn er ist zu sehr von dem Aquarium eingenommen. Er wirft sich nach vorn, um sein Gesicht gegen das Glas zu pressen.

„Es ist wunderschön", meint Brooke, die ebenfalls hineinschaut.

„Ist es auch", stimme ich zu, obwohl meine Augen auf Brooke gerichtet sind. Ich muss meine Gedanken wirklich auf die Gegenwart lenken, sonst werde ich mit einem permanenten Steifen durch den Zoo wandern. Brooke hat diesen Effekt auf mich.

„Warst du schon mal schnorcheln?"

Sie schaut mich verlegen an. „Nein."

„Dann kommt das auch auf unsere Liste", sage ich. „Jeder sollte das mal gemacht haben. Es ist wie eine andere Welt, mit unglaublich intensiven Farben." Worte reichen nicht, um die Erfahrung des Schnorchelns hinreichend zu beschreiben. Es ist, als würde man an Korallenriffen und Seekreaturen vorbeifliegen.

„Das kommt ganz ans Ende der Liste“, meint Brooke und ich muss lachen.

Die Haie interessieren Liam nicht besonders, aber Brooke ist ganz fasziniert. Ich liebe es, ihre Mimik zu beobachten. Sie ist die ausdrucksstärkste Person, die ich kenne. Zu denken, dass ich sie einst für eine Eiskönigin gehalten habe. Weiter konnte ich von der Wahrheit gar nicht entfernt sein.

Sie geht vor uns her zur Westseite des Zoos. In einer abgeschnittenen Jeans und einem ärmellosen Top sieht sie heiß aus. Wir gehen zum Gehege der Gorillas und linsen durch das verstärkte Glas. Eine riesige, alte Gorillamutter sitzt an die Wand gelehnt da und sieht uns an.

Ich begebe mich auf die Knie und stütze Liam ab, damit er sich hinstellen kann. Er presst seine Hände auf die Scheibe. Die Gorillamutter kommt näher und drückt ihre riesigen, schwarzen Hände gegen Liams. Andere Leute kommen näher, um dem Schauspiel zuzusehen und ‚Aahhh‘ zu raunen. Liam lacht laut auf und schlägt auf das Glas.

Dann versucht er, auf und ab zu springen. Der Gorilla grinst und entblößt riesige Zähne. Ich sehe zu Brooke hoch. Sie ist vollkommen eingenommen von der Interaktion zwischen Tier und Baby. Doch schließlich bemerkt sie meinen Blick und sieht mich an. Ihr Gesicht verzieht sich zu einem Lächeln, das sie von einer schönen in eine fesselnde Frau verwandelt.

Liam lässt seine Hände fallen und dreht sich um. Offenbar ist er des Spiels müde. Ich hebe ihn hoch und stehe auf. Beifall brandet auf.

„Er wird mal ein richtiger Publikumsmagnet, wenn er groß ist“, flüstert Brooke mir ins Ohr.

„Er ist bereits ein Star und wird nur noch größer werden“, erwidere ich und knabbere an seinem Hals.

Es macht Spaß, mit Brooke und Liam durch den Zoo zu schlendern. Brooke und ich lachen über alle möglichen albernen Dinge und ich wünschte, der Tag würde niemals enden. Alles ist perfekt. Wir sind eine perfekte kleine Familie.

Nach ein paar Stunden im Zoo wird Liam unleidlich und wir wissen, dass es Zeit wird zu gehen. Wir halten kurz an einem Lebensmittelladen an und ich kaufe ein, was wir fürs Abendessen brauchen. Außerdem noch ein paar Dosen Bier.

Zu Hause zieht Brooke Liam bequeme Sachen an, ich gebe ihm seine Flasche und lege ihn ins Bett. Da ich heute mit kochen dran bin, gehe ich in die Küche, um schon mal meine Vorbereitungen zu treffen. Ich bin müde, aber auf eine erfüllte Weise, nicht auf eine erschöpfte. Die einfache Aufgabe des Gemüseschneidens macht mir Spaß.

„Kann ich helfen?", fragt Brooke, als sie in den Küchenbereich kommt.

„Ich habe alles unter Kontrolle, aber du könntest uns ein Bier holen", sage ich.

Sie holt uns ein paar Dosen, reicht mir eine davon und zieht sich dann einen Stuhl heran, um sich zu setzen. Ich beobachte sie aus den Augenwinkeln und sehe, wie sie die Stirn in Falten zieht. Das passiert immer, wenn sie sich unbeobachtet fühlt. Mir blutet das Herz und ich möchte sie am liebsten greifen und ganz fest in die Arme nehmen. Mir ist klar, dass sie sich Sorgen um ihre Eltern und ihre beste Freundin macht. Ich öffne meine Dose und nehme einen Schluck Bier. Es ist kalt und prickelt mir angenehm im Hals. Ich brate Zwiebeln an und Tomaten und dann ein Stück Rindfleisch. Leckere Düfte erfüllen die Luft.

Wir essen heute Rindfleisch mit Reis und als alles vor sich hin köchelt, setze ich mich zu Brooke an den Tisch.

„Hast du irgendwas von Madison gehört?"

Seit Minnesota haben wir nicht mehr davon gesprochen. Ich wollte meine Nase nicht in Brookes Angelegenheiten stecken, aber ich weiß, dass die Sache sie beschäftigt. Vielleicht will sie ja darüber reden. Ich will alles von ihr wissen und sie trösten.

Sie schüttelt den Kopf. „Ich erwarte nicht, dass sie sich meldet. Du hast doch selbst gehört, was sie gesagt hat."

„Das ist doch nur im Moment so", sage ich zu Brooke. „Sie wird schon wieder zur Vernunft kommen."

Wir reden über alles und nichts. Mir wird klar, wie gern ich für immer so leben möchte. Ich will mich nicht ständig fragen, wie lange unsere Affäre noch andauern wird. Aber da ich so etwas noch nie zuvor getan habe, weiß ich nicht, wie der nächste Schritt aussieht. Soll ich sie fragen, ob sie meine feste Freundin sein will? Nein, das wäre nicht genug. Ich will mehr als das. Ich will, dass Brooke meine Frau wird. Mir stockt der Atem, als dieser Gedanke sich in mir festsetzt. Nie hätte ich mir vorstellen können, eines Tages eine Frau zu finden, mit der ich den Rest meines Lebens verbringen will. Ich liebe ihr schönes, ausdrucksstarkes Gesicht und will jeden Tag neben ihr aufwachen. Ich möchte mit ihr alt werden und sie ein Leben lang lieben.

Ein paar Wochen quäle ich mich schon mit dieser Frage herum. Zuerst war es die Veränderung in unserem Sexleben. Ich weiß, dass wir mittlerweile Liebe miteinander machen. Jedes Stöhnen, das Brooke von sich gibt, ist Musik in meinen Ohren. Ihr Glück ist mein Glück. Ich bin in Brooke verliebt und davor kann ich nicht mehr weglaufen. Wenn ich einmal eine Entscheidung treffe, dann tue ich es auch ganz. Und ich habe beschlossen, dass Brooke die Frau für mich ist. Allerdings kann ich ihr das nicht nur mit Worten sagen. Ich muss es ihr zeigen. Sie ohne Zweifel spüren lassen, dass ich es auch so meine. Ich reiche über den Tisch und nehme ihre Hand. Sie zieht eine Augenbraue hoch, als ich sie festhalte, aber entspannt sich dann.

„Deine Haut ist so weich“, sage ich zu ihr und sie lacht nervös auf.

Brooke hat immer Probleme mit Komplimenten. In der Zukunft muss ich daran arbeiten. Muss sie jeden Tag mit Komplimenten überhäufen, damit sie endlich weiß, wie besonders sie ist.

Das ist alles eine Nummer zu groß für mich. Ich bin kein romantischer Typ und habe keine Ahnung, wie ich das anstellen soll. Alles, was ich weiß, ist, dass ich Brooke einen Antrag machen will. Aber nicht auf herkömmliche Art und Weise. Ich will sie derart umwerben, dass ihr gar keine andere Wahl bleibt, als ja zu sagen.

Sie wird sehr skeptisch sein und man kann es ihr nicht verübeln. Ich erinnere mich nur zu gut an den Jason, den sie kennengelernt hat, als sie bei Marvin und Ellie wohnte. Der Gedanke daran lässt mich zusammenzucken. Ich hasse es, wenn ich mir überlege, was sie wohl von mir gedacht haben muss, als ich jeden Abend mit einer anderen Frau ausgegangen bin. Jetzt bin ich allerdings ein anderer Mensch. Ich hoffe nur, dass Brooke das sehen kann.

Trotzdem ist mir klar, dass sie überzeugt werden muss. Und ich weiß auch schon, wer mir dabei helfen kann.

Marian Stevens. Wir waren gut befreundet während unseres Studiums und sind oft zusammen mit Ellie und Marvin ausgegangen. Wir wollten einfach eine gute Zeit haben und andere Leute kennenlernen. Marian ist toll und wie die Schwester, die ich nie hatte. Zwischen uns hat es nie geknistert. Nach der Uni hat sie jemanden kennengelernt und ist weggezogen, aber vor ein paar Monaten nach LA zurückgekehrt. Wir haben uns auf Marvins und Ellies Beerdigung getroffen und uns kurz unterhalten. Ich erinnere mich, dass sie mir ihre Karte gegeben und dabei erwähnt hat, dass sie sich als Hochzeitsplanerin selbstständig gemacht hat.

Aufregung durchflutet mich und ich brenne darauf, die Sache in Gang zu setzen. Ich drücke Brookes Hand und lasse sie dann los. „Ich muss etwas von nebenan holen“, sage ich zu ihr und erhebe mich.

„In Ordnung. Ich sehe inzwischen nach dem Essen“, meint sie.

Es dauert länger als erwartet. Ich kann mich absolut nicht daran erinnern, wo ich Marians Karte hingelegt habe. Ich ziehe alle Schubladen in meinem Arbeitszimmer heraus und finde sie schließlich zwischen ein paar Papierbündeln. Ich setze mich und tippe ihre Nummer in mein Telefon. Marian antwortet beim dritten Klingeln. Ich freue mich, ihre heisere Stimme zu hören, und ein Lächeln tritt auf meine Lippen, als wir miteinander sprechen. Nach allem, was mit Marvin und Ellie geschehen ist, tut es gut, mit einer alten Freundin Verbindung aufzunehmen.

„Wie geht es dem Baby und Marvins Schwester?“, fragt Marian.

„Es geht ihnen gut“, sage ich und greife gleich den Faden auf. „Eigentlich ist das einer der Gründe, warum ich dich angerufen habe“, sage ich zu ihr. „Es geht um Brooke, Marvins Schwester. Ich brauche deinen Rat und hätte dann vielleicht auch einen Job für dich, wenn die Sache gut läuft.“

„Du willst mir doch wohl nicht sagen, Jason Cooper, dass es endlich passiert ist, oder?“, ruft sie.

Ich muss lachen. „Ich kann es selber kaum glauben“, sage ich zu ihr. „Hättest du morgen Zeit? Ich muss auf Liam aufpassen, aber könnte ihn für eine Stunde oder so bei seiner Großmutter lassen.“

Wir verabreden uns für den nächsten Tag und anschließend rufe ich Mrs. Stewart an, um zu fragen, ob ich Liam gegen Mittag für eine Stunde bei ihr lassen kann. Sie stimmt sofort zu und bittet mich, sie jederzeit und ohne zu zögern zu fragen, wenn wir einen Babysitter brauchen.

Ich lehne mich in meinem Sessel zurück und genieße die Glücksgefühle, die mich durchströmen. Ich kann mich nicht erinnern, jemals etwas Derartiges empfunden zu haben, und kann es kaum erwarten, dass die Zukunft endlich beginnt. Und das passiert mir, einem Menschen, der sich nie ernsthaft über die Zukunft Gedanken gemacht hat. Ich runzele die Stirn, als mir eine unangenehme Tatsache in den Sinn kommt.

Mein Haus ist schwer verschuldet und das macht mir Angst. Das ist nicht der richtige Weg, um eine Ehe zu beginnen. Aber ich kann nicht noch weitere fünf Jahre warten, denn so lange würde es dauern, mich aus dieser misslichen finanziellen Lage zu befreien.

Brooke und ich leben ziemlich bescheiden. Unsere Ausgaben sind niedrig und wenn wir es dabei belassen, müsste die Sache klar gehen. Ich fühle mich irgendwie schlecht, weil ich eine Zukunft mit Brooke plane und dabei diese Informationen vor ihr geheim halte. Aber was bleibt mir denn für eine Wahl? Es ihr zu sagen, würde sie nur belasten, und noch schlimmer wäre es, ihr Dinge über Marvin zu erzählen, die sie nicht wissen muss.

Ich kehre zum Haus zurück, zufrieden mit mir selbst.

„Du siehst aus wie eine Katze, die gerade eine Maus gefangen hat", meint Brooke.

Ich nicke. „Es war ein guter Tag und ich befinde mich in bester Gesellschaft. Warum sollte ich also nicht glücklich sein?"

Brooke lächelt und trägt das Essen auf. Wir setzen uns hin und ich muss meine ganze Selbstbeherrschung aufbieten, um nicht mit meinen Plänen herauszuplatzen. Je mehr Zeit ich mit Brooke verbringe, desto sicherer bin ich mir, dass meine Gefühle für sie über Sex hinausreichen.

Was hätte Marvin bloß von alldem gehalten? Ich rutsche auf meinem Sitz herum. Er wäre furchtbar wütend gewesen. Zumindest am Anfang.

„Was ist los? Warum runzelst du die Stirn?", fragt Brooke und unterbricht meinen Gedankengang.

„Ich habe an Marvin gedacht."

Sie legt den Kopf zur Seite. „Ich habe in letzter Zeit auch oft an ihn gedacht."

„Er hätte mir eine reingehauen, wenn er das von uns gewusst hätte", sage ich zu ihr.

Brookes Augen werden groß, dann bricht sie in Lachen aus. Ich tue es ihr gleich.

„Er hatte einen ausgeprägten Beschützerinstinkt", meint Brooke.

„Wem sagst du das", erwidere ich, als ich mich an den finsteren Ausdruck auf Marvins Gesicht erinnere, wenn die Sprache auf seine geliebte Schwester kam. Wäre Brooke meine Schwester gewesen, hätte ich ebenso gehandelt.

„Ich möchte gern glauben, dass er es verstanden hätte", sagt Brooke leise. „Wir haben einander in den letzten Monaten gebraucht."

Sie bringt es genau auf den Punkt. Nur ist für mich mehr daraus geworden. Ich kann nur hoffen, dass sie ähnlich empfindet.

Kapitel 28

Brooke

„Vielen Dank", sagt Mrs. Gibson erneut, als ich sie aus meinem Büro begleite. Ihr Golden Retriever folgt ihr an der Leine.

„Gern geschehen", sage ich. Sobald sich die Türe geschlossen hat, strecke ich mich.

Mein Körper ist ganz steif und ich mache ein paar kurze Streckübungen, wobei ich mich an meinem Schreibtisch abstütze. Mein nächster Termin hat sich verspätet und ich beschließe, nach meinen stationären Patienten zu sehen. Doch bevor ich mich auf den Weg machen kann, klopft es leise an der Tür und Amelia steckt den Kopf herein. Sie ist eine der Rezeptionistinnen und wir haben uns in den letzten Wochen angefreundet.

„Da ist jemand, der dich sehen will", sagt sie mit einem Augenzwinkern.

Verwirrt folge ich ihr und bleibe am Ende des Korridors stehen, um einen Blick in den Empfangsraum zu werfen. Man kann ihn in seiner Uniform eines Feuerwehrmanns nicht übersehen. Er steht an der Seite, hinter den Stühlen, und seine Aufmerksamkeit ist auf den Fernsehbildschirm gerichtet. Er schaut sich das Video an, dass wir über Tiere in überhitzten Autos gemacht haben.

Ich freue mich, bin aber auch verwundert, Jason hier anzutreffen. Heute Morgen habe ich Liam bei ihm gelassen, weil er eigentlich frei hatte.

Ein leiser Pfiff durchbricht meine Gedanken. Es kommt von Amelia. Ich habe gar nicht bemerkt, dass sie noch an meiner Seite ist.

„Ich nehme mal an, das ist deiner, aber hat er vielleicht noch einen Freund?", fragt sie.

Ich lache und gehe auf Jason zu. Er spürt meine Anwesenheit und wirbelt herum. Seine rechte Wange ist mit Schlamm beschmiert, aber das tut seiner Anziehungskraft keinen Abbruch. Er lächelt und mein Herzschlag setzt aus.

Ich stelle mich auf die Zehenspitzen und gebe ihm einen Kuss.

„Das ist fantastisch“, sagt er und deutet auf das Video. „Du bist wirklich gut.“

„Danke“, sage ich und fühle mich plötzlich sehr schüchtern. „Ich wusste gar nicht, dass du heute arbeiten musst“, fahre ich fort.

„Ja, man hat mich zu einem Notfall gerufen, aber wir sind jetzt fertig. Ich habe Liam bei Mrs. Stewart gelassen.“

„Ich wette, das hat ihr gefallen.“ Mrs. Stewart ist die ideale Großmutter. Sie ist immer willens auszuhelfen, um so viel Zeit wie möglich mit ihrem Enkelsohn verbringen zu können, aber ohne dabei aufdringlich zu wirken.

„Das hat es. Aber ich will dich nicht länger aufhalten. Ich weiß, dass du arbeiten musst. Ich wollte mir nur mal das Video anschauen. Mein Plan war eigentlich nur, hereinzukommen, es mir kurz anzusehen und dann wieder abzuhauen.“

„Ohne mit mir zu reden?“

Er grinst. „Ja.“

„Ich bin froh, dass du es getan hast.“ Ich gehe mit ihm zum Ausgang. Die Leute starren uns an. Jason sieht einfach toll aus in seiner Uniform.

Er legt einen Arm um mich und zieht mich an seine Seite. Eine sinnliche Hitze steigt langsam in meiner Schulter auf; dahin, wo seine Hand gerade liegt. Jason macht den Weg frei für eine Frau, die soeben hereinkommt und einen schwarzen Labrador an einer Leine hinter sich herzieht, an dessen Halsband sich ein kleiner Junge festhält. Wir treten beiseite.

Jason sieht ihnen mit einem wehmütigen Gesichtsausdruck hinterher. „Ich hatte auch mal einen schwarzen Labrador. Er hieß Charlie.“

Seine Stimme klingt traurig und mir zieht es das Herz zusammen. „Was ist mit ihm geschehen? Ist er gestorben?“

„Nein, ich musste ihn weggeben. Mein Bruder bekam eine Allergie. Ich verstand, warum er wegmusste, aber er hat mir gefehlt. Er war nur ein Hund, aber so schlau.“

Ich nicke. „Die meisten Hunde sind so.“

Jason starrt mich an und lächelt dann. „Es ist schon lange her, aber als ich den Jungen und seinen Hund sah, fiel es mir wieder ein."

Ich beschließe, ihn aufzuheitern, und erzähle ihm von einem kranken Hund, der vorhin hier war und seinem Frauchen in ihre offene Handtasche gepinkelt hat. Es funktioniert. Jason grinst und sein trauriger Gesichtsausdruck verschwindet.

„Glaubst du, wir sollten Liam einen Hund besorgen?", fragt Jason.

Ich habe noch nicht darüber nachgedacht, aber es scheint mir eine gute Idee zu sein. Ich sehe ihn verschmitzt an. „Einen schwarzen Labrador vielleicht?"

Er schenkt mir einen verlegenen Blick. „Es ist eine gute Rasse."

„Das ist es. Ich höre mich mal um."

„Danke", meint Jason. „Ich muss leider los."

Ich weiß, was er meint. Es ist angenehm, hier im Korridor zu stehen, hinauszusehen und einfach nur zu reden.

„Ich sehe dich daheim", sage ich. Er nickt und verschwindet winkend durch die doppelte Glastür.

Ich schwebe wie auf Wolken zur Tierstation und fühle mich wie ein Kind, das gerade unerwartet Süßigkeiten geschenkt bekommen hat. Jason zu sehen, ist wie eine erfrischende Brise. Ich erzähle Amelia, dass ich nach einem Hund suche, und sie verspricht mir, sich umzuhören. Sie kennt mehr Leute als ich, denn sie arbeitet schon lange in der Klinik.

Der Vormittag geht schnell vorbei und mittags kommt Amelia wieder in mein Büro. „Ich gehe aus, um ein paar Sandwiches zu holen. Möchtest du was?", fragt sie.

Ich bin schon den ganzen Morgen hier drin und der Gedanke an ein paar warme Sonnenstrahlen auf meinen nackten Armen ist zu verlockend. „Ich habe eine bessere Idee, ich komme mit."

„Super", meint sie.

Ich greife nach meiner Handtasche und wir verlassen zusammen das Gebäude. Ich liebe die Kontraste in LA. Männer und Frauen in Bürokluft gehen vorbei, während andere Shorts und Sonnenbrille tragen.

„Ich liebe LA und den Sommer", ruft Amelia aus, als wir die Straße entlanggehen. Ein paar Leute drehen sich mit amüsiertem Lächeln nach ihr um, aber Amelia bemerkt es nicht oder es ist ihr egal.

Ich muss über ihren Überschwang lachen. „Lebst du schon lange hier?", frage ich sie.

Sie wirft mir einen kurzen Blick zu. „Ziemlich lange."

Ihrer Antwort entnehme ich, dass sie nicht darüber reden will, und ich respektiere das. Es gibt viele Umstände, die Menschen aus ihrer Heimat vertreiben. Mich zum Beispiel. Ich würde auch nicht gern darüber sprechen, warum ich in LA gelandet bin, zumindest nicht mit jemandem, den ich nicht besonders gut kenne.

Wir halten uns an unverfängliche Gesprächsthemen, zum Beispiel, welche interessanten Plätze man in LA besuchen kann. Es dauert nicht lange und wir kommen bei dem Sandwichladen an. Der Geruch von frischem Gemüse und verschiedenen Fleischsorten steigt mir in die Nase. Wir gehen in Richtung Theke und während wir uns in die Warteschlange einreihen, sehe ich mich in dem mit hellen Farben ausgestatteten Raum um.

Auf der rechten Seite befindet sich ein Sitzbereich, der mit Gesprächen von Leuten summt, die hier gerade zu Mittag essen. Gerade will ich meinen Kopf wieder abwenden, als ich ein vertrautes Gesicht bemerke. Es ist Jason. Oder vielleicht sein eineiiger Zwilling. Ich blinzele mit den Lidern und sehe noch einmal hin. Es ist definitiv Jason.

Er trägt ein gestärktes weißes Hemd und beugt sich über den Tisch, während er spricht.

Mein Blick fällt auf seine Begleiterin. Sie hat wunderbares goldbraunes Haar, das ihr wie ein Wasserfall über die Schultern fällt. Sie lacht über etwas, das Jason gesagt hat, und legt dann ihre Hand auf seinen Arm. Ein unbekanntes Gefühl übermannt mich und drückt mir schmerzhaft das Herz zusammen.

„Was möchtest du?", fragt mich Amelia.

Ich wende den Blick ab. Mir war nicht bewusst, dass wir schon an der Reihe sind. Ich sage das Erste, was mir in den Sinn kommt. „Rindfleisch."

Zum Glück fragt Amelia nicht weiter nach. Ich wäre auch nicht in der Lage, schlüssige Antworten zu geben. Wieder starre ich Jason und die Frau an, die so in ihr Gespräch vertieft sind, dass sie nur Augen füreinander haben. Vielleicht sind sie ja befreundet. Aber wir haben uns vor einigen Stunden gesehen und da hätte er es doch erwähnen können.

Wasser steigt mir in die Augen und ich befürchte, gleich in Tränen auszubrechen und mich hier vor allen Leuten zu blamieren.

Ich bin froh, als wir unsere Bestellung abholen und den Laden verlassen können. Noch einmal werfe ich ihnen einen Blick zu. Jasons Augen wenden sich keinen Moment von seiner Verabredung ab. Übelkeit steigt in mir auf und lässt meine Brust eng werden. Ich bin mir sicher, dass es eine ganz einfache Erklärung gibt, warum Jason mit einer gutaussehenden Frau ausgeht.

Nur welche?

Meine Beine zittern und die Knie werden mir schwach. Ich kann es kaum erwarten, wieder ins Büro zu kommen. Amelia schwatzt munter weiter und scheint meine Verzweiflung nicht zu bemerken. Ich habe Angst und komme mir wie eine Idiotin vor, weil ich glaubte, dass Jason sich verändert hat. In der Abgeschlossenheit meines Büros stoße ich ein bitteres Lachen aus. Wie habe ich nur denken können, dass Jason wegen mir ein anderer werden könnte?

Aber dann erinnere ich mich daran, wie er mich vor nur ein paar Stunden angesehen hat. Und wie er zärtlich mit mir Liebe macht. Ist das alles nur Täuschung? Ich weiß es nicht. Ich will gern glauben, dass es eine logische Erklärung dafür gibt, warum er mit einer Frau ausgegangen ist, ohne es zu erwähnen.

Ich bin dumm und dramatisch. Ich ziehe Schlüsse, ohne Jasons Seite der Angelegenheit zu hören. Langsam fühle ich mich wieder besser.

Ich bin sicher, dass er mir, sobald ich nach Hause komme, alles über seinen Tag erzählen und auch erwähnen wird, dass er sich mit dieser Frau getroffen hat, die wahrscheinlich eine Verwandte oder Freundin ist. Die Berührung zwischen ihnen fällt mir wieder ein, aber ich sage mir, dass auch Freunde sich manchmal anfassen. Ich muss mich unheimlich anstrengen, um nicht das Schlimmste zu denken.

Nach Arbeitsschluss verlasse ich als Erste das Gebäude. Ich gehe nicht mit meinem üblichen Schlenderschritt, sondern beeile mich. Meine Absätze klappern über das Pflaster und ich mache mir Sorgen, dass ich zwischen den Ritzen der Steine steckenbleiben könnte. Doch ich verringere meine Geschwindigkeit nicht. Ich muss es von Jason hören, damit ich nicht durchdrehe.

Mein Atem kommt stoßweise, als ich in unsere Straße einbiege, und ich versuche, ihn wieder unter Kontrolle zu bringen. Als ich das Haus erreiche, scheint mir das auch einigermaßen gelungen zu sein. Ich atme noch einmal tief durch, bevor ich die Türe öffne. Alles sieht ganz normal aus. Jason und Liam haben sich auf dem Sofa ausgebreitet.

Jason liest Liam eine Geschichte vor und legt das Buch weg, als ich hereinkomme. Er lacht mich strahlend an und auch ich versuche, meine verkrampften Lippen zu einem Lächeln zu verziehen. Ich gehe zu ihnen hin und küsse erst Liam und dann Jason. Liam hebt mir seine Händchen entgegen und ich nehme ihn hoch. Dann knuddle ich ihn und atme seinen süßen Babyduft ein. Für einen Moment ist der Aufruhr in meinem Herzen vergessen.

„Hattest du einen schönen Tag?“, gurre ich Liam an. Er sagt meinen Namen, greift nach meinen Haaren und kichert.

Mit Liam auf meinem Schoß setze ich mich hin. „Und wie war dein Tag?“, frage ich Jason.

Er zuckt die Achseln. „Ziemlich gut. Ich habe viel geschafft und Liam schon früh wieder von seiner Oma abgeholt. Wir hatten einen schönen Nachmittag, stimmt's Kumpel?“

Ich warte und hoffe noch immer, dass er mir reinen Wein einschenkt und mir erzählt, dass er sich mit jemandem zum Mittagessen getroffen hat. Selbst wenn er mir nicht sagt, wer sie ist, würde ich doch über seine Ehrlichkeit glücklich sein.

Mein Hals scheint sich zuzuschnüren und ich bin den Tränen nahe. „Ich brauche eine Dusche. Kannst du noch eine Weile auf Liam aufpassen?“

„Natürlich. Kein Problem.“

Ich fliehe auf mein Zimmer und mache die Tür zu. Dann streife ich meine Arbeitsklamotten ab und eile ins Bad. Als die Dusche läuft, bin ich endlich in der Lage, meinem Schmerz nachzugeben. Tränen laufen mir übers Gesicht und vermischen sich mit dem Wasser. Was bin ich doch für eine Idiotin. Ich wusste doch von Anfang an, was wir hatten, und habe mich doch verrannt.

Steht es mir – für jeden Mann klar erkennbar – auf der Stirn geschrieben, dass ich dämlich bin, wenn es um Liebe geht? Zuerst Eric, jetzt Jason. Mein Herz scheint sich schmerzhaft auszudehnen. Ich habe meinen gesunden Menschenverstand außer Acht gelassen und bezahle dafür jetzt mit Herzschmerz. Wann werde ich es endlich lernen, meine Gefühle unter Kontrolle zu halten?

Ich bin mit weit geöffneten Augen in diese Affäre gegangen, wohlwissend, was Jason für ein Mensch ist. Und was mache ich? Ich verliebe mich in Jason Cooper. In den letzten Mann, dem ich mein Herz hätte öffnen sollen. Wie soll ich darüber hinwegkommen?

Wenn er das wüsste, würde er lachen und mich mitleidig anschauen.

Kapitel 29

Jason

Brooke ist den ganzen Abend lang sehr ruhig gewesen, aber als ich sie frage, sagt sie, dass alles in Ordnung ist. Ihre Augen sind rotgerändert, als habe sie geweint. Aber das kann eigentlich nicht sein, da sie keinen Grund dazu hat. Ich habe keine Ahnung, was ich davon halten soll. Nachdem Liam gegessen hat, nehmen wir zusammen ein frühes Abendessen ein.

„Langer Tag?", frage ich sie und sie nickt.

„Onkel Jason wird es wieder richten", sage ich und versuche, sie zum Lachen zu bringen. „Ich werde dich vor dem Schlafengehen massieren."

Sie legt den Kopf zur Seite und sieht mich an wie einen Fremden. Als wollte sie herausfinden, wer ich wirklich bin. Es ist sehr verwirrend.

„Bist du wirklich sicher, dass alles in Ordnung ist?", frage ich.

Sie reißt sich zusammen und lächelt. Ich bin froh, als sie wieder sie selbst zu sein scheint.

„Ich räume auf, während du Liam sein Fläschchen gibst", sagt Brooke nach dem Essen.

Als sie die Teller abräumt, fühle ich Bedrängnis. Irgendwas stimmt nicht, aber ich komme nicht dahinter, was es ist. Vielleicht wird es Brooke zu anstrengend, für uns zu sorgen und gleichzeitig zu arbeiten. Aber dann erinnere ich mich, wie glücklich sie heute früh bei der Arbeit war. Das ergibt alles keinen Sinn.

Als ich die Tierklinik verließ, fühlte ich mich großartig, besonders nach unserem Gespräch über den Hund. Ich kann kaum glauben, dass ich Brooke von Charlie erzählt habe, aber ich bin froh, es getan zu haben. Sie hielt es nicht für verrückt, dass ich an einen Hund dachte, den ich das letzte Mal vor Jahrzehnten gesehen habe.

Der Gedanke, wieder einen Hund zu haben und Liam schon frühzeitig an ein Haustier zu gewöhnen, ist aufregend. Ich erinnere mich noch gut daran, wie tröstlich es war, Charlie bei mir zu haben, wenn ich mal einen besonders schlimmen Tag in der Schule hatte.

„Hast du schon deine Fühler wegen eines Welpen ausgestreckt?“, frage ich Brooke.

Sie schaut mich verwirrt an, bevor sie kapiert, was ich meine. Irgendwas scheint sie wirklich zu beschäftigen.

„Nein, noch nicht“, antwortet sie.

Vielleicht wird sie mir später alles erzählen, wenn wir im Bett liegen. Das ist so eine Angewohnheit von Brooke. Sie nimmt sich Zeit, bevor sie sich jemandem anvertraut. So viel habe ich schon über sie gelernt und auch, dass ich ihr manchmal Dinge entlocken muss. Jetzt nehme ich die Flasche und trage Liam von seinem Stühlchen zum Sofa hin.

Nachdem wir es uns gemütlich gemacht haben und er seine Milch trinkt, wandern meine Gedanken wieder zu dem Treffen mit Marian zurück. Sie hatte einige tolle Einfälle für einen grandiosen Heiratsantrag. Allerdings hatte ich sie gewarnt, dass ihre Ideen zwar kreativ, aber auch kostengünstig sein sollten. Ich kann es mir nicht leisten, viel Geld für einen Heiratsantrag auszugeben, so gern ich es auch tun würde. Nicht in meiner derzeitigen finanziellen Lage.

Wir haben einige Ideen besprochen und schließlich fragte sie mich, was wir gern in unserer Freizeit tun. Als ich darüber nachdachte, wurde mir klar, dass es bei unseren Ausflügen in erster Linie um Liam geht und dass uns das gefällt. Ich erzählte ihr vom Strand und dem Besuch im Zoo.

Marian schlug daraufhin etwas vor, dass sowohl kreativ als auch billig war. Sie hatte vor einiger Zeit schon mal einem Kunden geholfen, etwas Ähnliches zu planen. Die Idee war, dass Taucher im Aquarium des Zoos ein Schild hochhalten, auf dem mein Antrag zu lesen ist. Perfekt. Ich kann mir schon Brookes Gesicht vorstellen. Schock. Hoffentlich Aufregung. An etwas anderes will ich jetzt nicht denken.

Einmal habe ich einen Heiratsantrag in einem Restaurant beobachtet. Ein Mann ging auf die Knie, um seine Freundin zu bitten, ihn zu heiraten. Sämtliche Gespräche waren verstummt und wir alle beobachteten das Paar. Das erste Anzeichen, dass die Sache nicht wie geplant lief, war der Blick der Freundin, die sich in dem Restaurant umsah, als suche sie nach einem Fluchtweg.

„Ich kann nicht“, stieß sie schließlich hervor und flüchtete dann aus dem Raum. Der Mann war noch immer auf den Knien und fragte sich offenbar, was denn falsch gelaufen war. So etwas soll uns nicht passieren. Wir haben einander unsere Gefühle zwar noch nicht eingestanden, aber ich werde in den nächsten Tagen darauf hinarbeiten.

Es dauert eine Stunde, bis Liam eingeschlafen ist. Brooke trägt ihn ins Kinderzimmer. Ich räume im Wohnzimmer auf, während ich darauf warte, dass sie zurückkommt. Gerade als ich fertig bin, kommt sie herein und lehnt sich an den Türrahmen.

„Ich bin sehr müde. Ich hoffe, es stört dich nicht, dass ich heute zeitig ins Bett gehe", sagt sie.

Ich schaue sie überrascht an. „Natürlich nicht. Ich werde gleich bei dir sein, um dir die versprochene Massage zu geben."

Sie lächelt und wendet sich ab. Ich lasse ihr Zeit, sich bettfertig zu machen, lösche alle Lichter und gehe ihr nach. Dann klopfe ich leise an ihre Zimmertür und trete ein. Sie ist bereits im Bett und liegt auf dem Bauch. Ich greife nach einer Flasche mit Öl. Ihr Kopf ist zur Wand gedreht. Sie seufzt auf und ich nehme das als Einladung.

Als ich die Bettdecke zurückschlage, ziehe ich scharf die Luft ein, denn sie ist nackt. Ich bewundere kurz ihre feminine Figur, bevor ich mich rittlings auf sie setze. Ein bisschen Ahnung habe ich von Massagen, denn ich hatte mal eine Freundin, die Masseuse war. Von ihr habe ich viel gelernt.

Ich gebe einen Klecks Massageöl auf meine Hand und reibe dann meine Handflächen aneinander, damit es sich erwärmt. Dann fange ich an, Brookes Rücken mit langen, fließenden Bewegungen zu massieren. Ich kann die Verspannung in ihren Muskeln spüren, aber als ich über ihren Rücken reibe, beginnt sie zu relaxen.

Ich arbeite mich vom unteren Teil ihres Rückens hoch zu ihren Schultern, wobei ich jede Muskelgruppe einzeln durchknete. Ihren Nacken bearbeite ich mit kreisförmigen Bewegungen und mit meinen Daumen massiere ich ihren Schädelansatz. Nachdem ich mit ihren Schultern und ihrem Rücken fertig bin, lasse ich mich nach unten gleiten, um ihre Füße zu bearbeiten.

Sanft ziehe ich an jedem einzelnen Zeh und entlocke ihr damit ein leises Stöhnen. Das erste Stöhnen des Abends. Wie sehr habe ich das vermisst. Als ich mit ihren Füßen fertig bin, spreize ich ihre Beine, damit ich ihre Schenkel massieren kann. Der Duft ihrer Erregung steigt mir in die Nase. Mein Schwanz reagiert sofort und erwacht zum Leben.

Ich kann nicht widerstehen und lasse meinen Finger von ihrer Poritze zu ihrer Möse heruntergleiten. Als ich bemerke, wie feucht sie ist, ziehe ich scharf die Luft ein. Es gelingt mir, meinen Finger wieder wegzuziehen, und ich beginne, ihre Innenschenkel zu kneten. Brooke hebt ihren Hintern an und ich gehorche ihrer stummen Aufforderung und lasse meine Hand aufreizend über ihre Lustperle gleiten. Sie windet sich, stöhnt und presst ihre Möse in meine Hand, aber ich habe nicht die Absicht, noch weiterzumachen, bis sie mich darum bittet.

Meine andere Hand massiert ihre Schenkel und ihre Pobacken.

„Jason", sagt sie schließlich mit zusammengebissenen Zähnen. „Bitte?"

Ich grinse, lasse einen Finger in ihre Pussy gleiten und meinen Daumen mit ihrer Perle spielen. Sie stöhnt und schreit und mein Schwanz zuckt vor Verlangen, in ihr zu sein. Ich nehme eine Hand weg, um meine Shorts und Unterhosen herunterzuziehen und dringe dann von hinten in sie ein.

„Oh Gott, ja!", schreit Brooke, als ich meinen Schwanz tief in sie stoße.

Ich küsse ihre Schultern und ihren Hals. Da ich nicht mit meinem ganzen Gewicht auf ihr lasten will, stütze ich mich zu beiden Seiten mit meinen Händen ab. Eigentlich will ich langsam und behutsam vorgehen, aber Brooke dreht sich zu mir um und bettelt mich an, schneller zu machen.

Ihre Worte spornen mich an und ich ficke sie hart und schnell, genauso, wie sie es will. Nichts ist anders als sonst, jedenfalls nicht aus physischer Sicht. Als es vorbei ist, lege ich mich auf die Seite und ziehe sie an meine Brust. Ich liebe einfach alles an uns; unser Liebesspiel und dann diesen Teil, wo wir in den Armen des anderen einschlafen.

Diese Art von Intimität mit einer Frau hat mir früher Angst eingejagt. Nach dem Sex wollte ich mich säubern und abhauen. Noch nie wollte ich neben einer Frau aufwachen, aber mit Brooke fühlt es sich ganz natürlich und richtig an. Wenn ich mitten in der Nacht aufwache, strecke ich gern meine Arme nach ihr aus, um sie wieder an mich zu ziehen.

Nichts ist süßer, als gleich am Morgen Liebe zu machen, noch bevor der Verstand richtig erwacht ist. Das verleiht dem ganzen Tag einen glücklichen Anstrich.

Brooke widersetzt sich meinen Bemühungen. Ich glaube, dass sie zuerst noch ins Bad muss, und lasse sie los. Sie richtet sich auf und sieht mir direkt in die Augen. Beim Anblick der Kälte in ihren sonst so warmen grünen Augen versteift sich mein Körper.

„Brooke?“, frage ich.

„Würde es dich stören, in dein Zimmer zu gehen? Ich würde gern alleine schlafen“, sagt sie.

„Oh.“ Mir steht der Mund offen, aber ich kann nichts dagegen tun. Ich würde gern allein schlafen. Ihre Worte gehen mir wieder und wieder durch den Sinn. Gerade noch habe ich gedacht, wie gern ich mit Brooke kuschle, und dann sagt sie mir, dass sie alleine schlafen möchte.

Ich fühle mich, als hätte man mir ins Gesicht geschlagen. Sie gibt mir keine Zeit, zur Besinnung zu kommen, und erhebt sich vom Bett.

„Ich verstehe nicht“, sage ich zu ihr. „Ist etwas passiert, von dem ich nichts weiß?“

Sie weicht meinem Blick aus. „Natürlich nicht.“ Sie greift nach einem Bademantel, zieht ihn über und geht ins Bad, ohne mich noch einmal anzusehen. Die Badezimmertür schlägt zu.

Eine Minute später starre ich noch immer darauf. Ich verstehe nicht, was gerade geschehen ist. Eine Sache steht jedoch fest. Sie erwartet, dass ich nicht mehr in ihrem Zimmer bin, wenn sie wieder herauskommt. Ich ziehe meine Boxershorts an und hebe den Rest meiner Sachen auf.

Dann warte ich, aber sie kommt nicht aus dem Bad. Ich werde nicht schlafen können, wenn ich nicht weiß, was hier vorgefallen ist. Sie will aber offenbar sichergehen, dass ich weg bin, wenn sie wieder herauskommt. Ich stehe also auf, öffne die Tür und schlage sie dann geräuschvoll zu, bevor ich mich wieder auf die Bettkante setze.

Es ist genauso, wie ich es mir gedacht habe. Sie kommt aus dem Bad, bleibt aber abrupt stehen, als sie mich sieht.

„Ich dachte, du wärst weg“, sagt sie. Sie weicht meinen Blicken aus und sieht auf eine Stelle an der Wand hinter mir.

„Ich werde nicht eher gehen, bis du mir sagst, was los ist, Brooke. Zwischen uns hat sich etwas verändert und ich will die Dinge wieder in Ordnung bringen."

Jetzt schaut sie mich an. Ausdruckslos. „Ich habe keine Ahnung, wovon du redest."

„Wir sind Freunde, Brooke …"

„Jason, sieh mal, ich bin ein großes Mädchen und kann die Dinge zwischen uns so akzeptieren, wie sie sind. Wir sind zwei Erwachsene, die sich gegenseitig körperliches Vergnügen bereiten. Ficken, wenn man es auf den Punkt bringen will."

Ich zucke bei ihren Worten zusammen. Es stimmt, ich habe über Brooke und mich mal auf diese Weise gedacht, aber das ist nicht mehr so. Sie so reden zu hören, ist wie ein Todesstoß für meine Träume und Fantasien.

„Wir müssen nicht so tun, als gäbe es da noch mehr", fährt sie fort.

Ich erstarre. Das sind meine Worte. Bevor ich Brooke getroffen habe.

„Ich dachte, wir mögen uns", sage ich.

Sie lächelt. „Natürlich tun wir das. Aber das heißt doch nicht, dass wir deshalb sentimental werden müssen."

Sie redet mit mir, als sei ich ein Idiot. Jemand, dem man etwas ganz genau erklären muss. Gleich wird sie mir noch eine Zeichnung machen. Aber das stört mich nicht so sehr, wie es das eigentlich sollte, denn ich bin vollkommen verwirrt. Wie konnte ich das alles nur so missverstehen?

Ich suche nach Hinweisen in ihrem Gesicht. Aber es liegt keinerlei Ausdruck darin und erst nach einer Weile kommt Mitleid über ihre Züge. Das lässt mich handeln.

Ich stehe auf und nicke. „Okay, wenn es das ist, was du willst, bitte." Ich spreche mit forscher Stimme, um meine verletzten Gefühle zu verbergen. Dann verlasse ich ihr Zimmer, wobei ich die Tür fest hinter mir zumache.

In meinem Zimmer schlage ich mit Fäusten in die Luft. Ich kann nicht glauben, dass ich tatsächlich geplant hatte, ihr einen Antrag zu machen. Noch nie habe ich mich so in einem Menschen getäuscht. Mein Stolz, meine Gefühle – alles ist verletzt. Der Schmerz macht der Wut Platz. Ich glaube, von ihr zum Narren gehalten worden zu sein.

Dann fällt mir etwas ein. Genauso haben sich die Mädchen gefühlt, die ich in der Vergangenheit enttäuscht habe. Weggeworfen. Benutzt. Ich denke über Brookes Verhalten nach. Sie war liebevoll und sie hatte Spaß an unseren Liebesspielen, aber nicht ein einziges Mal hat sie mir ihre Gefühle offenbart oder mich auch nur glauben lassen, dass sie welche für mich hätte.

Ich bin ein Idiot, aber ich habe meine Lektion gelernt. Wir machen es auf Brookes Weise.

Kapitel 30

Brooke

Ich wache auf mit dem Gefühl, gerade mal zwei Stunden geschlafen zu haben, Meine Lider sind schwer und trotzdem kann ich keinen Schlaf mehr finden. Ich werfe einen Blick auf den Wecker neben meinem Bett. Es ist halb sieben. Noch eine halbe Stunde und Liam wird aufwachen. Die Ereignisse der letzten Nacht kommen mir wieder ins Gedächtnis. Ich sollte froh und stolz auf mich sein.

Stattdessen fühle ich mich ganz miserabel. Jasons verletzter Gesichtsausdruck fällt mir wieder ein. Ich hatte mich in diesem Augenblick stark gefühlt und in Kontrolle über mein Leben und meine Emotionen. Aber das ist jetzt alles vorbei und ich will einfach nur die Augen zumachen und wieder einschlafen. Doch mein Verstand ist hellwach.

Es fehlt mir, in seinen Armen aufzuwachen und seine Hände zu spüren, wie sie berühren, tasten und mich anmachen, sodass ich ihn in mir spüren will, bevor ich noch irgendetwas anderes tue. Verzweifeltes Verlangen überfällt mich. In diesem Moment ist es mir egal, dass Jason keine Gefühle für mich hegt. Ich will einfach nur seine heiße Haut an meiner spüren.

Mein Körper fühlt den Verlust darüber, dass Jason nicht in meinem Bett ist. Mich befriedigt. Mich mit seinen Händen, seiner Zunge und seinem köstlichen Riesenschwanz liebt. Meine Brustwarzen sehnen sich nach der Berührung von Jasons erfahrenen Fingern. Meine Möse verlangt danach, von seinem Schwanz gestopft zu werden.

Beinahe entfährt mir ein Stöhnen. Ich würde alles geben, um genau jetzt Jasons Schwanz in mir zu spüren. Frustriert seufze ich auf. Mich von Jason fernzuhalten, wird schwieriger sein, als ich gedacht habe. Vor allem, da mein Körper von ihm abhängig zu sein scheint.

Ich schiebe die Bettdecke beiseite und stehe auf. Trauer überkommt mich, als ich daran denke, wie anders mein Morgen sein könnte, wenn zwischen uns noch alles beim Alten wäre. Aber dann versuche ich, mich von diesen bedrückenden Gedanken zu befreien. Es ist jetzt so, wie es zu sein hat. Wir werden die Nächte nicht mehr in den Armen des anderen verbringen. Das ist etwas für Leute, die verliebt sind, und das sind wir definitiv nicht.

Ich erwarte, dass der Schmerz einige Tage lang anhalten wird, aber meine Wunden werden verheilen und es wird mir wieder besser gehen.

Ich tappe ins Wohnzimmer und bin überrascht, den Duft von gebratenem Schinken zu schnuppern. Jason steht in der Küche, den Rücken mir zugewandt. Ich bewundere, wie sich sein T-Shirt über seinen Rückenmuskeln spannt, und bin versucht, zu ihm zu gehen und meine Arme um seine Taille zu schlingen. Aber das ist genau das, was ich nicht mehr tun kann, denn es deutet auf eine Intimität hin, die zwischen uns nicht existiert. Ich werde nicht zulassen, dass man mich wieder verletzt.

„Hallo", sage ich stattdessen.

Jason wirbelt herum und lächelt. Keinerlei Anzeichen, dass gestern Nacht etwas zwischen uns geschehen ist.

„Guten Morgen, meine Schöne", sagt er und ich zwinge mich zu einem Lächeln.

Sein Verhalten beweist nur, dass das, was wir hatten, Jason absolut nichts bedeutet hat. Wenn er Gefühle für mich hätte, wäre er heute Morgen sicher nicht so fröhlich. Er sieht wie ein Mensch aus, der all seine Probleme hinter sich gelassen hat. Nun gut, denke ich und straffe meine Schultern, dann werde ich es ihm gleichtun, obwohl ich mich dafür verstellen muss.

„Auch dir einen guten Morgen", erwidere ich und gehe in die Küche. „Du bist ja schon früh auf den Beinen."

„Ich habe sehr tief geschlafen letzte Nacht. Lass mich dir einen Kaffee einschenken. Du siehst aus, als könntest du einen gebrauchen."

Ich ignoriere seine Anspielung, dass ich anscheinend nicht gut geschlafen habe. Obwohl sie stimmt. Die halbe Nacht habe ich mich hin und her gewälzt, darüber nachgegrübelt, was ich gesehen habe, und ob meine Deutung richtig war. Doch ich kam immer wieder zu dem gleichen Schluss. Wenn es sich um ein unschuldiges Treffen gehandelt hätte, hätte Jason es erwähnt. Das war eine Frau, an der er interessiert war. Seine nächste Eroberung. Suchte er sich immer schon die Nächste, bevor er seiner Derzeitigen überdrüssig wurde? Der Sex letzte Nacht war ganz toll. Er hat sich nicht verhalten, als sei er unserer Beziehung müde.

Ich verstehe Jason nicht und werde es wohl auch nie tun. Alles was ich machen kann, ist, mein Herz zu beschützen. Aber ich bin noch nicht bereit, ihn aufzugeben; nicht, wo er mich so gut fühlen lässt.

Jason schenkt mir einen Kaffee ein und ich muss zugeben, dass er in Jeans und einem T-Shirt eine gute Figur abgibt. Seine blonden Locken sind zerzaust, als wäre der Wind hindurchgefahren. Er bewegt sich mit der Sicherheit und dem Selbstbewusstsein eines Tänzers.

Mir zieht sich das Herz zusammen bei dem Gedanken, dass er mich wahrscheinlich schon hinter sich gelassen hat. Es ist nur eine Frage der Zeit, bevor er mir sagen wird, dass unsere Affäre vorbei ist. Ich muss schwer schlucken, als mich Gefühle von Verlust und Trauer überwältigen.

„Alles in Ordnung?", fragt Jason und starrt mich an.

Ich nicke und versuche zu lächeln. „Ja, es geht mir gut." Ich nehme einen Schluck Kaffee und sofort ziehen sich meine Magenwände zusammen und ich stürze von meinem Stuhl hoch.

Sekunden später knie ich vor der Toilettenschüssel und entleere meinen Mageninhalt. Viel kommt nicht heraus, aber ich würge und es dauert ein paar Minuten, bis es wieder aufhört. Mir wird bewusst, dass Jason hinter mir steht und mir das Haar aus dem Gesicht hält.

Er greift sich ein paar Taschentücher, reicht sie mir und drückt auf die Toilettenspülung. Dann hilft er mir hoch und führt mich zum Waschbecken. In diesem Moment lässt lautes Schreien uns zusammenfahren. Es ist Liam, der die Welt wissen lässt, dass er aufgewacht ist.

„Ich hole ihn", meint Jason und eilt aus dem Badezimmer.

Ich spüle mir den Mund aus, wasche mein Gesicht und betrachte mich dann im Badezimmerspiegel. Genauso schrecklich wie ich mich fühle, sehe ich auch aus. Ich versuche nicht daran zu denken, wie lieb Jason zu mir war und wieviel Zärtlichkeit er mir gezeigt hat. All das bedeutet nichts. Er ist generell gut zu Frauen. Das bedeutet nicht, dass er mich für etwas Besonderes hält.

Als ich fertig bin, gehe ich in die Küche zurück und finde Jason dort vor, der Liam sein Fläschchen gibt. Ich mache eine große Show daraus, Liam zu begrüßen, und er grinst und kichert, wie er es immer tut. Mir wird das Herz warm und die Melancholie und der Schmerz verschwinden. Liam ist das Wichtigste. Alles andere kommt an zweiter Stelle, selbst meine Gefühle.

„Hast du Fieber?", fragt mich Jason, während ich mich hinsetze, um meinen Kaffee zu trinken.

Zuerst nehme ich nur einen vorsichtigen Schluck, aber zum Glück schmeckt mir das Gebräu jetzt und ruft auch keinerlei Reaktion mehr hervor. „Kein Fieber", antworte ich. „Ich habe keine Ahnung, was da los war, aber jetzt geht es mir wieder gut."

Der Schmerz zu wissen, dass unsere Affäre beinahe am Ende ist, hat mich physisch krank gemacht. Aber ich werde darüber hinwegkommen, wie ich das auch schon in der Vergangenheit geschafft habe. Unsere Blicke treffen sich über Liams Kopf hinweg und als ich die Traurigkeit in seinen Augen sehe, werde ich ganz still. Dann wendet er sich ab und mir wird klar, dass ich nur das sehe, was ich sehen will. Das ist genau der Fehler, den ich auch gemacht habe, als ich mich in Jason verliebt habe. Ich bin eine Idiotin.

„Wir haben fast kein Gemüse mehr. Habt ihr zwei Lust, einkaufen zu gehen?", fragt Jason.

Ich möchte Nein sagen, aber mir entschlüpft ein Ja. Ich will Zeit mit ihm verbringen, denn ich genieße seine Gesellschaft. Aber ich möchte auch mein Herz beschützen. Das ist ein Konflikt, aber ich überzeuge mich davon, dass ein gemeinsamer Einkauf meinem Herzen keinen weiteren Schaden zufügen wird.

***

Ich kann meine Augen nicht von Jasons Bluejeans abwenden, als er vor mir durch die Reihen mit Lebensmitteln geht. Ich schiebe Liams Buggy und sehe Jason dabei zu, wie er fachmännisch die Sachen aussucht, die wir brauchen. Er ist ein Mann, der sich gut im Supermarkt auskennt. Ich wünschte, ich könnte dasselbe von mir behaupten.

In den letzten paar Monaten hat Jason mich sehr verwöhnt. Er erledigt den Großteil der Einkäufe und der Kocherei. Ich kann mich nicht erinnern, wann ich das letzte Mal im Supermarkt war. Ich versuche mir vorzustellen, wie mein Leben nach Jason aussehen soll, aber ich schaffe es nicht. Da ist nur Leere.

Früher oder später wird er in sein eigenes Haus zurückziehen. Er wird seinen Spielraum und seine Freiheit wollen. Panik macht sich in mir breit. Ich fühle mich weinerlich und traurig. Was ist nur los mit mir? Ich bin total gefühlsduselig wegen etwas, das noch gar nicht passiert ist.

Allerdings weiß ich, dass es kommen wird und nur noch eine Frage der Zeit ist. Ich werde die nächsten Tage und Wochen damit verbringen, auf den Moment zu warten, wo er mir sagen wird, dass er wieder in sein Haus zieht. Will ich denn wirklich so leben? Nur auf etwas warten, das unausweichlich ist?

Ich kann mein eigenes Leben in die Hand nehmen und muss nicht darauf warten, dass Jason Entscheidungen trifft, die auch mich betreffen.

„Hast du schon mal darüber nachgedacht, wieder in dein Haus zu ziehen?", frage ich in seinen Rücken hinein.

Er wirbelt herum und seine Augen bohren sich in meine. Ich erzittere innerlich und wünsche mir plötzlich, ich könnte meine Worte zurücknehmen.

„Sag einfach, was du zu sagen hast, Brooke. Du musst nicht um den heißen Brei herumreden. Ich bin ein großer Junge und kann damit umgehen." Seine Augen sind kalt und abweisend.

Ich befeuchte meine Lippen. „Nun, ich habe mich gefragt, ob es nicht besser wäre, dass wir unser normales Leben wieder aufnehmen, jetzt, wo wir es halbwegs überstanden haben", bringe ich heraus.

„Auf welches ‚es' willst du hinaus?", fragt Jason.

Ich zucke die Achseln. „Was uns überhaupt dazu gebracht hat, miteinander zu leben. Marvins und Ellies Tod." In dem Moment, wo ich ihre Namen ausspreche, wird mir klar, wie weit wir entfernt sind von den Menschen, die wir damals waren.

Ohne es zu bemerken, hat mich diese Tragödie wachsen lassen. Ich bin nicht mehr das verletzliche Mädchen von einst. Das Mädchen, das sich nur in Minnesota wohlfühlte, umgeben von Familie und Freunden. Ich bin in eine fremde Stadt gezogen, habe ein neues Leben begonnen und sogar einen Job angenommen. Und was am besten ist, ich glaube, ich habe mich ziemlich gut um Liam gekümmert. Ich kriege alles hin.

Diese Situation mit Jason ist der letzte Beweis dafür, dass ich endlich ich selbst bin. Erwachsen. Eine Frau von Welt, die eine rein körperliche Affäre mit einem Mann haben kann, ohne dass ihr dabei das Herz gebrochen wird. So ganz ist mir das zwar nicht gelungen, aber das wird es noch. Mein Herz ist zutiefst entschlossen.

Jason schaut mich schweigend an und zuckt schließlich die Achseln. „Wenn du es willst, dann ziehe ich natürlich in mein Haus zurück. Ich kann es heute Nachmittag erledigen."

Mein gerade noch starkes Herz zerbricht sofort. Er kann es gar nicht erwarten, wieder nach Hause zu gehen. Die Brust wird mir eng und das Atmen fällt mir schwer. Bevor ich noch etwas sagen kann, dreht sich Jason um und geht weiter den Gang entlang. Ich komme mir so dumm vor, weil ich gedacht habe, dass er unser Zusammenleben genauso genossen hat wie ich. Mein Gefühlsleben ist wie ein Jo-Jo. Ich weiß nicht mehr, was vor sich geht. Eine Minute habe ich Vertrauen in mich selbst und in die Zukunft und in der nächsten bin ich ein emotionales Wrack. Am liebsten würde ich in Tränen ausbrechen.

Ich habe mir eingeredet, dass Jason Gefühle für mich hegt. Dass er es genauso genossen hat wie ich, zusammen zu schlafen und miteinander aufzuwachen. Wahrscheinlich ist er erleichtert, dass er wieder in sein altes Leben zurückkehren kann. Ein Leben, in dem er jede Nacht eine andere Frau hat. Ich sollte erleichtert sein. Bin ich aber nicht.

Die brünette Kassiererin lächelt Jason zu, während sie unseren Einkauf abrechnet. Sie flirtet auf subtile Weise mit ihm. Frauen werfen sich Jason quasi an den Hals, wo immer er auftaucht. Er kann jede Frau haben, die er will. Wie habe ich nur denken können, dass er sich für immer an eine einzige Frau binden würde?

Kapitel 31

Jason

Ich schließe die Tür zu dem Zimmer, das einst mein Schlafzimmer war, und schlage mit den Fäusten in die Luft. Schweiß läuft mir den Rücken herab und das kommt nicht von der Hitze. Ich renne in dem Zimmer hin und her wie ein Verrückter. Ich kann nicht glauben, dass Brooke mir gerade gesagt hat, ich solle in mein eigenes Haus zurückkehren. Ihre Worte kommen mir wieder in den Sinn und schneiden mir ins Herz wie ein scharfes Messer.

Ich habe es zugelassen, meine Gefühle ins Spiel zu bringen. Was noch schlimmer ist, ich habe geglaubt, in Brooke verliebt zu sein, und gedacht, sie wäre es auch. Lust und Liebe sind eben zwei verschiedene Dinge und was wir füreinander fühlen, ist Lust. Wir ziehen einander wie magisch an.

Ein bitteres Lachen kommt über meine Lippen. Sicher amüsiert sie sich jetzt über mich. Wenn sie wüsste, dass ich mit einer Hochzeitsplanerin gesprochen habe, würde sie noch mehr lachen. Das muss mein Geheimnis bleiben. Meine Augen wandern zum Bett und ich erinnere mich an Brooke, die darauf ausgebreitet lag und vor Verlangen gestöhnt hat.

Ich sollte wütend sein, aber ich spüre lediglich das Verlangen, ihren weichen Körper wieder in meinen Armen zu halten. Ihren cremigen, langen Hals zu küssen. Ihren süßen Duft einzuatmen. Meinen Schwanz zwischen ihre feuchten Falten zu schieben. Selbst jetzt gelüstet es mich noch nach ihr. Ich versuche, mein Verlangen im Zaum zu halten und mich auf meine Aufgabe zu konzentrieren.

Ich ziehe eine Tasche aus dem Schrank und beginne, meine Sachen hineinzuwerfen. Es gibt keinen Grund, die Angelegenheit noch weiter hinauszuzögern. Lange dauert es nicht, bis ich alles gepackt habe. Ich fühle mich abgewiesen, als ich mein Zimmer verlasse und ins Wohnzimmer gehe.

Brooke erhebt sich und sieht mich, die Hände ineinander verschränkt, an. „Das bedeutet nicht, dass du nicht jederzeit herkommen kannst. Wir sind immer noch beide Liams Vormund und er braucht dich."

„Sicher“, erwidere ich betont zwanglos. Ich schaue in ihr Gesicht, doch da gibt es keinerlei Anzeichen irgendeiner Gefühlsregung. Sie ist wirklich eine Eiskönigin. Wie habe ich nur denken können, sie hätte sich geändert? Mein Ego. Ich hatte mich selbst davon überzeugt, Brooke in eine sinnliche und empfindsame Frau verwandelt zu haben. Das Gefühl, versagt zu haben, hüllt mich ein wie ein Mantel. Ich bin unachtsam gewesen und zahle jetzt den Preis dafür.

Sie schaut mich höflich an und wartet darauf, dass ich gehe. Mein Blick wandert über ihre schmalen Kurven und mein Schwanz regt sich. Nichts hat sich geändert. Ich will sie noch immer. Und ich werde sie auch wieder besitzen. Nur beim nächsten Mal werde ich mein Herz aus dem Spiel lassen.

„Magst du zum Abendessen kommen?“, fragt sie. „Das würde Liam und mir gefallen.“

Ich möchte zusagen, weiß aber, dass ich Abstand halten muss. Das ist der einzige Weg, wieder zu meinem normalen Ich zurückzufinden. Ich brauche Zeit.

„Wahrscheinlich nicht. Ich habe ein paar Sachen zu erledigen.“ Das ist keine Lüge. In den Wochen, in denen ich mit Brooke und Liam gelebt habe, habe ich viele Dinge liegenlassen. Ich habe meine Post nicht geöffnet und weiß, dass ich jede Menge Korrespondenz zu erledigen habe.

„Okay“, meint sie und lächelt mich an. „Mach’s gut.“

„Ruf mich an, wenn du mich brauchst. Ich bin ja direkt gegenüber.“ Ich winke ihr zu und schleppe mich zur Tür. Dabei habe ich das Gefühl, einen Teil von mir zurückzulassen.

Die Stille in meinem Haus ist betäubend, als ich die Tür hinter mir zugemacht habe. Alles fühlt sich anders an und beinahe ist es, als hätte hier jahrelang keiner gewohnt. Ich muss mich ablenken, also lasse ich meine Tasche auf den Boden fallen und gehe ins Arbeitszimmer.

Stunden später umgibt mich Dunkelheit. Ich habe keine Ahnung, wie spät es ist oder wo ich mich befinde. Ich habe meine Post durchgesehen, aber mehr Zeit damit verbracht, die Wände anzustarren. Mir tun die Muskeln weh, weil ich so lange bewegungslos dagesessen habe.

Ich schiebe mich hoch und gehe zum Fenster. Es sieht auf Brookes Haus hinunter. Die Lichter sind an und ich frage mich, was Liam und Brooke wohl machen. Noch immer kann ich nicht glauben, dass sie mich rausgeschmissen hat. Ich versuche zwar, nicht zu viel darüber nachzudenken, aber das gelingt mir nicht ganz. Habe ich sie zu sehr bedrängt mit meiner Nähe? Ich erinnere mich, dass sie einmal gesagt hatte, nicht wieder heiraten zu wollen. Warum habe ich ihren Worten nicht mehr Aufmerksamkeit geschenkt?

Dieser Gedanke setzt sich in mir fest, bis ich schließlich den Kopf schüttle. Das bin ich nicht. Ich bin nicht der Mann, der wegen einer Frau durchdreht. Vor allem, wenn sie nur auf Sex mit mir aus ist. Über Brooke nachzugrübeln und über ihre Gründe, mich aus dem Haus zu werfen, bringt gar nichts. Ich brauche Ablenkung. Nach einem letzten sehnsüchtigen Blick auf das Haus gegenüber verlasse ich mein Arbeitszimmer und gehe in die Küche. Ich mache den Kühlschrank auf und stelle fest, dass er beinahe leer ist. Mein Magen knurrt und mir wird bewusst, dass ich seit Stunden nichts gegessen habe. Ich beschließe, mir einen Imbiss von unserem örtlichen Feinkostladen zu holen. Vor Brookes Haus bleibe ich stehen. Wie von einem Magneten angezogen, gehe ich zu ihrer Tür. Es ist ja nur fair, sie zu fragen, ob sie auch etwas möchte.

Ich klopfe und als ich keine Antwort höre, öffne ich die Tür. Das Haus ist still, aber die Lichter sind noch an.

„Brooke?“, rufe ich aus.

Auf einmal fühle ich mich wie ein Fremder, obwohl ich monatelang hier gewohnt habe. Plötzlich öffnet sich eine Tür und Sekunden später erscheint Brooke. Ich ziehe scharf den Atem ein, als ich sie in ein Handtuch eingewickelt sehe, dass nur knapp ihre Schenkel bedeckt. Ihr Haar ist nass und klebt an ihrem Kopf.

„Ich dachte, ich hätte meinen Namen gehört“, meint Brooke. „Für einen Moment glaubte ich schon, es sei Liam gewesen.“

Wir lachen beide nervös.

Meine Augen wandern zu ihrem Brustansatz. Ein Wassertropfen gleitet ihren Hals hinab und bahnt sich einen Weg zwischen ihren Brüsten. Meine Hände sehnen sich danach, ihren Busen zu berühren, und mein

Mund will ihre Nippel reizen. Ich will, dass sie mich anbettelt, sie zu nehmen. Sie zu verschlingen.

Ich zwinge mich, meine Augen von ihren Brüsten abzuwenden und in ihr Gesicht zu sehen. Als ich ihrem nach unten gerichteten Blick folge, wird mir unbehaglich zumute, denn meine Erektion lässt sich kaum verbergen.

„Jason." Ihre Stimme klingt gepresst. Lustvoll.

Ich denke nicht weiter nach. Ich gehe auf sie zu und schlinge meine Arme um ihre Taille. Dann ziehe ich sie mit einem Ruck an mich und unsere Münder pressen sich aufeinander. Verlangen explodiert in mir und ich vergesse alles um mich herum, außer ihrem süßen und heißen Mund. Ich küsse sie wie ein Mann, der seit Tagen nichts getrunken hat.

Sie erwidert meinen Kuss mit der gleichen Inbrunst und lässt ihre Finger durch mein Haar fahren. Ich unterbreche unseren Kuss und beuge mich vor, um ihre Brüste zu verwöhnen. Ich ziehe ihr das Handtuch weg und lasse es achtlos zu Boden fallen. Brooke steht in ihrer ganzen köstlichen Nacktheit vor mir. Ich greife nach ihren Brüsten und beginne, an ihren Warzen zu saugen, wobei ich fieberhaft von einer zur anderen wechsle. Sie erscheinen mir schwerer und voller. Wahrscheinlich, weil sie mir so sehr gefehlt hat.

„Jason."

Ich liebe es, meinen Namen aus ihrem Mund zu hören. Sie wölbt sich mir entgegen und windet sich vor Verlangen. Ich richte mich auf und presse meine Lippen auf ihre. Als ich an ihrer Unterlippe sauge, schiebe ich meine Hüften nach vorn, damit sie spüren kann, wie hart ich bin. Ihre Hände fummeln am Reißverschluss meiner Jeans.

Ich trete zurück und reiße mir meine Jeans und mein Hemd vom Leib. Währenddessen wende ich den Blick nicht von ihr ab. Ihre Augen glühen vor Leidenschaft. Sie sieht so heiß aus mit ihren wilden Haaren und ihren Händen, die sie auf ihre Brüste gelegt hat. Sie lässt ihre Handflächen über ihre erigierten Nippel gleiten und das treibt mich in den Wahnsinn. Noch nie zuvor habe ich gesehen, wie Brooke sich selbst berührt. Es ist unglaublich erotisch und geil und mein Schwanz pulsiert schmerzhaft.

Ein paar Knöpfe reißen ab, als ich mein Hemd herunterzerre. Dann stürze ich mich auf sie und kralle meine Hände in ihre Hüften. Mein

Schwanz vergräbt sich zwischen ihren Beinen und wird von ihren Säften angefeuchtet. Meine dicke Schwanzspitze gleitet über ihre Lustperle und reizt sie. Sie stöhnt in meinen Mund, während wir uns küssen.

Ein ureigenster Trieb überkommt mich. Ich will sie ficken. Ich will, dass sie meinen Namen schreit, wenn sie kommt. Mit einer fließenden Bewegung hebe ich sie hoch und trage sie ins Schlafzimmer. Ich will ihr Gesicht nicht sehen, während ich sie vögele. Ansonsten sage ich vielleicht etwas, das ich anschließend bereue.

Ich lockere meinen Griff und stelle sie neben dem Sessel ab.

„Halt dich daran fest", befehle ich ihr.

Sie dreht sich um und tut, wie ihr geheißen. Es ist das Gleiche mit ihr wie mit jeder anderen Frau. An Brooke ist nichts Besonderes. Ich spreize ihre Schenkel, als sie sich vorübergebeugt hat. Dann streichle ich ihre Hinterbacken, bevor mein Schwanz mit einer fließenden Bewegung in ihre Falten eindringt. Sie stößt einen Schrei aus. Das ist alles, was ich von Brooke will. Ihren Körper. Sie ist geil und eng und ich muss meine ganze Selbstbeherrschung aufbieten, um nicht sofort in ihr zu kommen. Ich ziehe mich etwas zurück und versinke wieder in ihr. Ich ficke sie mit langsamen Stößen, bis sie mich anfeuert, schneller zu machen. Sie schreit meinen Namen und mein Verlangen wird so unermesslich, dass ich Raum und Zeit vergesse.

Brooke windet sich stöhnend und ich weiß, dass sie kurz davor ist zu kommen. Mein eigener Höhepunkt ist so nahe, dass ich es kaum noch aushalte. Als ihre Möse anfängt, sich zu verkrampfen, lasse auch ich mich von den heißen Wellen davontragen.

Kapitel 32

Brooke

Ich mache mich sauber und ziehe mich an. Als ich fertig bin, lege ich mein Ohr an die Badezimmertür. Stille. Erleichterung macht sich in mir breit. Jason ist weg. Ich kann ihm jetzt nicht gegenübertreten. Ich habe mich dermaßen unkontrolliert und sinnlich aufgeführt. Und genauso fühle ich mich auch in Jasons Nähe. Immer noch.

Ich öffne die Badezimmertür und trete heraus. Als ich den Flur entlanggehe, herrscht noch immer Stille. Vielleicht ist er wirklich weg. Aber nein. Ich erstarre, als ich ihn auf dem Sofa ausgebreitet vorfinde, so als würde er noch hier wohnen. Ich sehne mich danach, mich neben ihn zu legen und seine starken Arme um mich zu spüren.

Er sieht mich und steht auf. „Ich gehe etwas zu essen holen. Deswegen bin ich eigentlich hergekommen. Willst du etwas?"

Ich sollte Nein sagen, damit er mir nicht wieder unter die Augen tritt. „Ja, bitte. Irgendwas."

Er lächelt und mein Herz macht einen Satz. „Alles klar. Bin gleich zurück."

Er lässt einen Duft zurück, der ganz Jason ist. Er hüllt mich ein und wenn es ginge, würde ich ihn festhalten, um wieder in seiner Nähe sein zu können. Dieser Mann. Jason. Angst macht sich in mir breit. Mir ist klar, dass das kein gutes Ende nehmen wird. Nicht, wenn er schon eine andere Frau im Visier hat.

Das Einzige, was mich am Ende dieses Weges erwartet, ist ein gebrochenes Herz. Wenn ich schlau wäre, würde ich die Sache jetzt beenden. Aber allein der Gedanke reicht schon, um Übelkeit in mir aufsteigen zu lassen. Traurigkeit hängt über mir wie eine dunkle Wolke. Nein. Ich kann nicht mit Jason Schluss machen. Noch nicht. Niemals. Eine Zukunft ohne Jason ist unerträglich. Dunkel und kalt. Mir bricht es das Herz. Ich brauche ihn. Egal, welchen Teil von ihm. Ich nehme, was ich kriegen kann.

Scham überfällt mich. Was für ein Mensch bin ich denn geworden? Ich weiß, dass mein Liebhaber Gefühle für eine andere Frau hat, und mache nicht Schluss mit ihm?

Ich weiß jetzt, dass es vollkommen bedeutungslos war, Jason zu bitten, wieder in sein Haus zu ziehen. Er muss mich ja nur ansehen und schon bin ich willens, mein Höschen fallen zu lassen. Trotzdem fühle ich mich stark und unter Kontrolle. Ich warte nicht darauf, dass er mich verlässt und in sein Haus zurückgeht. Wenigstens das habe ich erreicht.

Ich gehe ins Kinderzimmer und sehe nach Liam. Er schläft friedlich und ein leises Schnarchen dringt aus seinem Bettchen. Ich mache die Tür zu und gehe wieder ins Wohnzimmer, gerade als ich Jasons Wagen in der Einfahrt höre. Als ich den Tisch decke, kommt er herein, wirft mir ein Lächeln zu und stellt die Tüten mit Essen ab.

Dann zieht er einen Stuhl für mich heran. Ich bin angespannt und habe feuchte Hände. „Danke für das Essen“, sage ich in einem verzweifelten Versuch, die Stille zu durchbrechen.

„Gern geschehen“, erwidert Jason und verteilt das Essen auf den Tellern.

Spannung liegt in der Luft. Ich esse mechanisch, ohne wirklich etwas zu schmecken. Es ist, als hätte sich die Freundschaft, die wir in den letzten Monaten kultiviert haben, verflüchtigt. Wir sind wie zwei Fremde.

„Hat Liam gut zu Abend gegessen?“, fragt Jason zwischen zwei Bissen.

Erleichterung durchflutet mich. Liam ist ein sicheres Thema. „Ja, er hat alles verputzt. Übrigens ist mir aufgefallen, dass er unten ein Zähnchen bekommt.“

Jasons Augen blitzen. „Ach wirklich? Das schaue ich mir morgen mal an.“

Mir sinkt das Herz bei dem Gedanken, dass er damit meint, vor der Arbeit kurz vorbeizukommen. Reue will sich in mir breitmachen. Ich hätte nicht so überhastet handeln sollen. Nichts würde ich heute Nacht lieber tun, als in seinen Armen zu schlafen. Um alles zu vergessen und nur zu genießen, um festgehalten und geliebt zu werden.

Unser Gespräch verläuft jetzt etwas lockerer und wir sind beinahe wieder wir selbst. Nach dem Essen räumen wir ab und waschen zusammen das Geschirr in der Spüle ab. Als wir fertig sind, trocknet sich Jason die Hände an einem Handtuch ab, aber anstatt es mir zu reichen, greift er nach meinen Händen.

Dann trocknet er mich ab und seine Augen sind die ganze Zeit fest auf meine gerichtet. Die Atmosphäre zwischen uns ist elektrisch aufgeladen und mir klopft das Herz wie wild in der Brust. Sein Blick fällt auf meinen Mund und ich öffne unbewusst die Lippen. Ich glaube, dass er mich gleich küssen wird.

„Ich sehe dich dann morgen", sagt er schließlich und ich nicke nur stumm. Sprechen kann ich nicht. Enttäuschung durchflutet mich, aber ich versuche, sie mit einem Schulterzucken abzutun.

Am liebsten möchte ich ihn bitten, hierzubleiben, aber das würde meine Schwäche zeigen. Und Schwäche führt zu einem gebrochenen Herzen. Das bin ich nicht mehr. Also folge ich ihm zur Eingangstür.

„Stell sicher, dass du richtig abschließt", meint er.

„Danke, das werde ich."

Ich bin daran gewöhnt, dass Jason all diese Dinge tut. Nachts die Türen verriegeln und alle sonstigen Aufgaben, die Männer so erledigen. Aber er ist nun mal nicht mein Mann und je eher ich lerne, diese Sachen selbst zu tun, desto besser.

Er geht und ich fühle mich, als hätte man mich etwas beraubt. Das ist natürlich lächerlich, da er sich ja nur auf der anderen Straßenseite befindet. Ich beschäftige mich, indem ich aufräume, Liams Essen für morgen aus dem Gefrierschrank nehme und in den Kühlschrank stelle, damit es über Nacht auftauen kann. Das Haus fühlt sich leer und zu still an. Ich seufze und gehe zu Bett, obwohl ich noch gar nicht müde bin.

Als ich versuche einzuschlafen, wirbeln Gedanken an Jason in meinem Kopf herum. Noch vor ein paar Tagen war alles perfekt zwischen uns. Bevor ich Jason beim Mittagessen mit dieser Frau gesehen habe. Eifersucht brennt in meinem Innersten. Ich sehe sie noch vor mir, wie sie die Augen nicht voneinander abwenden konnten. Es sticht mir wie ein Messer ins Herz.

Ich zwinge die Bilder aus meinem Kopf, denn sonst werde ich niemals zur Ruhe kommen.

***

Mir tun die Augen weh vom Schlafmangel. Ich quäle mich aus dem Bett und stolpere ins Bad, um mir das Gesicht zu waschen. Danach ziehe ich mich an und gehe über den Flur in Liams Zimmer. Ich bleibe wie erstarrt stehen, als ich ihn hellwach und in seinem Bettchen stehend vorfinde.

„Hey, mein Süßer, warum hast du denn nicht nach deiner Tante gerufen?“, frage ich und eile zu ihm hin.

Er grinst mich an und streckt die Arme aus. Doch anstatt ihn herauszuheben, knie ich mich hin und verstecke mein Gesicht hinter den Gitterstäben. Kuck-Kuck ist Liams Lieblingsspiel und innerhalb von Sekunden ist er vor lauter Kichern hilflos und ruft meinen Namen aus. Wir spielen für fünf Minuten und dann hebe ich ihn heraus, um seine Windel zu wechseln.

„Du wirst mit jedem Tag größer“, sage ich zu ihm.

Wie zur Erwiderung kickt er mit seinen stämmigen Beinchen. Als Liam angezogen ist, setze ich ihn mir auf die Hüfte und wir gehen ins Wohnzimmer. Gerade als wir an der Eingangstür vorbeigehen, klopft es.

Ich drehe den Schlüssel im Schloss um und reiße die Tür auf. Mein ganzer Körper ist vor Erwartung angespannt. Ein Gefühl der Schwerelosigkeit überkommt mich und ich grinse wie eine Idiotin. Jason ebenfalls, als er von mir zu Liam schaut. Wie kann das denn nicht echt sein? Er tritt ein, küsst Liam auf die Stirn und tut das Gleiche auch bei mir.

„Hattest du eine gute Nacht?“, fragt er Liam gurrend und nimmt ihn mir ab.

„Das hatten wir“, erwidere ich und gehe voraus in die Küche. Jason setzt sich mit Liam an den Tisch und ich bereite ein Fläschchen vor, das ich ihm reiche. Ich bin so unglaublich glücklich darüber, Jason im Haus zu haben. Nicht gerade die ideale Reaktion für jemanden, der versucht, sein Herz zu beschützen, aber das ist mir egal.

Ich mache Kaffee, schenke Jason eine Tasse ein und setze mich zu ihm an den Tisch.

„Irgendwelche Pläne für den Tag?", fragt Jason.

„Ja, wir wollen einen Spaziergang machen und vielleicht am Nachmittag die Oma besuchen." Mit Ellies Mutter beginnt sich eine Freundschaft anzubahnen. Ich genieße ihre Gesellschaft und weiß, dass sie liebend gern so viel Zeit wie möglich mit Liam verbringt.

„Klingt nach einem guten Plan", sagt Jason. Er hat Liam fertiggefüttert und stellt ihn sich jetzt auf seinen Schoß. Dabei macht er alberne Gesichter und Liam lacht. Jason ist eine großartige Vaterfigur. Ich mag einfach alles an ihm, außer dass er sämtliche Frauen dieser Welt liebt und Bindungen hasst.

Ein schrilles Geräusch dringt durch Liams Lachen. Jason zieht sein Handy heraus, schielt auf das Display und runzelt die Stirn.

„Hallo Marian", sagt er mit einem Lächeln, das seine Züge weicher macht.

Kälte steigt in mir auf. Das ist also ihr Name. Jasons Reaktion ist die eines Mannes, der ganz offenbar bezaubert ist. Ich bekomme zwar das Gespräch nicht mit, kann aber an Jasons Reaktion erkennen, dass er sich unwohl fühlt. Wahrscheinlich, weil er nicht ungestört ist.

„Das hätte ich tun sollen. Ich weiß und es tut mir leid", sagt Jason und hört dann aufmerksam zu.

Er schüttelt den Kopf. Und dann, als würde er sich plötzlich erinnern, dass ich auch noch da bin, bedeckt er sein Handy mit einer Hand und entschuldigt sich. Ich nehme Liam, während ich gegen die Tränen ankämpfe. Wir führen keine Beziehung und es gibt keinen Grund, von Jasons Interesse an einer anderen Frau verletzt zu sein.

Ich wische Liam ab und bringe ihn zu seinem Laufgitter. Jason erscheint wieder und die Atmosphäre zwischen uns ist kühl. Er steckt seine Hände tief in seine Hosentaschen.

„Ich geh dann mal", sagt er. „Wir sehen uns morgen."

Er gibt Liam einen Kuss und winkt mir ungelenk zu. Als er verschwunden ist, habe ich das Gefühl, einen wichtigen Teil von mir verloren zu haben. Aber das ist dumm. Denn wie kann man etwas verlieren, das einem nie gehört hat?

Kapitel 33

Jason

„Ich verstehe nicht. Wieso denkst du jetzt, dass sie dich nicht liebt?"

Ich weiß nicht, wie ich es Marian erklären soll. In der Hoffnung auf Inspiration lasse ich meine Blicke durch das Café schweifen, dass neben der Feuerwache liegt. Ich kann Marian nicht erzählen, dass Brooke und ich schon die ganze Zeit über Sex hatten und danach gekuschelt haben. Ich kann ihr nicht erklären, dass es da auf einmal eine Kälte gab, für die es keine andere Begründung gibt, als dass sie diese Art von Nähe einfach nicht will.

Ich wende mich wieder Marian zu und zucke die Achseln. „Es sind viele Dinge. Außerdem bin ich noch nicht bereit für eine Ehe. Was weiß ich denn schon über Langzeitbeziehungen oder darüber, mit jemandem zusammenzuleben?"

Viel – sagt die Stimme in meinem Kopf. Ich denke eine Weile darüber nach und mir wird klar, dass ich vielleicht ja doch etwas darüber weiß. Marvin und Ellie zu verlieren, hat mich verändert, aber auch das Zusammenleben mit Brooke. Ich bin nicht mehr derselbe Mensch wie vorher. Auf einmal habe ich Bedürfnisse, die ich früher nie hatte.

Ich will eine Familie. Menschen, zu denen ich jeden Abend nach Hause kommen kann. Eine Frau, neben der ich jeden Morgen aufwachen kann. Ich hätte mir gewünscht, dass Brooke diese Frau ist, aber das wird nicht passieren. Das macht mich traurig, aber ich weiß auch, dass ich jemanden finden werde. Wenn ich mein Leben anschaue, wie es vor Brooke war, kommt es mir leer, traurig und bedeutungslos vor.

Brooke hat mir beigebracht, wie wundervoll es zwischen zwei Menschen sein kann. Nichts ist wichtiger als Freundschaft und ich weiß jetzt, wonach ich bei einer Frau suchen muss. Ich möchte jemanden, mit dem ich befreundet sein kann. Jemanden, mit dem ich über alberne Sachen lachen kann. Jemanden, mit dem ich zum Strand gehen und alles dort mit anderen Augen sehen kann. Jemanden, dessen Gesellschaft ich genieße. Und natürlich jemanden, bei dem die Chemie stimmt.

Bei diesem Gedanken steigen Zweifel in mir auf. Noch nie bin ich so verrückt nach einer Frau gewesen wie nach Brooke. Egal, wie oft ich mit ihr schlafe. Ob ich das noch einmal finden werde?

„Ich weiß, was du meinst", sagt Marian niedergeschlagen. Ihre Stimme lässt mich aufhorchen.

„Hey, Kopf hoch", sage ich zu ihr. „So schlimm kann es doch nicht sein."

Sie lächelt. „Ist es auch nicht, aber man kann sich in LA ein bisschen einsam fühlen, wenn man Single ist. Überall sieht man Pärchen oder kommt mir das nur so vor?"

Ich muss lachen, denn ich verstehe, worauf sie hinauswill. „Die Menschen hier drücken ihre Gefühle sehr öffentlich aus, da stimme ich dir zu. Dadurch kann man sich manchmal allein fühlen."

Mir kommt eine Idee. Lucas, einer meiner Kollegen, gibt eine Geburtstagsparty für seinen einjährigen Sohn und Liam, Brooke und ich sind eingeladen. Es würde Marian guttun, mitzukommen. Vielleicht lernt sie dort ja jemanden kennen und außerdem ist es schön, ab und an mal rauszukommen.

Ich erzähle ihr davon. „Mir ist klar, dass ein Kindergeburtstag an einem Samstag nicht gerade die erste Wahl für einen Single ist."

Sie legt den Kopf zur Seite. „Eigentlich würde ich gern mitkommen. Aber denkst du nicht, dass es den Leuten seltsam erscheinen wird? Ich meine, dort wird doch wahrscheinlich jeder ein Kind haben."

Ich schüttle den Kopf. „Es ist nur eine Entschuldigung, um eine Party steigen zu lassen. Jeder von der Feuerwache ist eingeladen, ob sie nun ein Kind haben oder nicht."

Marian reibt sich vergnügt die Hände. „Wenn das so ist, sage ich nicht nein. Ich bin zwar nicht auf der Suche, aber es kann ja nicht schaden, meine Augen an all diesen Feuerwehrmännern zu weiden."

Ich lache über ihren Enthusiasmus.

„Außerdem will ich die Frau kennenlernen, die den großartigen Jason umgehauen hat."

Ich kneife die Augen zusammen. „So würde ich es nicht ausdrücken."

Sie kichert. „Jason, du wolltest ihr einen Antrag machen."

Langsam werde ich gereizt. „Ja, und ich habe dir auch schon gesagt, dass das ein Fehler war. Sie hat keine Gefühle für mich und was ich für sie empfinde, ist nicht wirklich Liebe. Es ist nur von kurzer Dauer."

„Nun beruhige dich mal wieder", sagt sie.

Als wir essen, meldet sich mein Beeper. Ich springe auf und entschuldige mich bei Marian. Sie winkt nur ab und bedeutet mir, endlich abzuhauen. Auf der Wache ziehe ich zusammen mit den anderen meine Uniform an. Im Stadtzentrum ist ein Feuer ausgebrochen und schon bald sind wir mit plärrenden Sirenen dorthin unterwegs.

Es gefällt mir, wenn es viel zu tun gibt. Meine Arbeit ist die einzige Sache, die mir dabei hilft, mich mehr auf mein eigenes Leben und meine Ziele zu konzentrieren.

***

Ich liebe meine Arbeit, weil sie mich befriedigt, aber im Moment auch deshalb, weil sie mir keinerlei Raum für irgendetwas anderes lässt. Sämtliche Probleme des täglichen Lebens, die mir sonst durch den Kopf gehen, werden einfach beiseitegeschoben. Der Gedanke an Brooke quält mich nur, wenn ich nicht bei der Arbeit bin oder wenn ich nach einer Schicht nach Hause gehe.

Es war eine hektische Nacht und ich bin froh, dass es vorbei ist. Ich verabschiede mich von den Männern und gehe zu meinem Auto. Die Zeit ist heute Morgen knapp, denn ich muss Brooke ablösen, damit sie zur Arbeit gehen kann. Ich fahre schnell und ein paar Minuten später biege ich in ihre Einfahrt ein.

„Bin ich zu spät?", rufe ich laut, als ich ins Haus stürze.

Brookes Lachen schallt durch den Flur, bevor sie mit Liam auf dem Arm erscheint. „Gar nicht. Ich habe noch ein paar Minuten Zeit. Komm ruhig rein auf einen Kaffee."

Im Gegensatz zu meinem eigenen Haus fühlt sich dieses hier wie ein Zuhause an. Ich nehme Liam und wir folgen Brooke in die Küche. Brooke trägt einen enganliegenden schwarzen Rock und meine Augen heften sich auf dessen Saum, unter dem ihre Schenkel hervorschauen. Mir stockt der Atem.

„Wie war die Arbeit?“, fragt Brooke und ich gebe ihr einen kurzen Überblick über meine Nacht und den gestrigen Tag.

„Manchmal mache ich mir Gedanken um deine Sicherheit“, sagt sie, mir den Rücken zugewandt, denn sie schenkt uns gerade Kaffee ein.

Mein Pulsschlag erhöht sich. Ihre Worte machen mich unglaublich glücklich. Aber ich denke jetzt nicht darüber nach. Dafür ist später noch Zeit. Im Moment genieße ich einfach nur die Tatsache, dass sie sich Sorgen um mich macht. Und wenn es nur aus Freundschaft geschieht. „Wir sind sehr vorsichtig.“

Ich schnalle Liam in seinem Hochstuhl fest und ziehe mir einen Stuhl heran. Er streckt seine rechte Hand aus und berührt voller Eifer mein Gesicht, als wäre es besonders wichtig, die Beschaffenheit meiner Haut zu erkunden. Dieser kleine Kerl bedeutet mir so viel. Mein Blick fällt auf Brooke, die mir Kaffee und Toast bringt. Sie geht erneut zur Anrichte und kehrt mit Liams Frühstück zurück.

Ich erinnere mich an die Geburtstagsparty, auf die wir am Samstag eingeladen sind. Ich freue mich darauf, denn ich gehe gern mit Brooke aus, sei es auf eine Party oder auf einen einfachen Spaziergang. „Keine Ahnung, ob du dich an Lucas erinnerst, er ist einer der Männer von der Wache. Wie dem auch sei, seine Frau und er geben eine Geburtstagsparty für ihren einjährigen Sohn.“

Brookes Augen leuchten auf und sie wendet sich Liam zu. „Hast du das gehört, mein Süßer? Deine erste Geburtstagsparty erwartet dich, mit Kindern in deinem Alter!“

Als würde er die Worte seiner Tante verstehen, klatscht Liam in die Hände und grinst.

Brooke dreht sich zu mir und runzelt die Stirn. „Wir müssen ein Geschenk besorgen.“

„Wir können ja morgen gehen, wenn wir beide zu Hause sind.“ Sobald ich die Worte ausgesprochen habe, würde ich sie am liebsten zurücknehmen. Ich falle schon wieder in die Rolle der Person, die ich war, bevor Brooke mir sagte, dass ich ausziehen soll. Die Rolle eines Liebhabers oder Freundes. Genau das, was Brooke ganz offenbar nicht will.

„Sicher, das klingt gut“, sagt Brooke enthusiastisch und ich bin erleichtert.

„Ich habe meine Freundin Marian eingeladen, mit uns zu kommen“, sage ich zu Brooke.

„Oh, ich kenne sie noch nicht, oder?“ Ihre Stimme klingt gepresst.

„Nein, noch nicht.“ Ich bin mir sicher, dass Brooke und Marian sich gut verstehen werden. Sie sind beide bodenständige und interessante Frauen.

„Hat sie auch ein Kind?“, fragt Brooke und nippt an ihrem Kaffee.

„Nein, sie kommt allein.“

In Marians Augen liegt immer ein Anflug von Traurigkeit, aber ich will nicht in ihren Privatangelegenheiten herumschnüffeln und ihr unangenehme Fragen stellen. Ich weiß nur, dass sie jemanden kennengelernt hatte, daraufhin LA ziemlich schnell verließ und ans andere Ende des Bundesstaates zog. Marvin, Ellie und ich haben den mysteriösen Fremden nie getroffen und nachdem sie weg war, ist der Kontakt abgebrochen. Was immer auch passiert ist, es war nichts Gutes. Sie muss aufgeheitert werden und ich als ihr Freund möchte sie unterstützen.

Gerade will ich Brooke etwas über Marian erzählen, entscheide mich dann aber dagegen. Es ist nicht so wichtig und außerdem wäre es auch Marian gegenüber unfair, Spekulationen über ihre Vergangenheit anzustellen.

„Ich muss los“, sagt Brooke und schiebt ihren Stuhl zurück. Sie trägt Liams leeren Teller zur Spüle.

Ich stehe auf. Sie geht zu Liam, küsst seine Stirn und sieht mich dann unsicher an. Wir wissen einfach nicht mehr, wer wir sind. Meine Hände sehnen sich danach, sie zu greifen und fest zu umarmen. Ich mache einen Schritt auf sie zu, aber etwas in ihren Augen stoppt mich abrupt. Meine Hände fallen herab.

„In Ordnung“, sage ich. „Einen tollen Tag dir und wir sehen uns heute Abend.“

Eine unbehagliche Situation.

Sie schaut mich nicht mehr an und eilt aus der Küche. Ich starre ihr verwirrt hinterher. Was ist hier gerade passiert? Ich bin normalerweise stolz darauf, wie gut ich Frauen verstehe, aber Brooke ist ein Rätsel für mich. Ich komme einfach nicht dahinter, was sie denkt.

Die Eingangstür knallt zu und ich drehe mich zu Liam um. „Hast du eine Ahnung, was ich falsch gemacht habe?“ Irgendwas muss ich ja gesagt oder getan haben, um Brooke gegen mich aufzubringen, aber ich komme einfach nicht darauf, was es sein könnte.

Liam grinst mich an.

„Ich nehme an, du hast es auch nicht mitbekommen. Es ist schon schwer, ein Mann zu sein, oder? Na gut, jetzt sind nur noch du und ich da, Kumpel. Wir machen dich erstmal sauber.“

Ich bin den Tag über damit beschäftigt, auf Liam aufzupassen, aber hier und da wandern meine Gedanken zu Brooke hin und ich frage mich, wie wohl ihr Tag verläuft.

„Dein Patenonkel steckt in der Klemme, Kumpel“, sage ich zu Liam, als ich ihn für sein Vormittagsnickerchen hinlege. „Ich drehe noch durch wegen deiner Tante.“

Liam sieht mich mit schläfrigen Augen an. Ich gebe ihm einen Kuss, lege ihn in sein Bettchen und sehe dabei zu, wie er einschläft. Sofort kommt Brooke mir wieder in den Sinn. So geht es mir im Moment ständig und egal, was ich tue, ich kann einfach nicht damit aufhören.

Ich mache mir über mich selber Sorgen. Es kann doch nicht sein, dass ich in sie verliebt bin, oder? Aber warum kann ich denn sonst nicht aufhören, über sie nachzudenken? Ist es, weil sie mich abgewiesen hat? Das bisschen Psychologie, das ich kenne, sagt mir, dass Menschen sich normalerweise auf etwas versteifen, dass sie nicht haben können. Vielleicht kann ich Brooke deshalb nicht aus meinen Gedanken vertreiben. Ich weiß nicht, was ich von der ganzen Sache halten soll. Es ist doch idiotisch, weiter an jemanden zu denken, der offenbar nichts für mich fühlt. Ich weiß noch gut, wie ich über die Leute gespottet habe, die angeblich an einem gebrochenen Herzen litten. Jetzt fühle ich mich schlecht deswegen, denn diese Herzensangelegenheiten liegen außerhalb unserer Kontrolle.

Da gibt es keinen Schalter, den man an- und ausmachen kann. Ich bin froh, dass Hausarbeit auf mich wartet. Ich greife nach dem Staubsauger und lege los. Wenn ich mich beschäftige, denke ich auch nicht darüber nach, was zwischen mir und Brooke hätte sein können.

Kapitel 34

Brooke

Als mein Tag ein bisschen ruhiger wird, nutze ich die Zeit, um meine Akten auf den neuesten Stand zu bringen. Ich konzentriere mich ganz und gar auf meinen Computerbildschirm, als sich mein Magen plötzlich hebt. Ich presse meine Hand darauf und springe auf. Als ich zur Toilette renne, spüre ich, wie mir das Frühstück hochkommt.

Zum Glück schaffe ich es rechtzeitig und übergebe mich erst in die Toilettenschüssel. Erleichterung durchflutet mich, als es endlich vorbei ist. Ich überlege, was ich wohl gegessen haben könnte, dass mein Magen derart heftig reagiert. Dann fällt mir ein, dass mir schon schlecht war, als ich aufgewacht bin, aber nur für kurze Zeit.

Es klopft an die Kabinentür.

„Brooke, ist alles in Ordnung?“ Es ist Amelia.

„Jetzt geht es mir wieder gut“, antworte ich und reiße die Tür auf. „Mir ist plötzlich ganz schlecht geworden, doch nachdem ich mich übergeben habe, fühle ich mich besser.“

Sie schaut mich prüfend an. „Bist du etwa schwanger?“

Mir klappt die Kinnlade herunter und ich beginne zu lachen. Doch dann dämmert mir etwas. Ich kann mich nicht erinnern, wann ich meine letzte Periode hatte. Ich habe meine Zyklen noch nie besonders sorgfältig verfolgt, aber jetzt kann ich mich wirklich nicht erinnern. Alles, was ich weiß, ist, dass es eine ganze Weile her ist. Und dass ich die Pille genommen habe.

Ich schließe die Augen und stöhne. Dann schüttele ich den Kopf. Nein. Es kann nicht sein. Ich bin nicht schwanger.

„Nein. Ich glaube nicht, dass es das ist.“

Ich gehe zum Waschbecken und spritze mir kaltes Wasser ins Gesicht.

„Es wäre nicht das Schlechteste, ganz sicher zu gehen. Soll ich nach nebenan in die Apotheke laufen und dir einen Schwangerschaftstest besorgen?", fragt Amelia, während sie mir den Rücken reibt. „Du siehst nicht besonders gut aus."

„Ich bin auch nicht auf dem Damm", gebe ich zu. „Dann mach es. Danke."

Amelia geht los und nachdem ich mir das Gesicht und die Hände getrocknet habe, begebe ich mich zurück in mein Büro. Es scheint, als würde mein nächster Termin nicht erscheinen, und ich bin froh darüber. Ich setze mich hin und starre an die Wand, ohne wirklich etwas zu sehen. Meine Finger zittern leicht. Tief im Inneren weiß ich, dass ich nicht schwanger sein kann.

Das würde mein Leben ruinieren. Schwangerschaften sind für glückliche Pärchen, die sich lieben. Für Menschen, die darüber gesprochen und sich entschieden haben, ein Kind zusammen zu bekommen. Um ehrlich zu sein, habe ich noch nie viel darüber nachgedacht, eine eigene Familie zu gründen. Zumindest nicht, bevor ich nach LA gekommen bin. Jetzt besteht die Chance, dass ich Mutter werde, und dies ohne einen Partner an meiner Seite.

Ein leises Klopfen an der Tür unterbricht meine Überlegungen. Amelia kommt herein. „Hier", meint sie und reicht mir ein Päckchen in einer kleinen weißen Tüte.

Ich nehme es ihr so vorsichtig aus der Hand, als würde es sich um eine Bombe handeln. Amelia kichert. „Es wird dich schon nicht beißen. Und außerdem, selbst wenn du schwanger bist, steht dir doch dein heißer Feuerwehrfreund zur Seite."

Ich stoße einen Laut aus, der ein Gemisch aus Lachen und Weinen ist. „Ganz so ist es auch nicht", erwidere ich krächzend.

„Wie meinst du das?", fragt Amelia und lehnt sich, auf eine Erklärung wartend, an meinen Schreibtisch.

Normalerweise bin ich eher reserviert und behalte meine Gefühle lieber für mich. Aber im Moment bin ich verletzlich und brauche jemanden zum Reden. Außerdem haben Amelia und ich begonnen, eine solide Freundschaft aufzubauen. Ich fühle mich bei ihr gut aufgehoben.

„Jason und ich haben keine Beziehung", gestehe ich und erzähle ihr schließlich alles.

Während ich rede, beobachte ich ihr Gesicht. Alles, was recht ist, sie scheint von meiner Geschichte über Lust und fehlende Bindungen nicht besonders schockiert zu sein. „Ich bin eine Schlampe, oder?“, frage ich sie abschließend.

„Wenn dich das zur Schlampe macht, dann sind die meisten von uns ebenfalls welche. Ich hatte auch mal sowas am Laufen. Es ging zwei Jahre lang. Und es waren die besten zwei Jahre meines Lebens.“ Ihre Stimme ist wehmütig.

Ich lehne mich in meinem Stuhl nach vorn. „Was ist denn passiert?“ Ich möchte gern, dass sich für sie alles zum Guten gewendet hat, aber weiß auch, dass das nicht der Fall sein kann. Amelia hat keinen Freund oder Ehemann. Seltsam, wenn man bedenkt, wie hübsch sie ist.

Amelia verzieht das Gesicht. „Seine Ex-Freundin tauchte wieder auf der Bildfläche auf. Eine von uns beiden musste gehen. Und das war ich, denn sie konnten auf eine gemeinsame Vergangenheit zurückblicken.“

Mein Herz zieht sich zusammen. „Ich weiß, was du meinst“, sage ich und denke an Jasons neue Dame. Die, die er zu dem Kindergeburtstag eingeladen hat. Es gibt nur einen Grund, warum er das getan und sie zugestimmt hat. Zwischen ihnen läuft etwas. „Das könnte mir auch passieren.“

Ich seufze tief auf.

„Jetzt schau uns doch bloß mal an!“, sagt Amelia plötzlich und strafft die Schultern. „Wir sitzen hier wie das heulende Elend und dabei ist es vielleicht nur ein Bazillus. Mach den Test und ich warte hier auf dich.“

Ich bin dankbar dafür, ungestört zu sein. Falls ich wirklich schwanger bin, möchte ich nur ungern, dass jemand meinen Horror mitbekommt.

In der Toilette mache ich, den Anweisungen zufolge, Pipi auf den Teststreifen. Während ich mir die Hände wasche und darauf lauere, dass die benötigte Wartezeit abläuft, versuche ich, nicht darauf zu schielen. Schweiß bildet sich in meinen Achselhöhlen. Das hier ist schlimmer als mein Abschlussexamen als Tierärztin.

Als ich endlich den Mut aufbringe, mir das Ergebnis anzuschauen, werden mir die Knie schwach und ich muss mich an der Wand abstützen.

Meine Augenlider flattern, als ich auf das kleine gläserne Fenster starre. Das kann nicht sein. Meine Sehkraft scheint eingeschränkt zu sein. Denn warum wohl würde ich sonst zwei rosa Linien sehen, wo doch nur eine sein sollte?

Als der Schock sich langsam legt, beginne ich zu akzeptieren, was ich sehe. Es hat keinen Zweck, den Kopf in den Sand zu stecken. Ich bin schwanger. Es gibt keinen Zweifel. Alles, was ich in den letzten Wochen gefühlt habe, ergibt jetzt einen Sinn. Die unerklärbare Erschöpfung, die Übelkeit und meine Stimmungsschwankungen.

Ich lege eine Hand auf meinen immer noch flachen Bauch. Ich trage ein Kind in mir. Erstaunen überkommt mich. Ein echtes menschliches Wesen wächst in mir heran. Doch lange hält meine Verwunderung darüber nicht an. Jason ist unserer Affäre bereits müde und hat eine andere.

Wie soll ich mit zwei Kindern klarkommen? Panik überfällt mich und ich habe das Gefühl, als würden die Toilettenwände immer näher rücken. Also stoße ich die Türe auf und stolpere heraus. Noch einmal werfe ich einen Blick auf das Ergebnis, hoffend und betend, dass ich mich vielleicht getäuscht habe. Nein. Nichts zu machen. Zwei klare rosa Linien.

Ich werfe den Test in den Abfalleimer und gehe zurück ins Büro.

„Ich war schon drauf und dran, hinter dir herzukommen", sagt Amelia, als ich eintrete.

Sie wirft einen Blick auf mein Gesicht und weiß Bescheid. Sie kommt zu mir und schließt mich in die Arme. „Es ist okay. Alles wird gut."

Jetzt kommen die Tränen. Ich klammere mich an sie und weine, als würde mein Herz in Tausend Teile zerspringen. So fühlt es sich auch an. So viele Emotionen überkommen mich auf einmal. Bedauern darüber, ein Kind in die Welt zu setzen, ohne in einer festen Beziehung zu sein. Schmerz und Eifersucht, weil eine andere Frau Jason bekommt. Angst, dass ich es nicht allein schaffen werde.

Als ich mich endlich wieder unter Kontrolle habe, lässt sie mich los. „Tut mir leid, dass ich mich so gehenlassen habe."

„Das ist doch vollkommen verständlich. Und nur, dass du Bescheid weißt, ich finde, dass du dich fantastisch hältst. Ich hätte das nicht gekonnt. Wahrscheinlich wäre ich schreiend aus der Toilette gestürzt und hätte wie wild mit dem Teststreifen in der Luft herumgefuchtelt."

Ich muss bei ihren Worten kichern. „Danke, Amelia“, sage ich leise.

„Gern geschehen“, erwidert sie und klopft mir beruhigend auf den Rücken.

„Irgendwie fühle ich mich nicht anders als sonst auch“, sage ich zu ihr. Das ist seltsam, denn meine ganze Welt ist auf den Kopf gestellt worden. In ein paar Monaten werde ich Mutter sein. Ich muss einen Termin beim Frauenarzt vereinbaren. Plötzlich wird mir bewusst, wieviel da auf mich zukommt. Ich muss mir eine Liste machen. Listen helfen mir dabei, mich vorbereitet und weniger panisch zu fühlen.

„Wann wirst du es ihm sagen?“

Amelias Frage dringt durch meine aufsteigende Besorgnis.

„Wem?“

Sie legt den Kopf zur Seite und sieht mich an, als hätte ich den Verstand verloren. „Dem Vater des Kindes natürlich. Du hast dieses Baby doch nicht alleine gemacht.“

Ich hebe abwehrend die Hand. „Moment mal. Ich habe mich ja noch nicht mal selbst an den Gedanken gewöhnt.“

Sie kneift die Augen zusammen. „Du denkst ernsthaft darüber nach, es ihm gar nicht zu sagen, stimmst?“

Ich zucke die Achseln und senke den Blick. „Es ist kompliziert.“

„Hör zu, ich lasse dich gleich in Ruhe, aber du musst es ihm sagen. Das ist nichts, was man geheim hält. Es ist nicht fair. Euch beiden gegenüber nicht.“

Ich bin froh, als Amelia geht. Mir ist klar, dass es Sinn ergibt, was sie sagt, aber ich will jetzt noch nicht über Jason nachdenken. Ich greife nach einem Schreibblock und Stift und mache mir ein paar schnelle Notizen.

Nach einem guten Frauenarzt suchen

Einen Termin vereinbaren

Gesundes Essen besorgen

Zum Glück wird mir mitgeteilt, dass mein nächster Termin eingetroffen ist, also schiebe ich jeden Gedanken an das Baby erst einmal beiseite. Dann arbeite ich den ganzen Tag lang und mache nur eine kurze

Mittagspause. Amelia bringt mir ein Sandwich, das ich hinunterwürgen muss, denn ich verspüre keinerlei Appetit.

Ich freue mich jeden Abend darauf, nach Hause zu kommen, aber heute mache ich erst noch einen Abzweig zu einem Lebensmittelladen, um Obst und Gemüse einzukaufen. Ich rede mir ein, dass es wegen des Babys ist, weiß aber tief in mir drin, dass ich nur das Unausweichliche hinauszögern möchte. Denn ich habe Angst, dass ich Jason nur anschauen muss, um mit der Wahrheit herauszuplatzen.

Ich erwarte ein Kind von dir.

So aufgebracht ich wegen seiner neuen Freundin auch war, jetzt tut sie mir leid. Ich hasse es, diejenige zu sein, die ihnen ihre Affäre verdirbt, denn ich weiß ja selber, wie berauschend gerade die erste Zeit ist. Wenn ich Jason sage, dass ich schwanger bin, wird das wirken wie ein Guss kalten Wassers und ich fühle mich schlecht deshalb.

Seltsam, aber wahr. Ich lasse mir Zeit, um die perfekten Orangen herauszusuchen, und gehe dann in die Gemüseabteilung. Es dauert eine gute Stunde, bis ich meine Einkäufe erledigt habe, und als ich fertig bin, rufe ich mir ein Taxi für die Heimfahrt. Ich finde Jason und Liam im Schaukelstuhl auf der Veranda. Jason setzt Liam in seine Schaukel und hilft mir dann, die Einkaufstüten hereinzutragen.

Ich bewundere seine Muskeln, als er vor mir hergeht. Das ist der Vater meines Babys. Ich komme nicht umhin, mir vorzustellen, wie unser Baby wohl aussehen wird. Ein kleiner Junge, der ein Ebenbild seines Vaters ist? Ich schüttle den Kopf. Das ist doch verrückt. Ich denke schon über das Geschlecht des Kindes nach und der Vater weiß noch nicht mal etwas von dessen Existenz.

Ich gehe zu Liam, hebe ihn hoch und knuddle ihn. „Du bist so unkompliziert, mein Süßer."

„Ich wette, er würde das Gleiche über dich sagen."

Ich habe nicht gehört, dass Jason wieder auf die Veranda gekommen ist, und werde vor Verlegenheit rot.

„Wir haben Abendessen gemacht, stimmt's Kumpel?", meint Jason.

Er lehnt sich vor, um Liams Wange zu berühren, und schaut ihn mit grenzenloser Zuneigung an. Jason würde einen großartigen Vater abgeben, wenn ich ihm die Chance dazu gäbe. Tränen steigen mir in die Augen und ich gehe ihnen voraus ins Haus.

Den ganzen Abend lang beobachte ich Jason und bin immer mehr davon überzeugt, dass er wissen sollte, dass wir ein Kind gezeugt haben. Doch irgendetwas hält mich davon ab, es ihm zu sagen. Vielleicht ist es die Angst vor einer Ablehnung. Es ist leicht, Liam zu lieben, denn immerhin ist er Jasons Patenkind.

Sein eigenes Kind zu haben, ist aber etwas ganz anderes. Was es anders macht, ist die Tatsache, dass er bei der Zeugung keinerlei Mitspracherecht hatte. *Aber das hattest du doch auch nicht!*, ruft mir die Stimme in meinem Kopf zu.

Ich fühle eine Migräne nahen. Keine Ahnung, wie ich das alles überstehen soll. Es ist leichter, wenn ich bei der Arbeit bin. Zu Hause mit Jason und Liam erscheint mir jedes Problem noch größer. Ich wünschte, wir würden morgen nicht zusammen einkaufen gehen. Ich ertrage es nicht, in Jasons Nähe zu sein. Es ist zu schmerzhaft.

Kapitel 35

Jason

Ich bin aufgeregt, als Brooke, Liam und ich in die Stadt fahren, um ein Geschenk für die Geburtstagsparty morgen zu kaufen. Der Himmel ist leuchtend blau und die Sonne hüllt alles mit ihren goldenen Strahlen ein. Es ist so ein Tag, an dem man froh ist, am Leben zu sein.

Ich werfe Brooke einen Blick zu. Ihre Augen sind geschlossen, aber ich weiß, dass sie nicht eingedöst ist. Vielleicht genießt sie einfach nur die Sonnenstrahlen auf ihrem Gesicht. Hinten auf dem Rücksitz gibt Liam glückliche Gluckser von sich. Er mag es, Auto zu fahren. Ich summe vor mich hin und betrachte die Menschen, die es offenbar genießen, draußen zu sein.

Als wir das Stadtzentrum erreichen, setzt Brooke sich auf.

„Kannst du einen Spielzeugladen sehen?“, frage ich sie.

Sie drückt ihre Nase ans Fenster. „Ja, die Straße weiter runter.“

Ich folge ihrem Fingerzeig und sehe den Laden. Direkt davor finden wir einen freien Parkplatz und ich lasse mich in die Lücke rollen. Als wir ein paar Minuten später den Laden betreten, empfängt uns ein Überschwang von Farben. Ich trage Liam und er beginnt, in meinen Armen zu zappeln.

Es gibt einen Spielbereich für Kinder mit einem dicken Teppich und Spielzeug. Liam und ich gehen direkt darauf zu, während Brooke zwischen den Regalen verschwindet. Zwei Kinder spielen bereits auf dem Boden und Liam starrt sie eine Weile fasziniert an, bevor er nach einem riesigen Teddybären greift.

Ich lächle den Müttern kurz zu und dann konzentrieren wir uns wieder auf unsere Kinder. Als es Liam langweilig wird, hebe ich ihn hoch und wir begeben uns auf die Suche nach Brooke. Wir finden sie in dem Gang, der voller Spielzeug für jüngere Kinder ist. Sie scheint voll konzentriert zu sein und als mein Blick auf sie fällt, hole ich tief Luft.

Meine Augen wandern über ihren Körper und bleiben an ihren Beinen hängen, die in einer gutsitzenden, abgeschnittenen Jeans stecken. Wärme steigt in mir auf, als ich sie ansehe. Brooke verwandelt sich langsam in ein richtiges Mädchen aus LA. Wir leben in Shorts, T-Shirts und Sandalen.

Sie bemerkt meinen Blick und wendet den Kopf. Als sie mich anlächelt, stockt mir der Atem. Sie ist wunderschön.

„Was hältst du davon?“, fragt sie und hält ein buntes Xylophon hoch.

Ich komme näher und nicke. „Das gefällt mir. Können wir auch eins für Liam kaufen?“

Sie grinst. „Das habe ich auch schon gedacht. Zwei Dumme, ein Gedanke, was?“

Eine Haarsträhne fällt ihr ins Gesicht und ich strecke meine Hand aus und streiche sie zurück. Unsere Blicke versinken ineinander. Wieder fällt mir auf, wie grün ihre Augen sind. Es knistert zwischen uns und ich spüre das Verlangen, sie zu küssen. Als ich mich zu ihr herunterbeuge, wendet Brooke sich ab und greift nach einem weiteren Xylophon. Mein Stolz ist verletzt und ich trete einen Schritt zurück. Dann greife ich nach einem Tintenfisch aus Plüsch und kitzle Liam damit, worauf er in Kichern ausbricht. Wir spielen noch ein bisschen und folgen dann Brooke zur Kasse.

„Ich bezahle das“, sage ich zu ihr und ziehe meine Brieftasche heraus, bevor sie protestieren kann.

Es ist ein wunderschöner Tag, wie dafür gemacht, an der frischen Luft zu sein. „Hättest du Lust, zum Ententeich zu gehen? Ich möchte wetten, dass Liam Spaß daran hätte, die Enten zu füttern.“

Brooke zuckt die Achseln, als wäre ihr alles recht. Ich rede mir ein, dass ich das für Liam tue, aber die Wahrheit ist, dass mich mein leeres Haus nicht gerade lockt. Dort macht es alleine keinen Spaß.

Ich helfe Brooke und Liam ins Auto und gehe dann schnell in ein Geschäft neben dem Spielzeugladen. Dort kaufe ich etwas zu trinken für uns und Brot, um die Enten zu füttern.

Der Ententeich liegt weniger als fünfzehn Minuten entfernt und in Nullkommanichts haben wir das Auto geparkt und sind ausgestiegen. Brooke hat Liam etwas Milch gegeben, damit er die nächste Stunde übersteht. Orangenhaine säumen beide Seiten des Wanderweges und die

Bäume sind mit fetten gelben Orangen übersät. Der weitflächige Teich kommt ins Blickfeld. Enten, Gänse und Schildkröten tummeln sich darin.

Brooke schnappt nach Luft. „Es ist wunderschön. Das habe ich nicht erwartet."

So geht es vielen Leuten. Beschaulichkeit inmitten einer geschäftigen, wenn auch gelassenen Stadt. Wir gehen bis an den Rand des Teiches und Liam versucht, ins Wasser zu greifen. Wir müssen lachen.

Eine entspannte Stunde vergeht, in der wir die Enten füttern und die Schildkröten beobachten. Wir sitzen da und trinken etwas, während Liam im Gras spielt. Ich hatte geplant, Brooke etwas zu sagen, aber hier zu sitzen und die leichte Brise zu spüren, lenkt mich ab. Die Luft ist voll mit dem durchdringenden süßen Geruch reifer Orangen.

Wir erzählen uns Geschichten über unsere Arbeit, bis es Zeit ist zu gehen. Als wir unsere Sachen zusammensuchen, erinnere ich mich wieder daran, was mich beschäftigt hat, und ich sehe Brooke an.

„Übrigens hat der Anwalt gestern angerufen. Das Datum für die Verhandlung ist in zwei Wochen. Er möchte, dass wir noch einmal über eine außergerichtliche Einigung nachdenken." Ich weiß, was Brooke dazu sagen wird, und ich stimme ihr zu. Aber fragen muss ich sie trotzdem.

„Tue, was du für richtig hältst", sagt sie über ihre Schulter hinweg, während sie Liam in seinem Buggy festschnallt.

Mein Herz scheint vor Glück beinahe zu platzen. Trotz allem, was geschehen ist, vertraut Brooke mir noch, die richtige Entscheidung für Liam und für uns alle zu treffen.

Als es Zeit ist, zu gehen, sieht Brooke entspannter aus und das macht mich glücklich.

Wieder zu Hause helfe ich dabei, Liam ins Haus zu tragen, bleibe noch eine Weile da und verabschiede mich dann. Schließlich will ich ihre Gastfreundschaft nicht überbeanspruchen und Brooke dazu zwingen, auf ihre Grenzen zu pochen.

***

Die Geburtstagsparty findet am Mittag statt. Seit zehn Uhr morgens bin ich schon bereit. Allerdings bin ich in meinem Haus geblieben, um Brooke nicht auf den Nerv zu gehen. Im Morgengrauen gingen ihre Lichter an und daher wusste ich, dass es ihnen gut geht. Ich setze mich hin, um ein Handbuch zur Feuerbekämpfung zu lesen, kann mich aber nicht konzentrieren.

Die Zeit vergeht nur langsam und als es endlich elf ist, nehme ich meine Autoschlüssel und verlasse das Haus. Mit feuchten Händen klopfe ich an ihre Haustür. Ich sehe Brooke beinahe jeden Tag, warum also bin ich so nervös? Die Tür fliegt auf und ein süßer Duft umfängt mich. Brooke sieht hinreißend aus in ihrem gepunkteten Kleid, dass ihre Figur und ihre Beine perfekt zur Schau stellt.

„Du siehst wunderschön aus", sage ich zu ihr und Röte steigt ihr in die Wangen.

„Danke. Komm doch rein. Wir sind gleich fertig."

Liam strahlt, als er mich sieht, und ich hole ihn aus seinem Laufstall. „Wie war deine Nacht, Kumpel?", frage ich und küsse seine Wange.

Er riecht nach seinem süßen Babyduft und Sauberkeit. „Bist du bereit, die Party steigen zu lassen?", frage ich, gerade als Brooke vorbeigeht.

„Ich muss nur noch sein Essen und seine Milch einpacken und dann kann es losgehen."

„Kein Problem, lass dir Zeit", erwidere ich und spiele Flugzeug mit Liam. Er liebt es, wenn wir unsere Arme ausstrecken, Motorengeräusche machen und so tun, als würden wir fliegen.

Gegen halb zwölf verlassen wir das Haus. Zuerst fahren wir bei Marian vorbei, die zwanzig Minuten von uns entfernt wohnt, aber deren Wohnung in der Richtung von Lucas' und Janets Zuhause liegt. Ich parke den Wagen, springe heraus und klopfe an ihre Tür.

Einen kurzen Moment später erscheint sie. Ich bin aufgeregt, dass Marian Brooke kennenlernen wird. Keine Ahnung, warum. Wahrscheinlich haben sie sich schon auf der Beerdigung getroffen, aber da war so viel los, dass sich keiner von beiden daran erinnern wird.

„Hallo und vielen Dank, dass du mich mitnimmst", sagt Marian und drückt mir einen Kuss auf die Wange. „Ich bin froh, dass ich nicht schon wieder einen Samstag mit Arbeit verbringen muss."

Ich weiß, was sie meint. Das Leben als Single ist nicht immer das, was es zu sein scheint. An den Wochenenden kann es manchmal einsam werden, wenn man nichts vorhat. Mein Leben hat sich grundlegend verändert, seit es Brooke und Liam gibt. Wir haben immer Pläne und Freizeitaktivitäten, die uns auf Trab halten.

Aber wir sind auch froh, einfach zu Hause zu sein. Jedenfalls waren wir das, bevor Brooke mich gebeten hat, wieder in mein Haus zurückzukehren. Trotzdem ist es nicht das Gleiche, wie komplett Single zu sein, so wie Marian.

Ich mache mir keine Sorgen, dass sie heute niemanden kennenlernt. Marian ist hübsch und kontaktfreudig. Sie findet leicht Freunde, so wie ich auch. Sie muss nur einige Leute treffen, die hoffentlich ihr Privatleben wieder etwas auf Vordermann bringen. Auf der Wache gibt es viele Männer, die Single sind. Die Mehrzahl, wenn ich es recht bedenke. Und selbst wenn das nicht klappt, freundet sie sich vielleicht mit einer der Frauen an, die Marian dann in ihren Bekanntenkreis einführt. Auf diese Weise funktioniert das eben. Ich erinnere mich noch gut, dass ich oft mit Marvin und Ellie zusammen war und auf diese Weise viele Leute kennengelernt habe.

„Gern geschehen", sage ich und deute dann grinsend auf das in Geschenkpapier gewickelte Paket. „Ich sehe, du hast es sogar geschafft, ein Geschenk zu besorgen."

„Das habe ich, aber eins sage ich dir, es war das Schwerste, das ich je getan habe. Was zur Hölle mögen einjährige Kinder?", verlangt sie auf dem Weg zum Auto zu wissen.

Ich muss lachen. „Wenn Brooke nicht gewesen wäre, wäre es mir ebenso ergangen. Es gibt so viel Auswahl."

„Genau!"

Ich mache die hintere Autotür für sie auf und sie schlüpft hinein. Dann steige ich auf der Fahrerseite ein und stelle die beiden Frauen einander vor.

„Schön, dich kennenzulernen, Brooke. Ich habe schon viel von dir gehört", sagt Marian. Ich werfe ihr einen Blick zu, der sie davon abhalten soll, weiterzureden.

Brooke lächelt und sie schütteln sich die Hände.

„Jason hat mir gesagt, dass du als Tierärztin in dem Krankenhaus in der Elm Street arbeitest."

Marian ist gerissen. Der einfachste Weg, sich mit jemandem anzufreunden, besteht darin, Fragen über die Arbeit zu stellen. Das funktioniert natürlich nur, wenn diese Person ihre Arbeit liebt, ansonsten geht das Ganze nach hinten los. Aber in Brookes Fall hat sie Glück und schon bald unterhalten sich die beiden wie alte Freunde.

„Was machst du denn beruflich?", fragt Brooke, als es eine Pause in ihrer Konversation gibt.

„Nichts so Tolles wie du, befürchte ich. Ich bin Hochzeitsplanerin."

„Das klingt nach viel Spaß!", ruft Brooke aus und ich werfe ihr klammheimlich einen Blick zu. Es ist überraschend, dass sie so denkt, nach der Enttäuschung ihrer eigenen Hochzeit.

„Es macht Spaß, wenn alles glatt geht. Aber es verwandelt sich in einen Albtraum, wenn das Wetter auf einer Gartenhochzeit umschlägt oder einer der Beteiligten kalte Füße bekommt."

In der eintretenden Stille könnte man eine Stecknadel zu Boden fallen hören. Ich schaue kurz zu Brooke. Sie ist ganz weiß geworden und wirft mir einen anklagenden Blick zu. Ich bin verwirrt, aber dann wird mir klar, was hier los ist. Sie glaubt, ich hätte Marian von dem Fiasko ihrer Hochzeit erzählt.

„Das habe ich nicht", sage ich zu ihr und ihre Gesichtszüge entspannen sich sofort. Ich kann nicht glauben, dass sie das wirklich von mir denkt. Alles, was ich will, ist, sie zu beschützen.

„Du hast was nicht?", fragt Marian vom Rücksitz. „Habe ich was verpasst?"

Wir schauen einander verlegen an. „Nein", antworten wir gleichzeitig,

Marian seufzt. „Ach ja, das ist wieder so ein Beziehungsding."

Ich schaue sie im Rückspiegel an, aber sie erwidert meinen Blick nicht. Ich habe ihr gesagt, dass zwischen Brooke und mir nichts dergleichen gelaufen ist. Warum also sagt sie so etwas?

„Was für ein Beziehungsding?", fragt Brooke verwirrt.

„Du weißt doch, wie es ist, wenn Leute schon eine Weile zusammen sind. Dann haben sie diese Insiderwitze. Aber lasst euch von mir nicht stören“, meint sie lachend.

Ich höre, wie Brooke tief einatmet, und möchte Marian am liebsten etwas antun. Jetzt glaubt Brooke, dass ich Märchen erzählt und mir irgendetwas ausgedacht habe, das es so zwischen uns nie gegeben hat. Ich nehme mir vor, mich Marian nie wieder anzuvertrauen. Sie denkt einfach nicht nach, bevor sie den Mund aufmacht.

Die Party ist schon in vollem Gange, als wir ankommen. Sie findet hinten im Garten statt. Ein großer Tisch ist aufgestellt worden und es gibt einen Bereich für die Kinder mit riesigen Kissen und gigantischen Teddybären.

Brooke kennt nun schon viele der Frauen und ich stelle sicher, dass sie und Liam sich wohl fühlen, bevor ich Marian herumführe und allen vorstelle.

„Ist das nicht Marvins Schwester?“, fragt mich einer der Männer und deutet auf Brooke. „Ist sie Single?“ Sein Interesse an Brooke behagt mir gar nicht, aber ich kann es ihm auch nicht verübeln. Sie krabbelt mit den Kindern auf einer Matte herum, ohne sich ihrer Selbst bewusst zu sein. Lautes Lachen dringt zu uns herüber.

Mir hat es die Sprache verschlagen, bis er mich anstupst.

„Nein, sie ist mit jemandem zusammen“, sage ich schließlich und wechsle schnell das Thema.

Ich sollte mich schämen, weil ich gelogen habe, aber das tue ich nicht. Ich will nicht, dass sich jemand an Brooke heranmacht. Nicht, wenn ich dabei bin. Ich suche nach Marian und sehe, dass sie mit einem Mann spricht, den ich nicht kenne. Zum Glück amüsiert sie sich gut.

Ich gehe hinüber zu Brooke und als Liam mich sieht, streckt er mir seine Arme entgegen. Ich komme seiner Bitte entgegen und hebe ihn hoch.

„Wir sehen uns mal ein bisschen um“, sage ich zu Brooke.

Es gibt eine kleine Hüpfburg, zu der ich Liam mitnehme. Dann halte ich seine Hände fest, während er darauf herumspringt. Seine schrillen Freudenschreie ziehen Brooke an.

„Sieh doch nur, wie sehr er es liebt!“, ruft sie aus.

Liam grinst uns an, als habe er gerade etwas sehr Wichtiges entdeckt.

„Das tut er. Ich frage mich, ob er die da mögen würde“, sage ich, als meine Augen auf eine kleine rote Rutsche fallen.

Brooke schüttelt den Kopf. „Das ist noch zu früh.“

„Du hast kein Vertrauen in unseren Liam.“

„Er ist doch noch ein Baby“, sagt Brooke.

Nachdem er genug gehüpft ist, trage ich ihn zur Rutsche und er protestiert nicht, als ich ihn daraufsetze und ihm beim runterrutschen helfe. Unten angekommen, sieht er sich verwundert um und richtet seine glänzenden Augen schließlich auf mich.

Ich kann mich nicht erinnern, jemals einen besseren Samstagnachmittag verbracht zu haben.

Kapitel 36

Brooke

In meinem Kopf geht alles durcheinander, als wir Marian nach der Party nach Hause fahren. Ich bin eine Idiotin. Ein richtiger Depp. Marian und Jason sind kein Paar. Ich habe die falschen Schlüsse gezogen und voreilig gehandelt. Ich habe ihn gebeten, wieder in sein Haus zu ziehen. Ich habe eine Mauer zwischen uns errichtet. Es war eine reflexartige Handlung. Ich hätte darüber nachdenken sollen. Jetzt fühle ich mich weinerlich und dämlich und habe keine Ahnung, wie ich die Situation handhaben soll. Es ist einfach zu viel. Jason hat mich nie betrogen. Er hat gar kein Interesse an einer anderen Frau. Ich hatte den Gedanken an eine gemeinsame Zukunft schon abgehakt, doch plötzlich besteht die Möglichkeit wieder.

Eine Lawine der Gefühle überrollt mich. Ist es zu spät? Oder ist es möglich, wieder dahin zu kommen, wo wir einst gewesen sind? Ich weiß es nicht. Ich wünschte, ich hätte jemanden zum Reden. Jemanden, der mir einen Rat geben kann. Da fällt mir Amelia ein. Sie ist die Richtige. Ich werde sie anrufen, sobald wir zu Hause sind.

Diesmal will ich nichts überstürzen. Ich habe bereits so viel Schaden angerichtet. Marian und Jason reden vorne miteinander und ich hoffe, dass sie nicht bemerken, wie still ich bin. Wir setzen sie ab und ich verabschiede mich von ihr mit dem Versprechen, bald wieder von mir hören zu lassen. Als wir weiterfahren, bemerke ich Jasons Blick im Rückspiegel.

„Du bist ziemlich still, ist alles in Ordnung?“, fragt er mit leiser, besorgter Stimme. Ich weiß jetzt, dass er aufrichtig ist. Er hat mich nie belogen. Ich bin diejenige, die durch Unterlassen gelogen hat. Weil ich ihn nicht nach seinem Date mit Marian gefragt, sondern voreilig Schlüsse daraus gezogen habe.

„Mir geht’s gut“, sage ich und zwinge mich zu einem Lächeln.

Als wir zu Hause ankommen, trägt Jason den schlafenden Liam ins Haus, während ich den Rest unserer Sachen reinbringe. Im Flur stoßen wir zusammen.

„Ich sehe dich später“, sagt er und geht zur Tür.

Ich bin froh, mit Liam allein zu sein. Ich brauche Zeit, um einen Plan zu entwickeln. Aber zuerst rufe ich Amelia an.

Sie antwortet beim ersten Klingeln. „Zum Glück hat man Freunde“, sagt sie. „Ich bin schon ganz verrückt geworden, weil ich nichts zu tun habe.“

Ich muss über ihre dramatischen Worte lachen. LA meint es nicht gerade gut mit Singles. Marian hat auf der Party etwas Ähnliches gesagt.

„Ich kann es kaum erwarten, dass meine Vorlesungen wieder anfangen“, sagt Amelia. Damit überrascht sie mich. Es war mir nicht bekannt, dass Amelia studiert.

„Wirklich? Das habe ich nicht gewusst.“

Sie stößt ein peinlich berührtes Lachen aus. „Ja, ich rede nicht viel darüber.“

„Was studierst du denn?“

Am anderen Ende der Leitung herrscht Stille. „Sicher hältst du mich für verrückt, aber ich will Tierärztin werden.“

Ich bin überwältigt, klemme mir das Telefon zwischen Kopf und Schulter und applaudiere ihr.

„Hörst du das?“, frage ich sie.

„Du denkst also nicht, dass ich verrückt bin, weil ich Tierärztin werden will? Obwohl ich doch nur Rezeptionistin bin?“

„Was redest du da?“ Ich bin ernsthaft überrascht. „Natürlich nicht. Das ist doch egal, wenn du nur deine Ziele verfolgst. Es kommt nur darauf an, es zu tun. Du schaffst das, Amelia!“

„Danke. Jetzt bringst du mich noch zum Weinen“, sagt sie.

„Bist du deshalb allein? Wegen des Studiums?“

„Ja, das ist einer der Gründe. Aber genug von mir. Ich habe dich noch nicht mal gefragt, wie es dir geht.“

Ich muss lachen. „Eigentlich habe ich angerufen, um dich um Rat zu fragen“, sage ich und schlage meine Füße auf dem Sofa unter.

„Ich liebe es, anderen Leuten Ratschläge zu geben“, sagt Amelia. „Nur bei mir selber hapert es damit.“

Ich atme tief durch und fange an. Ich erzähle ihr von Marian und dass der heutige Tag mir gezeigt hat, wie falsch ich lag und wie paranoid ich war.

Sie pfeift durch die Zähne. „Eines muss man dir lassen, Mädchen, du hast ein seltenes Talent, dich in Schwierigkeiten zu bringen."

Irgendwie kommt mir das komisch vor und ich muss kichern. Noch nie hat mich jemand auf diese Weise beschrieben. LA hat mich verändert. Den größten Teil meines Lebens bin ich eine überaus nüchterne Person gewesen. Ein Mensch, der nicht unter Gefühlsausbrüchen leidet und keine Entscheidungen trifft, ohne vorher alles gründlich abzuwägen. Ich bin mir selber fremd geworden.

„Denkst du, ich sollte ihm alles gestehen?" Mit angehaltenem Atem warte ich auf Amelias Antwort.

„Das hängt davon ab, was du dir von deiner Beichte erhoffst", meint sie.

Ich bin mir nicht sicher, ob ich ihr meine Gefühle offenbaren kann. „Ich weiß es nicht. Vielleicht möchte ich herausfinden, ob es noch eine Chance für uns gibt." Ich habe leise gesprochen. Es ist so schwer, seine Verletzlichkeit einzugestehen.

„Leben und leben lassen, sage ich immer. Sage es ihm. Aber erwarte nicht, dass er dir seine unsterbliche Liebe gesteht. Tue es, um dein Herz zu erleichtern. Ohne Erwartungen. Null. Kannst du das? Und dann setzt du noch einen drauf und sagst ihm, dass du sein Kind erwartest."

„Das wollte ich auch", antworte ich.

„Gut!"

Wir reden noch ein bisschen und legen dann auf. Ich fühle mich wesentlich besser nach unserem Gespräch und begebe mich in die Küche, um das Abendbrot vorzubereiten. Gerade als ich Käse und Fleisch für ein Sandwich aus dem Kühlschrank nehme, klingelt mein Handy. Ich schiele auf den Bildschirm. Es ist Mrs. Stewart.

Sie würde gern morgen Nachmittag auf Liam aufpassen. Ich stimme schnell zu, denn das gibt mir eine Chance, ohne Unterbrechung mit Jason zu sprechen. Es ist schwierig abzuschätzen, ob Liam heute noch mal wach wird oder nicht. Das Gute ist, dass er auf der Geburtstagsparty schon

Abendbrot gegessen hat. Wenn er also aufwacht, dann nur, weil er Durst hat.

Es klopft an der Tür und mein Herz tut einen Satz, als ich Jason sehe.

„Ich wollte nur mal sehen, wie es euch geht", sagt er und lehnt sich an den Türrahmen.

Mein Gott, er ist einfach so heiß.

„Uns geht es gut. Liam schläft noch. Ich wollte mir gerade ein Sandwich machen. Möchtest du auch eins?"

Er lächelt auf diese Art und Weise, die mir die Knie schwach werden lässt. „Ein Mann wird niemals etwas zu essen ausschlagen."

Als ich vor ihm hergehe, spüre ich, wie sich sein Blick in meinen Rücken bohrt. In meinem Kopf wirbeln jede Menge Fragen herum. Jetzt wäre der perfekte Moment, um ihm alles zu sagen. Aber mein Mund ist wie zugeklebt. Ich mache die Sandwiches, während Jason uns einen Kaffee kocht.

Dann setzen wir uns an den Tisch und unterhalten uns über die Party.

„Es dauert nicht mehr lange und wir geben eine Party für Liam zu seinem ersten Geburtstag", sage ich zu Jason.

Er grinst. „Das wird ganz toll werden. Ich kann mir nur schwer vorstellen, dass Liam eines Tages groß sein und zur Schule gehen wird."

„Und einen kleinen Bruder oder eine kleine Schwester haben wird", platze ich heraus.

Jason grinst. „Ja, wenn einer von uns beiden es vollbringt, eine Familie zu gründen."

Jetzt ist die perfekte Chance, ihm von unserem Baby zu erzählen. Mein Hals ist trocken und die Wände scheinen immer näher zu rücken.

Jason runzelt die Stirn. „Du siehst nicht besonders gut aus."

Ich zwinge mich zu einem Lächeln. „Alles in Ordnung. Mir ist nur ein bisschen übel."

Bei meinen Worten erwacht Jasons Beschützerinstinkt. Er besteht darauf, dass ich meinen Kaffee auf dem Sofa austrinke, damit ich meine Beine ausstrecken kann. Seine liebevolle Aufmerksamkeit rührt mich zu Tränen. Und sie macht mir Hoffnung. Vielleicht lag ich ja gar nicht so falsch. Vielleicht hat er ja doch Gefühle für mich.

Hoffnung schwillt in meiner Brust bei diesem berauschenden Gedanken. Doch ich will mich nicht irgendwelchen Fantasien hingeben. Amelia hat mich davor gewarnt. Und sie hat recht damit, nur mein Herz will nicht auf sie hören.

Ich komme nicht umhin, uns als Familie zu sehen. Aber das ist ein Traum, der unerreichbar zu sein scheint.

***

Ich stehe auf der Veranda und winke Mrs. Stewart und Liam zum Abschied zu. Sobald sie verschwunden sind, fällt mein Blick auf Jasons Haus. Ich weiß, dass er daheim ist, denn sein Wagen steht da. Allerdings habe ich ihn den ganzen Tag noch nicht gesehen. Mein Herzschlag beschleunigt sich und droht außer Kontrolle zu geraten. Ich versuche, meine Gedanken zu ordnen.

Die Verlockung, wieder in mein Haus zurückzugehen, ist groß, aber ich kämpfe dagegen an. Ich zittere, sowohl innerlich als auch äußerlich. Was soll er nur von mir denken? Dass ich eine Idiotin bin? Durchgeknallt? Jemand, von dem man sich besser fernhalten sollte? Die schlimmsten Szenarien laufen vor meinem inneren Auge ab. Meine Hände sind feucht und ich wische sie an meinem Rock ab.

Ich gehe zur Veranda hinauf und klopfe leise. Als keine Antwort kommt, mache ich die Türe auf und trete ein.

„Jason?“, rufe ich aus.

Ich werfe einen Blick ins Wohnzimmer und sehe dann eine offene Tür am Ende des Korridors. Als ich sie erreicht habe, bemerke ich, dass es sich um sein Arbeitszimmer handelt. Überall auf dem Schreibtisch liegen Papiere verstreut. Ich sollte weitergehen, aber mein Gehirn und meine Füße wollen es anders und ich betrete den Raum. Ich gehe hinter seinen Schreibtisch und setze mich in den Ledersessel.

Es ist falsch, in der privaten Korrespondenz anderer Leute herumzuschnüffeln, aber ich verspüre plötzlich das brennende Verlangen, alles über Jason wissen zu wollen. Das erste Schreiben, das ich aufnehme, ist voller Stempel. Als ich es lese, wird mir klar, dass es sich dabei um ein formelles Dokument handelt, welches die Einzelheiten einer zweiten Hypothek auf seinem Haus auflistet.

Seltsam. Marvins und Ellies Haus ist schon komplett abgezahlt und sie haben es zur gleichen Zeit gekauft wie Jason. Warum ist dann seines noch nicht schuldenfrei? Ich zucke die Achseln, denn es geht mich wirklich nichts an, warum Jason eine zweite Hypothek aufnehmen musste. Ich greife nach einem zweiten Blatt Papier. Kontoauszüge.

Mir fallen beinahe die Augen heraus, als ich den Inhalt durchgehe. Sein Gehalt, das ziemlich reichlich ist, geht jeden Monat ein, wird aber beinahe sofort vollständig durch Abzahlungen reduziert, was Jason nur sehr wenig Geld zum Leben übriglässt. Mir zittern die Hände und die Buchstaben verschwimmen vor meinen Augen.

Ich lasse das Papier auf den Schreibtisch fallen und lese weiter. Seine finanzielle Situation ist ein einziges Chaos. Ich greife nach weiteren Dokumenten. Seine Kreditkarten sind bis zum Limit ausgereizt. Jason kann sich noch nicht mal selbst finanzieren, geschweige denn ein Kind. Angst macht sich in meinem Herzen breit. Der Vater meines Kindes ist pleite. Ich habe einen bitteren Geschmack im Mund. Noch vor wenigen Minuten war alles so klar.

Ich hatte Amelia nicht die ganze Wahrheit gesagt, als sie mich fragte, was ich zu erreichen hoffte, wenn ich Jason von meinen falschen Schlussfolgerungen über Marian erzählte. Da war die Hoffnung, dass er wollte, dass wir eine Familie werden, wenn er von dem Baby erfuhr. Eine Hochzeit wäre vielleicht zu weit gegangen, aber ich hatte mir vorgestellt, dass wir alle als eine große, glückliche Familie zusammenleben. Dieser Traum ist in winzige Teile zersplittert.

Eine Sache, die ich mehr schätze als alles andere, ist finanzielle Sicherheit. Seit ich vor Jahren begonnen habe zu arbeiten, habe ich einen Großteil meines Einkommens gespart und mittlerweile eine hübsche Summe zur Seite gelegt. Und was mache ich dann? Ich werde schwanger von einem Mann, dem die Zukunft ganz offensichtlich egal ist. Jason ist ein unzuverlässiger Typ. Er hat mich dermaßen in die Irre geführt. Es gibt so viele Dinge, die ich nicht über ihn weiß. Ist er ein Spieler? Hat er deshalb so viele Schulden? Tränen steigen in meinen Augenwinkeln auf. Ich bin eine Idiotin.

Zuerst Eric und jetzt Jason. Was hat es mit mir und den Männern bloß auf sich? Warum kann ich mich nicht in einen normalen Typen verlieben, heiraten und für immer glücklich sein? Jetzt ist alles noch schlimmer als vorher. Ich trage Jasons Baby aus. Jason wird in meinem Leben für immer eine Rolle spielen.

Ein anderer Gedanke kommt mir in den Kopf, so schmerzhaft, dass ich aufschreie.

Er hat gelogen, was seine Gründe für das Treffen mit dem Anwalt anbelangte, der den Mann vertritt, der Marvins und Ellies Tod verursacht hat. Jason will sich außergerichtlich einigen. Heiße Wut packt mich. Ich erinnere mich an das kurze Gespräch, das wir hatten, als wir zum Ententeich gegangen sind. Jason hatte mich gefragt, ob ich vielleicht doch eine außergerichtliche Einigung in Erwägung ziehen würde.

Ich haue auf den Tisch und die Papiere fliegen überall herum. Wie kann er es wagen? Wenn er glaubt, von Marvins und Ellies Tod profitieren zu können, hat er sich aber geirrt.

Kapitel 37

Jason

Mir läuft der Schweiß über den Rücken, als ich durch die Hintertür in die Küche trete. Mein Garten sieht ziemlich gut aus jetzt und für zwei Stunden mit meinen Händen zu arbeiten, war therapeutisch für mich. Der Kopfschmerz, hervorgerufen durch die Überprüfung meiner Finanzlage, ist verschwunden. Im Küchenspülbecken wasche ich den Schmutz von meinen Händen und nehme mir dann eine Flasche kaltes Wasser aus dem Kühlschrank.

Als ich es hinunterkippe, höre ich einen lauten Knall, der aus dem Inneren des Hauses kommt. Ich stelle die Wasserflasche auf die Anrichte und gehe dem Geräusch nach, den Korridor hinunter in Richtung Arbeitszimmer. Ich habe das Fenster offengelassen und es könnte sein, dass sich ein Vogel darin verirrt hat.

Als ich eintrete, erstarre ich. Brooke. Mein Herz klopft wie wild, als mein Blick von ihren angespannten Gesichtszügen auf die Dokumente vor ihr fällt. Sie lehnt sich in dem Schreibtischsessel zurück und lächelt. Aber das Lächeln erreicht ihre Augen nicht. Sie dreht sich mit dem Sessel hin und her, als würde sie sich auf einen netten Schwatz vorbereiten.

Mein Verstand arbeitet blitzschnell. Es besteht kein Zweifel für mich, dass mein Geheimnis gelüftet wurde. Sie hat meine Bankauszüge und meine Kreditkartenabrechnungen gelesen. Ich gebe mir innerlich einen Tritt, weil ich alles so offen liegengelassen habe. Schnell gehe ich im Kopf die verschiedenen Erklärungsmöglichkeiten durch.

„Du musst wirklich gedacht haben, dass ich eine totale Idiotin bin."

Ich gehe einen Schritt auf sie zu, doch sie streckt mir eine Hand entgegen. Ich erstarre.

„Jetzt verstehe ich, warum du einen Deal machen wolltest mit dem betrunkenen Fahrer. Dem, der meinen Bruder und seine Frau auf dem Gewissen hat", schreit sie los und ihre Beherrschung ist vollkommen verschwunden.

„Du verstehst nicht, Brooke."

Ihre Züge werden ganz still. Die einzige Gefühlsregung ist in ihren grünen Augen zu lesen. Sie blitzen, als stünden sie in Flammen.

„Dann erkläre es mir."

Ich senke den Blick. Wie kann ich die Erinnerung an ihren geliebten Bruder zerstören? Ich weiß doch, wie sehr Brooke Marvin geliebt und zu ihm aufgesehen hat. Sie denkt, dass ihr älterer Bruder nichts falschmachen konnte. Und das stimmt ja auch beinahe. Aber Marvin war impulsiv. Er hatte manchmal die Tendenz, sich ohne die gebührende Sorgfalt in bestimmte Situationen hineinzustürzen. Wie zum Beispiel in die Sache mit dem Haus.

Eines Morgens kam Marvin in mein Haus gestürzt mit einer ausgedruckten E-Mail, die er von einem alten Schulfreund bekommen hatte. „Das ist die Gelegenheit, auf die wir gewartet haben", meinte er und reichte mir das Papier. „Das hier ist von diesem schlauen Typen, mit dem ich zur Schule gegangen bin. Sein Name ist Peter und er hat in Grundstücke investiert und dabei Riesengewinne gemacht."

Wir wollten beide noch etwas Geld auf der Seite dazuverdienen. Die Abzahlungen für unsere Häuser waren beinahe abgegolten und wir würden jeden Monat etwas Geld übrighaben. Mein Vater hatte mir beigebracht, wie wichtig es war, in die Zukunft zu investieren. Marvin und ich hatten viel darüber gesprochen. Wir wollten beide das Gleiche. Nur wollte Marvin es schneller als ich. Und er war willens, alles dafür zu tun, auch eine zweite Hypothek auf sein Haus aufzunehmen.

Ungeduldig war er hin und her gelaufen, während ich das Schreiben las. Im Grunde ging es Peter darum, dass Marvin zu Investitionszwecken ein Kreditgeber in Peters Firma werden und sich in Grundstücke einkaufen sollte, denen die Zwangsversteigerung drohte. Die Erträge waren astronomisch, wenn alles nach Plan verlief.

Es gab einen festen Zinssatz mit monatlichem Zinseszins und das Versprechen, dass sich die Gelder alle zwei Jahre verdoppelten. Peter hatte an alles gedacht. Wenn man keinen Käufer für das Haus fand, erlitt der Kreditgeber keinen Verlust. Er bekam dann eben ein Haus in einem tollen Viertel.

Mein Vater hatte noch andere Dinge zu mir gesagt, zum Beispiel, nie zu versuchen, das schnelle Geld zu machen. Und wenn ein Deal zu gut klang, um wahr zu sein, dann war das wahrscheinlich auch der Fall. Dieser Deal hier hatte gestunken und das hatte ich Marvin auch gesagt.

„Warum nimmst du dir nicht ein bisschen Zeit und stellst ein paar Nachforschungen an?", hatte ich ihn gefragt.

„Dazu ist keine Zeit", hatte Marvin aufgebracht erwidert. „Siehst du denn nicht, was hier steht? Wer zuerst in diesen Deal einsteigt, wird auch die größten Vorteile daraus ziehen." Noch ein Warnsignal. Jeder, der dich antreibt, derart viel Geld anzulegen, will dich übers Ohr hauen.

Marvin wollte davon nichts hören. Ich hatte ihn angebettelt, doch vernünftig zu sein und seine harte Arbeit nicht einem Moment der Gier zu opfern. Außerdem, warum hatte er es so eilig? Dann besann ich mich auf die einzige Person, die hier einen Unterschied machen konnte. Die einzige Person, die ihn überzeugen konnte.

„Hast du mit Ellie darüber geredet?", fragte ich. Ellie besaß einen kühlen Kopf und sie ergänzten sich sehr gut.

Marvin runzelte die Stirn. „Nein, ich will nicht, dass sie jetzt schon etwas davon erfährt. Du weißt doch, dass die Schwangerschaft ihr zu schaffen macht."

Das konnte ich nicht bestreiten. Ellie hatte jede Woche einen Arzttermin. Sie hatte Probleme beim Essen und brachte jede Kleinigkeit, die sie runterschluckte, wieder hoch. Ich konnte verstehen, dass Marvin sie nicht behelligen wollte.

„Ich weiß nicht so richtig", gestand ich schließlich.

Er zuckte die Achseln. „Das habe ich mir schon gedacht und ich bin willens, die Sache allein durchzuziehen. Ich wollte es dich nur wissen lassen, falls du Interesse daran hast."

„Danke, aber nein."

Marvin ließ sich auf den Deal ein und nahm eine zweite Hypothek auf. Was er mir nicht erzählte, war, dass sein Freund Peter ihm noch mehr Geld versprach, wenn Marvin noch mehr investieren würde. Er schöpfte seine Kreditkarten aus und nahm Darlehen auf, bis nichts mehr übrig war.

All das erzählte er mir erst später, als er in Tränen aufgelöst zu mir kam und mir alles gestand. Ellie wusste ebenfalls Bescheid und war ganz verzweifelt. Marvin war wie ein Bruder für mich und wir hatten uns sofort zusammengesetzt und uns Wege überlegt, wie wir ihr Haus retten konnten.

Ich nahm eine zweite Hypothek auf mein Haus auf, um für ihres mitzahlen zu können. Außerdem ein großes Darlehen von meiner Bank. Ihr Haus konnte gerettet werden und das Wissen, dass mein Patensohn immer ein Dach über dem Kopf haben würde, war mir das Opfer wert gewesen. Ellies und Marvins Dankbarkeit hatte keine Grenzen gekannt.

Aber das war nicht der Grund, warum ich es getan hatte, warum ich meine finanzielle Sicherheit riskiert hatte. Ich tat es, weil wir eine Familie waren und Familien halfen einander mit Taten, nicht nur mit Worten. Marvin war für mich dagewesen, als ich meine Familie verlor. Er hatte alles stehen und liegengelassen und war mit mir nach Hause gefahren. Während meines Martyriums wich er nicht von meiner Seite, auch noch Monate später nicht. Es machte nichts, dass er schlechte Entscheidungen getroffen hatte, was seine Finanzen anbelangte. Marvin war mein Bruder gewesen.

Das Knarren eines Sessels bringt mich wieder in die Gegenwart zurück. Ich schaue in Brookes anklagende Augen. Auf gar keinen Fall werde ich ihr von Marvin erzählen. Es ist besser, wenn die Erinnerung an ihren Bruder nicht getrübt wird.

Plötzlich fällt mir etwas ein. Wir sind beide in meinem Haus. „Wo ist Liam?"

„Seine Oma ist mit ihm zum Park gegangen", sagt Brooke und Erleichterung durchflutet mich. Sie steht auf. „Obwohl dich von jetzt an Liams Leben und sein Verbleib nichts mehr angehen. Ich will dich aus unserem Leben raushaben."

„Das kannst du nicht tun. Nur weil ich dir nicht erzählt habe, dass ich pleite bin, ist das kein Grund, mich zu bestrafen und mich davon abzuhalten, Zeit mit meinem Patensohn zu verbringen. Marvin und Ellie wollten mich in seinem Leben." Auf keinen Fall werde ich kampflos aufgeben. Ich habe schon Brooke verloren, auf keinen Fall verliere ich Liam.

Sie schaut mich zögernd an. Traurigkeit überkommt mich. Brooke ist ein lieber und guter Mensch. Sie reagiert nur so, weil sie glaubt, dass ich sie belogen habe. Ein Teil von mir ist enttäuscht, weil sie so schlecht von mir denkt. Sie hat nicht in Erwägung gezogen, dass ich einen guten Grund haben könnte, es vor ihr geheim zu halten. Stattdessen geht sie sofort zum Angriff über und beschuldigt mich, sie zu benutzen. Von ihrem Standpunkt aus gesehen sieht es danach aus, aber ein Vertrauensbonus wäre schön gewesen.

Als sie in Richtung Tür geht, trete ich beiseite. Ich kann sehen, dass Tränen in ihren Augen stehen. Es juckt mich in den Fingern, sie in meine Arme zu nehmen und zu trösten, aber ich weiß, dass mir das eine Ohrfeige einhandeln würde.

„Und zu denken, dass ich hergekommen bin, um dir zu sagen, dass ich dich liebe“, sagt sie und ein Schluchzen dringt aus ihrem Mund.

Mein Herzschlag scheint auszusetzen. „Was?“

Sie steht in der Tür und wir sehen uns an. „Ja, du hast richtig gehört. Ich habe mir vorgegaukelt, dass es eine Zukunft für uns geben könnte. Ich bin gekommen, um dir meine Gefühle zu offenbaren.“

Es liegt mir auf der Zunge, ihr alles zu sagen. Ihr alles zu gestehen. Dass ich nicht der Mensch bin, für den sie mich hält. Dass ich in diesem Chaos stecke, weil mein bester Freund so impulsiv war und schlechte Entscheidungen getroffen hat. Aber ich kann es nicht. Ich kann Marvin nicht verraten, nur damit Brooke mich lieben kann.

Sie kann mich nur haben, wenn sie akzeptiert, dass ich meine Fehler habe, so wie jeder andere Mensch. Aber ich weiß, dass das nie geschehen wird.

Bevor ich noch weiß, wie mir geschieht, kommt sie auf mich zu und schlägt mir wieder und wieder auf die Brust.

„Hast du gehört, was ich gesagt habe? Ich habe dich geliebt, Jason!“

Ich lasse meine Arme herabhängen, während sie meine Brust mit ihren Fäusten bearbeitet. Endlich hört sie auf, ausgelaugt. Sie verlässt mein Arbeitszimmer und dreht sich nicht einmal um. Nun kommen mir die Tränen. Mit uns ist es jetzt also wirklich und wahrhaftig vorbei. Meine einzige Chance auf immerwährende Liebe. Wie Marvin und Ellie sie hatten.

Die Art von Liebe, die auch finanzielle Unsicherheit übersteht. Da, wo sich einst mein Herz befand, klafft nur noch ein Loch. Ein riesiger Schmerz rollt durch meine Eingeweide und legt sich dann auf meine Brust. Meine Seele scheint zu verglühen.

Kapitel 38

Brooke

Ich sitze im Behandlungsraum des Arztes und verschlinge meine Hände in meinem Schoß. Ich bin nervös, obwohl ich nicht weiß, warum. Immerhin bin ich erwachsen und werde auch nicht die erste Frau sein, die schwanger und partnerlos ist.

„Möchten Sie, dass Ihr Partner dazukommt?“, fragt die freundliche Ärztin, die Mitte der Vierzig zu sein scheint.

Ich ziehe die Augenbrauen hoch. „Partner? Oh.“

Dann steigt mir die Röte ins Gesicht. Die meisten, wenn nicht sogar alle schwangeren Frauen, die draußen im Warteraum saßen, hatten ihren Partner bei sich. Ich habe Amelia mitgebracht zur moralischen Unterstützung. Und jetzt denkt die Ärztin, dass wir ein Pärchen sind. Zuerst überlege ich, sie in ihrem Glauben zu lassen, entscheide mich aber dagegen. Früher oder später wird die Frage nach dem Kindsvater aufkommen und ich möchte keine Lügen über Samenbänke erzählen müssen.

Ich kann mir Jason nicht einfach wegwünschen.

„Das ist meine Arbeitskollegin und Freundin.“

„Oh, Verzeihung“, sagt sie. „Ihr Gewicht ist gut für die achte Woche, aber es grenzt an ein Level, bei dem es bedenklich werden könnte.“

Ich nicke heftig und verspreche ihr, mehr zu essen. Sie schreibt all die Dinge auf, die ich zu mir nehmen sollte, und ich höre pflichtschuldig zu, obwohl ich das meiste davon sowieso schon esse. Das Problem ist mein Appetit. Ich habe kein Interesse an Essen und einfach keine Lust auf irgendwas. Das kann ich der Ärztin aber nicht sagen, ohne ihr auch zu erklären, dass mir das Herz gebrochen wurde.

„Ist denn der Vater Ihres Kindes irgendwie involviert?“, fragt sie vorsichtig.

„Nein“, sage ich und belasse es dabei.

Ich höre Amelia in meinem Kopf laut rufen, dass ich es Jason sagen sollte. Ich stimme ihr zu. Meistens. Manchmal bin ich jedoch absolut nicht dieser Meinung. Er hat kein Recht, es zu wissen oder ein Mitspracherecht im Leben meines Babys zu haben. Aber dann weist Amelia darauf hin, dass es nicht nur mein Baby ist.

Ich behalte es noch immer für mich, weiß aber, dass ich es ihm irgendwann sagen muss. Unser großer Streit liegt beinahe einen Monat zurück und wir gehen uns größtenteils aus dem Weg. Jason sieht Liam, wenn ich bei der Arbeit bin. Mrs. Stewart und er haben eine Abmachung, wann er mit Liam Zeit verbringen kann. Auf diese Weise müssen wir einander nicht sehen. Und das passt mir sehr gut.

Wen versuche ich eigentlich zu veralbern? Ich vermisse ihn jede Sekunde eines jeden Tages.

Die Konsultation mit der Ärztin ist vorbei und ich gehe zur Rezeption, um meinen nächsten Termin zu vereinbaren.

„Wie ist es gelaufen? Hat sie nach dem Vater des Babys gefragt?“, will Amelia wissen, als wir das Gebäude verlassen.

Ich muss kichern. „Sie hat geglaubt, du wärst meine Partnerin.“

Amelias Augen werden groß und dann muss auch sie kichern. „Wenigstens habe ich guten Geschmack bewiesen.“

Ich drücke ihre Schulter. „Danke, dass du mitgekommen bist.“

„Gern geschehen.“

Wir gehen in einen Feinkostladen, um einen Happen zu essen, bevor wir wieder ins Büro zurückkehren. Mein Büro ist mein Zufluchtsort geworden. Hier werde ich nicht von Gedanken an Jason geplagt. Die kranken Tiere lenken mich ab und meine Kollegen sind meine Freunde geworden. Alles in allem habe ich hier in LA mein Leben auf die Reihe gekriegt. Bis auf mein Liebesleben. Das existiert nicht mehr und so wird es auch noch lange bleiben. Allerdings werde ich mich noch für Jahre nach Jason sehnen. Es ist wirklich lächerlich.

Der Nachmittag geht schnell vorbei und schon ist es Zeit, nach Hause zu gehen. Ich mache meinen üblichen Spaziergang, welcher mir auf wunderbar entspannte Weise Bewegung verschafft. Ich fühle mich etwas energiegeladener und die schreckliche Übelkeit verschwindet. Bis mich die Erinnerungen wieder überfallen. Und das geschieht, sobald ich in unsere Straße einbiege. Wir drei im Zoo. Jason, der lachend den Kopf zurückwirft über etwas, das ich gesagt habe. Danach folgt der Schmerz, der sich wie eine Schraubzwinge um mein Herz schließt und zudrückt. Jede Erinnerung scheint mich zu versengen. Er hat mir unrecht getan und ich vermisse ihn und verzehre mich nach ihm.

Ich hatte geglaubt, dass es schmerzhaft war, Eric zu verlieren. Aber das war nichts im Vergleich zu diesem Gefühl hier. Kindergartenkram, wenn ich ehrlich bin. Das hier ist ein Schmerz, der nie nachlässt. Er scheint sogar mit jedem Tag noch stärker zu werden. Mir ist klar, dass es noch schlimmer werden wird, wenn ich erstmal unser Baby zur Welt gebracht habe.

Spätabends, wenn ich im Bett liege, denke ich über unser Kind nach. Was, wenn es ein Junge wird und er genauso aussieht wie Jason? Werde ich jemals über ihn hinwegkommen, wenn ich ständig an ihn erinnert werde? Mein Herz scheint nicht zu kapieren, dass es zwischen Jason und mir vorbei ist. Mein Körper sehnt sich danach, seine Arme um mich zu spüren, und manchmal sind mir seine Lügen egal.

Ich will ihn einfach nur zurückhaben. Im grellen Tageslicht komme ich jedoch wieder zur Vernunft und dann verachte ich ihn nur noch mehr. Wie konnte er uns das nur antun? Nachts beginnt der Kreislauf von neuem. Wird unser Baby sein Lächeln haben? Durchdringende blaue Augen wie sein Vater? Wird Jason für unser Kind da sein?

Aber daran darf ich jetzt nicht denken. Ich muss mich auf das Hier und Jetzt konzentrieren.

„Hallo, alle zusammen“, rufe ich aus, als ich das Haus betrete.

„Book“, sagt Liam und kommt in Windeseile zur Eingangstür gekrabbelt. Ich lache und hebe ihn hoch.

Mrs. Stewart taucht gleich hinter ihm auf. „Wie war dein Tag, meine Liebe? Ich hoffe, du achtest gut auf dich, besonders jetzt.“

Das Lächeln gefriert mir auf den Lippen. Bevor ich noch etwas erwidern kann, dreht sie sich um und verschwindet in der Küche. Ich eile hinter ihr her.

„Wir haben eine schöne Tasse Tee für dich bereitstehen, stimmt's Liam?“, sagt Mrs. Stewart, während sie zwei Tassen einschenkt.

Ich ziehe mir einen Stuhl heran und setze mich hin. Mein Herz klopft wie verrückt, ich warte, bis auch sie sich gesetzt hat. „Was hast du damit gemeint, als du sagtest, ich solle auf mich achten?", frage ich.

Sie greift über den Tisch und legt ihre schmale, warme Hand auf meine. „Eine Frau weiß das einfach, besonders wenn sie so alt ist wie ich." Sie lächelt sanft. In ihrem Gesicht liegt keinerlei Urteil. Aber das ist auch nicht ihr Stil.

Ein Gedanke schießt mir durch den Kopf und ich richte mich auf. „Du hast es doch Jason nicht erzählt, oder?", frage ich.

„Das würde ich nie tun", erwidert sie und ich schäme mich, dass ich überhaupt gefragt habe. „Es ist schön, dass Liam einen kleinen Bruder oder eine kleine Schwester bekommen wird. Ich weiß, dass das eine Sache war, die Ellie immer vermisst hat. Sie war glücklich, als sie herausfand, dass Marvin eine Schwester hatte. Du warst für sie die Schwester, die sie nie hatte."

Bei der Erinnerung steigen uns beiden die Tränen in die Augen. „Ich habe sie auch wie eine Schwester geliebt."

„Ich wette, dass Liam auch gern einen Vater hätte", fährt sie fort.

Ich seufze tief auf. „Das ist alles nicht so einfach. Jason ist nicht der Mensch, für den ich ihn gehalten habe."

Mrs. Stewart zieht eine Augenbraue hoch. „Wer ist das schon?", fragt sie dann. „Lass dir bloß die Liebe nicht entgehen wegen Dingen, die man klären kann."

Ich lasse alle Vorsicht sausen und erzähle ihr die ganze Geschichte, natürlich ohne dabei den unglaublich guten Sex zu erwähnen. Oh Gott, wie sehr ich den vermisse. Mein Körper hatte sich so daran gewöhnt und plötzlich und ohne Warnung war er wieder verschwunden. Ich bezweifle, dass ich jemals wieder einen Liebhaber finden werde, der so toll ist wie Jason.

Sie sieht nachdenklich drein, so als wüsste sie etwas, das ich nicht weiß. „Ich kenne Jason schon eine ganze Weile und er ist nicht der Mensch, den du beschreibst."

Ich kann kaum glauben, dass Mrs. Stewart meine Aussage anzweifelt. Ich hatte geglaubt, dass sie schockiert sein würde, wenn ich ihr Jasons finanzielle Lage darlege. Aber sie scheint nicht besonders erschüttert zu sein.

Bevor ich noch protestieren kann, spricht sie weiter. „Nein, es ist nicht so, dass ich dir nicht glaube. Was ich meine, ist, dass es vielleicht andere Fakten gibt, von denen du nichts weißt. Hast du ihn denn gefragt, warum er so viele Schulden hat?“

Ich schüttele den Kopf.

Sie wechselt das Thema und fragt nach dem Baby.

„Ich bin schon acht Wochen mit ihr schwanger“, sage ich, stehe auf und trage Liam zum Teppich, denn dort ist es leichter für uns zu spielen.

Mrs. Stewart kommt hinterher. Sie kichert leise. „Du hast also schon beschlossen, dass das Baby ein Mädchen ist?“

Ich muss grinsen. „Liam würde ein kleines Schwesterchen sicher lieben.“

„Mir ist klar, dass du dich erst an den Gedanken gewöhnen musst, aber du musst es Jason sagen.“

Ihre Worte überraschen mich nicht. Sie alle haben recht und ich werde es Jason zu gegebener Zeit auch sagen. Wenn mein Herz ein wenig geheilt ist. Ich kenne Jason. Er nimmt jede Situation mit Volldampf. Man muss sich nur ansehen, wie er sich in Liams Pflege gestürzt hat. Von dem Moment an, wo er erfährt, dass er bald Vater wird, werde ich keinen Schritt mehr ohne ihn tun können. Er wird bei jedem Arzttermin dabei sein wollen und sich als mein Aufpasser aufspielen. Dafür bin ich noch nicht bereit. Es würde mir zu viel Schmerz zufügen zu wissen, dass wir nie eine Familie sein können.

„Das werde ich“, sage ich zu Mrs. Stewart.

Sie nickt und nimmt ihre Stola von der Stuhllehne. „Ich mache mich lieber auf den Weg. Ich habe ein Nachbarschaftstreffen heute Abend und will mich nicht verspäten.“

Ich erhebe mich ebenfalls und bringe sie zur Tür. Wir umarmen uns. „Danke für alles, Großmama“, sage ich zu ihr. Sie ist eine Freundin, eine Mutter, eine Ratgeberin und eine Oma für Liam.

Sie schaut mich mit einem Funkeln in den Augen an. Ihr Blick fällt auf meinen Bauch. „Und bald werde ich noch ein Enkelkind haben."

Die Tür fällt zu und Tränen strömen mir über die Wangen.

Kapitel 39

Jason

Wir leben wie ein geschiedenes Paar, Brooke und ich. Ich stelle sicher, dass ich Liam nur besuche, wenn Brooke bei der Arbeit ist, und wenn es irgendwelche Planänderungen gibt, lässt Mrs. Stewart es mich wissen. So wie es heute der Fall war. Nachdem ich geduscht und mich für den Tag fertiggemacht habe, verlasse ich mein Haus und eile über die Straße.

Wie doch die Zeit vergeht. Der Sommer ist dem Herbst gewichen und die Blätter beginnen sich schon zu verfärben. Der Monat seit unserem großen Streit war die Hölle. Ich vermisse Brooke mit jeder Faser meines Körpers. Ich bin schon nahe dran gewesen, ihr die Wahrheit zu sagen, aber habe jedes Mal wieder Ausflüchte gefunden. Mit der Zeit wurde das immer einfacher.

Was sich nicht verändert hat, ist meine Liebe zu ihr. Für mich gibt es jetzt keinen Zweifel mehr daran, dass ich Brooke liebe. Ich habe sie von dem Moment an geliebt, wo sie stolz in der Kirche stand, während alle um sie herum durchdrehten.

Brooke ist ein Teil von mir und ohne sie fühle ich mich verloren. Dinge, die mir einst Spaß gemacht haben, bedeuten mir nichts mehr. Wenn ich sie nicht sehe, erscheinen mir die Tage endlos und nichts kann meine Seele erfreuen.

Ich öffne die Tür und sofort umfängt mich der Duft frischgebackener Pfannkuchen. Ich folge ihm in die Küche, wo Brooke und Liam am Esstisch sitzen. Schmerz durchfährt mich, als ich Brooke ansehe. Sie wird mit jedem Tag schöner. Ihr Gesicht strahlt.

„Guten Morgen“, sage ich und es gelingt mir, meiner Stimme einen Hauch Heiterkeit zu verleihen.

„Morgen“, erwidert Brooke ebenso heiter und selbst Liam gibt mir seine eigene Version eines Morgengrußes. Mittlerweile sagt er schon ein paar Worte, aber mein Name ist leider nicht darunter. Doch ich bin geduldig.

Brooke springt auf und entschuldigt sich, doch vorher lädt sie mich noch ein, mir einen Kaffee einzuschenken. Ich komme ihrer Aufforderung nach und nehme mir auch einen Pfannkuchen, den ich verspeise, während ich mit Liam schwatze. Oder was bei Liam Schwatzen heißt. Ein paar Augenblicke später erscheint Brooke im Mantel und beugt sich vor, um Liam einen Kuss zu geben.

„Habt einen schönen Tag, ihr zwei", sagt sie und wirft mir ein Lächeln zu.

Mein Herz scheint stillzustehen. Das ist das erste Mal seit einem Monat, dass sie freundlich zu mir ist. Ich grinse und halte mich den ganzen Morgen daran fest wie ein Ertrinkender.

Das Haustelefon klingelt um elf Uhr, gerade als ich Liam für sein Schläfchen hingelegt habe. Schnell nehme ich den Hörer ab. Die Stimme am anderen Ende ist mir nicht vertraut. Sie fragt nach Miss Foster. Kälte steigt in mir auf. Ich hoffe, dass sie Brooke meint.

„Es tut mir leid, aber sie ist im Moment nicht hier. Kann ich ihr vielleicht etwas ausrichten?", frage ich.

„Ja, bitte, das wäre wundervoll", erwidert die Stimme am anderen Ende. „Richten Sie ihr bitte aus, dass Dr. Wilsons Büro sich gemeldet hat. Ihr Gynäkologe. Wir wollen einen Termin mit ihr vereinbaren."

Ich erstarre. Nur in meinem Kopf herrscht Aufruhr. Gynäkologe. Ein Doktor, der auf Geburtshilfe spezialisiert ist. Mein Herzschlag dröhnt laut in meinen Ohren.

„Erwartet sie ein Baby?", frage ich.

Stille am anderen Ende der Leitung.

„Entschuldigung, was sagten Sie, wer Sie sind?", fragt die Dame.

„Ich habe gar nichts gesagt", platze ich heraus, bereue es jedoch sogleich. Es ist ja nicht ihre Schuld, dass Brooke schwanger ist und es mir nicht gesagt hat! „Es tut mir leid. Aber bitte sagen Sie mir, wie lange ist sie schon schwanger?"

„Es tut mir leid, aber ich kann derartige Informationen nicht preisgeben. Sie sind streng vertraulich."

Sie murmelt noch etwas und legt dann auf. Ich bin wie vor den Kopf geschlagen und habe keine Ahnung, was ich denken soll. Mein erster Instinkt ist, Brooke bei der Arbeit anzurufen, aber ich lasse diesen Gedanken fallen. Ich muss sie persönlich damit konfrontieren.

Mit jeder Sekunde, die vergeht, werde ich wütender. Sie trägt mein Kind aus. Ich kann kaum glauben, dass sie mir etwas so Bedeutsames vorenthalten hat. Mein eigenes Fleisch und Blut. Als ich mich wieder etwas beruhigt habe, beginnen viele Dinge plötzlich Sinn zu machen. Brookes Gewichtszunahme in letzter Zeit, besonders um ihren Bauch herum.

Ich hatte ihre neuen Kurven schon bewundert und hätte gern meine Hände um sie geschlungen. Jetzt weiß ich auch, warum sie ihr Möglichstes tut, um mir auszuweichen. Ich frage mich, wer noch davon weiß. Mrs. Stewart. Es ist zwar nicht fair, sie in unsere Differenzen hineinzuziehen, aber ich muss mit jemandem sprechen, sonst platze ich noch.

Ich rufe sie von meinem Handy aus an und sie antwortet sofort.

„Ich wusste, dass du mich dieser Tage anrufen wirst“, sagt sie seufzend.

Wenn ich noch eine Bestätigung brauchte, dann habe ich sie hiermit erhalten. „Warum hat sie es mir nicht gesagt? Ihre Arztpraxis hat angerufen, daher weiß ich es.“

„Sie glaubt, dass du verantwortungslos bist“, sagt Mrs. Stewart.

Das ist nichts Neues.

„Es tut mir leid, dass dich meine Tochter und mein Schwiegersohn in diese Lage gebracht haben“, sagt sie dann überraschend. Mir war nicht klar, dass noch jemand davon wusste. „Ellie hat es mir erzählt“, meint sie. „Ich habe darüber nachgedacht und beschlossen, dass ich es Brooke sagen werde, wenn du es nicht tust. Du verdienst es, glücklich zu sein, Jason. Du und Brooke. Ich habe keine Ahnung, was du meiner Tochter und ihrem Mann erzählt hast, aber ich sage dir jetzt, dass du ihnen gegenüber zu nichts verpflichtet bist. Oder irgendjemand sonst.“

Ich weiß nicht, was ich sagen soll.

„Du bist ein wunderbarer Mann. Deine Eltern müssen stolz gewesen sein, dich ihren Sohn nennen zu dürfen.“

Kapitel 40

Brooke

Als ich von der Arbeit heimkomme, höre ich Liam und Jason, die miteinander im Wohnzimmer spielen. Ich schleudere meine Schuhe von den Füßen und gehe zu ihnen hinein, denn ich will unbedingt meine Beine hochlegen. Im Moment ermüde ich sehr schnell, aber die Ärztin meinte, dass das bald vorbei sein würde.

„Hallo Jungs", rufe ich beim Eintreten.

Ich küsse Liam und er schlingt seine Ärmchen um meinen Hals. Ich drücke ihn und er spielt weiter. Jason steht auf, geht zum Sofa und setzt sich hin. Er hat noch kein Wort gesprochen. Ich sehe ihn an. Der Blick in seinen Augen ist kalt und macht mich nervös.

„Wann hattest du vor, es mir zu sagen?"

Kälte breitet sich in mir aus. Ich stolpere zu einem Sessel und lasse mich hineinfallen. Mrs. Stewart würde ihm nichts sagen und Amelia und Jason sind nicht befreundet. Ich zerbreche mir den Kopf, wie mein Geheimnis wohl ans Licht gekommen ist.

„Wie hast du es erfahren?"

„Ist das alles, worüber du dir Gedanken machst? Wie ich es erfahren habe?" Ich mag den Klang seiner Stimme nicht, denn ich fühle mich wie eine Kriminelle auf der Anklagebank. „Brooke, wie konntest du so etwas vor mir verheimlichen? Mein Kind. Mein eigenes Fleisch und Blut." Seine Stimme wird weicher. Das geht mir zu Herzen. Und lässt Schuldgefühle in mir aufkommen.

Es überwältigt mich, dass er mich nicht fragt, ob das Kind von ihm ist. Er vertraut mir. Er denkt nicht, dass ich eine Schlampe bin.

„Ich wollte es noch tun." Ich klinge wie ein kleines Kind.

„Wann denn? Wenn das Kind fünf ist?"

Ich muss kichern. „Tut mir leid, ich hätte es dir gleich sagen sollen."

„Wie weit bist du denn schon? Isst du ordentlich? Und ruhst dich aus? Wird es dir zu viel mit der Arbeit?"

Ich muss lachen, als ich sehe, dass ich rechtbehalten habe, was Jason anbelangt. Von diesem Augenblick an habe ich mich in ein Projekt verwandelt, das er bis zur Fertigstellung begleiten wird. „Es geht mir gut", beschwichtige ich ihn.

„Zu deinem nächsten Arzttermin begleite ich dich", sagt er und seine Stimme lässt keinerlei Widerspruch zu.

„Das habe ich auch nicht anders erwartet", murmele ich und er starrt mich an.

„Ich kann nicht glauben, dass ich Vater werde."

Ich werfe ihm einen Blick zu. Sein Gesicht ist voller Staunen. „Wir können uns das Sorgerecht teilen", sage ich zu ihm. „Viele Leute kriegen das hin."

Sein Gesicht nimmt einen grimmigen Ausdruck an. Er hat doch wohl nicht geglaubt, dass ich ihm mein Baby ganz überlasse. Unser Baby.

„Ich will mir das Sorgerecht nicht teilen", knurrt er.

„Was meinst du damit?"

„Ich will alles von dir."

Schlagartig entweicht die Luft aus meinen Lungen und ich kann nicht mehr atmen.

„Du bist meine Familie."

Großer Gott. Darauf bin ich nicht vorbereitet. „Wirst du dein Haus verlieren?"

Er schüttelt den Kopf. „Nein, das kriege ich hin." Eine Ader tritt auf seiner Stirn hervor.

Ich will es so sehr. Aber ich kann es nicht tun. Nicht in dieser Situation, in der Jason steckt. „Wie bist du in dieses Chaos geraten?"

Er wendet den Blick ab.

„Du kannst diese Dinge nicht weiterhin vor mir verstecken. Ich muss es wissen."

Er scheint in seinem Sessel zu versinken. Ich warte.

„Okay", sagt Jason schließlich. „Ich wollte es ihr niemals sagen, Kumpel", meint er dann und richtet seinen Blick dabei nach oben.

Redet er etwa mit Marvin?

Dann erzählt er mir alles. Während er spricht, breitet sich Freude in meinem Herzen aus. Zuerst ist sie nur klein, ein winziger Hoffnungsschimmer, der langsam wächst und mich schließlich komplett ausfüllt.

„Ich wollte nicht, dass du wegen mir schlecht von Marvin denkst."

Unglaublich. „Du wolltest dein Glück opfern für die Erinnerung an meinen toten Bruder?" Ich versuche, streng zu klingen, aber mir strömen die Tränen nur so übers Gesicht. Das ist der Mann, in den ich mich verliebt habe. Ein ehrenhafter Mann. Ich kann nicht glauben, dass ich schlecht über ihn gedacht habe. Dass ich geglaubt habe, er sei unverantwortlich und es nicht wert, eine Familie zu haben.

„Bitte weine nicht", sagt Jason und kniet sich neben mich. „Ich liebe dich, Brooke, von ganzem Herzen. Wollt ihr - du, Liam und das Baby - mich heiraten?"

Ich lache unter Tränen. Nur Jason kommt auf die Idee, noch zwei andere Menschen in seinen Heiratsantrag mit einzubeziehen.

Ich nicke. „Ich liebe dich auch."

Er legt den Kopf zur Seite. „Da ist nur noch eine Sache, die ich nicht verstehe. Was habe ich getan, dass du mich aus dem Haus geworfen hast?"

Mein Gesicht wird heiß. Krampfhaft suche ich nach einer Entschuldigung.

„Wir dürfen keine Geheimnisse mehr voreinander haben, Brooke", sagt Jason.

Er hat recht. Ich atme tief durch. „Es ist mir so peinlich", gebe ich zu.

Er grinst. „Das ist schon in Ordnung."

Ich studiere meine Finger, als würde ich sie zum ersten Mal sehen. Dann nehme ich all meinen Mut zusammen und erzähle es ihm. „Ich habe dich und Marian eines Tages beim Mittagessen gesehen. Ihr wart so in euer Gespräch vertieft, dass du mich nicht bemerkt hast. Ich habe gesehen, wie ihr Händchen gehalten und einander tief in die Augen geschaut habt."

Aus Jasons Mund dringt ein Lachen. „Es tut mir leid, ich sollte nicht lachen, aber Marian ist eine alte Freundin, Brooke. Sie ist wie eine Schwester für mich."

„Das weiß ich jetzt auch, aber damals …"

„Ich habe mich mit Marian getroffen, damit sie mir helfen konnte, einen romantischen Heiratsantrag zu planen. Das war es, worüber wir gesprochen haben."

Meine Hand fliegt zum Mund. „Ich kann nicht glauben, dass du mir einen Antrag machen wolltest! Und ich habe alles ruiniert, weil ich geglaubt habe, dass zwischen dir und Marian etwas läuft."

Er nimmt mein Gesicht in beide Hände. „Du hättest mich nur fragen müssen."

Ich nicke unglücklich. „Ich weiß, und es tut mir leid."

„Das braucht es nicht. Ich trage ja auch Schuld daran. Du hattest allen Anlass zu glauben, dass sie und ich zusammen seien. Ich habe dir nie einen Grund gegeben, mir zu vertrauen. In Zukunft müssen wir miteinander reden."

„Da stimme ich dir zu." Mir fällt ein Stein vom Herzen.

Er steht auf und zieht mich hoch. Dann hält er mich so fest an sich gepresst, wie es nur möglich ist, ohne mich oder das Baby dabei zu zerdrücken. Meine Gefühle überwältigen mich. Ich kann nicht glauben, dass Jason und ich wieder zusammen sind. Und diesmal ganz. Ohne Geheimnisse.

„Ich liebe dich", sagt er wieder und wieder, den Mund in meinem Haar vergraben.

„Ich liebe dich", entgegne ich meinem zukünftigen Ehemann und Vater meiner Kinder.

Epilog

Ein Jahr später

Brooke hält mit einer Hand Liam fest und mit der anderen Charlies Leine. Er springt neben uns her und bleibt ab und zu stehen, um an etwas zu schnüffeln, das er für interessant hält. Manchmal dreht er sich nach mir um, aber meistens nur um sicherzustellen, dass Ellie, unser kleines Mädchen, in Sicherheit ist.

Ich werfe einen Blick in den Kinderwagen, ohne meinen Schritt zu verlangsamen. Ellie schnarcht sanft vor sich hin und lässt sich nicht stören von der leichten Brise, die uns umweht. Eine alte Frau mit einem Spazierstock tritt zur Seite, um uns vorbeizulassen. Sie lächelt und nickt mir zu und ich erwidere ihr Lächeln.

Ich weiß, was sie denkt. Ich habe eine wunderbare Familie. Ich kann ihr nur aus tiefstem Herzen zustimmen. Wir sind jetzt zu fünft, inklusive Charlie dem Zweiten, den wir als Welpen zu uns genommen haben. Dann, vor gerade sechs Monaten, haben wir das Baby bekommen und Brooke und ich beschlossen, sie nach Ellie zu benennen. Als wir Mrs. Stewart davon erzählten, brach sie zusammen, bestand aber darauf, dass es Freudentränen waren, die sie vergoss.

Das letzte Jahr war das erfüllendste meines Lebens gewesen. Noch nie war ich so beschäftigt damit, das Leben in vollen Zügen auszukosten. Ich bin der Vater zweier wundervoller Kinder, und was noch besser ist, der Ehemann meiner Traumfrau.

Dieses eine Jahr hat mir erlaubt, der Ehemann und Vater zu werden, der ich gern sein wollte. Nach unserer kleinen und intimen Hochzeit waren Brooke und ich uns einig, dass ich bei ihr und Liam einziehen und mein Haus vermieten würde. Mit diesem Einkommen und meinem Gehalt habe ich es beinahe geschafft, meine Schulden abzuzahlen.

Ich bin froh, dass ich es auf meine Weise gemacht habe, obwohl Brooke darüber oft wütend war und schmollte. Aber in dieser Hinsicht ließ ich mich nicht umstimmen. Ich hatte Marvin und Ellie meine Hilfe angeboten und bestand darauf, meinen Teil der Abmachung einzuhalten, und zwar ohne Brookes Hilfe und ohne mir einen Teil der Abfindung zu nehmen.

Die Abfindung ist für Liam. Es wird schön sein für ihn zu wissen, dass seine Eltern ihm aus dem Jenseits eine helfende Hand gereicht und seine Zukunft abgesichert haben. Meine Schulden sind jetzt auf einem überschaubaren Level und ich bin zufrieden, dass ich meine Familie ernähren kann.

Mein Blick bohrt sich in Brookes Rücken, während sie vor mir die Straße entlangspaziert.

Meine Gedanken wandern zurück zu heute Morgen, obwohl ich versuche, dagegen anzukämpfen. Ich will mich nicht an die Süße von Brookes Möse erinnern, die ich geleckt habe, bis sie stöhnend und sich windend aufwachte. Sie hatte meinen Kopf gepackt, mich zwischen ihren Schenkeln gefangen gehalten und mein Gesicht noch härter auf ihre köstliche Pussy gedrückt.

Ich hatte erst einen Finger und dann noch einen in sie hineingleiten lassen, während mein Daumen ihre Lustperle reizte. Sie kam mit einem Schrei und ihre Liebessäfte schossen mir ins Gesicht. Mich jetzt daran zu erinnern, lässt meinen Schwanz anschwellen. Leider befinden wir uns gerade vor Mrs. Stewarts Haus, wo wir jeden Sonntag zu Mittag essen.

Brooke wendet sich zu mir um und erstarrt, als sie die Beule in meiner Shorts bemerkt.

Sie kichert. „Dabei kann ich dir nicht helfen."

„Ich weiß."

„Aber ich könnte den Buggy nehmen und schon mal vorausgehen", sagt sie mit einem Lachen.

„Das ist alles deine Schuld", sage ich zu ihr, als sie mir den Buggy aus den Händen nimmt.

Liam springt voraus, um an die Tür zu klopfen. Mrs. Stewart macht auf und hebt Liam sofort hoch. Er windet sich und protestiert. „Oma, ich bin doch jetzt schon ein großer Junge."

„Für mich bist du das noch nicht", erwidert Mrs. Stewart. Ihre Augen funkeln vor Glück. Sie glaubt, dass Brooke und ich ihr einen Gefallen tun, weil wir jeden Sonntag zum Mittagessen kommen.

Aber es ist genau andersherum. Sie hat uns so viel gegeben, weil sie aktiv im Leben unserer Kinder präsent ist. Auf jeden Fall hat sie uns mehr

Freude bereitet als wir ihr. Mit Mrs. Stewart in unserem Leben haben wir das Gefühl, eine große Familie zu sein.

Wir begrüßen und umarmen uns und sofort nimmt sie Ellie aus dem Buggy und trägt sie ins Haus.

Brooke und ich bleiben allein auf der Veranda zurück. Sie tritt auf mich zu und presst ihren Körper an mich. Mein Schwanz, der gerade abgeschwollen war, richtet sich erneut auf und wird hart.

Sie trägt ein Kleid und reibt ihre Möse an meinem Schwanz. Ich stöhne auf.

„Was tust du da, Liebste?“, knurre ich. „Du weißt doch, dass ich jetzt mindestens zehn Minuten hier draußen bleiben muss.“

Sie lacht und dieser süße Laut wärmt mir die Seele. Ich greife hinter sie und klatsche ihr spielerisch auf den Hintern.

„Ich mache es wieder gut, wenn wir zu Hause sind.“

„Ach ja?“, erwidere ich und mein Schwanz wird noch härter, als ich mir vorstelle, wie ich Brooke – an die Wand im Schlafzimmer gelehnt – nehmen werde.

„Ich verspreche es.“

Ende

ENDE

Liebe Leser,

vielen Dank für das Lesen meines Buches, ich hoffe sehr, dass euch die Story gefallen hat! ;-)

Ohne begeisterte Leser wie euch wäre es für mich nicht möglich, meinen Traum zu leben und meine Fantasien in diese Romane zu packen.

Falls ihr einen kurzen Moment Zeit habt, so würde ich mich sehr freuen, wenn ihr mir eine kurze Rezension auf Amazon schenkt. Da ich nicht die Werbemittel eines großen Verlages habe, bin ich auf Empfehlungen meiner Leserschaft angewiesen und dankbar für jede Bewertung! ;-)

Herzlichen Dank,

Sarah

Über Sarah

Sarah schreibt seit ihrem sechzehnten Lebensjahr und hat schon mehrere Bestseller auf Amazon veröffentlicht. Egal, ob die Männer in ihren Büchern Milliardäre, Bad Boys oder beides sind - sie liebt es über heiße Kerle zu schreiben, die gleichzeitig ihre Liebste beschützen und herausfordern; ebenso wie über die Frauen, nach denen sie sich sehnen. Ihre unterhaltsamen Geschichten sind immer heiß und aufregend, mit vielen Wendungen und einem garantierten Happy End - genau so, wie es auch nach einem wilden Ritt im Schlafzimmer sein sollte, wenn du verstehst, was ich meine ;-)

Kontaktiere Sarah direkt auf Facebook und erhalte den Liebesroman "Die Rückkehr des Milliardärs" gratis!

www.facebook.com/sjbrooksoffiziell

Printed by Amazon Italia Logistica S.r.l.
Torrazza Piemonte (TO), Italy

47052721R00147